风 雨 墙

· 赵德清短篇小说集 ·

赵德清 著

云南出版集团
云南美术出版社

图书在版编目（CIP）数据

风雨墙：赵德清短篇小说集 / 赵德清著. -- 昆明：云南美术出版社, 2022.4
ISBN 978-7-5489-4841-4

Ⅰ.①风… Ⅱ.①赵… Ⅲ.①短篇小说—小说集—中国—当代 Ⅳ.① I247.7

中国版本图书馆 CIP 数据核字 (2022) 第 052616 号

出 版 人：刘大伟
责任编辑：方　帆
责任校对：孙雨亮　贾　远
装帧设计：书点文化

风雨墙：赵德清短篇小说集

赵德清　著

出版发行：云南出版集团
　　　　　云南美术出版社（昆明市环城西路 609 号）
印　　装：成都蓉军广告印务有限责任公司
开　　本：880mm×1230mm　1/16
印　　张：19.25
字　　数：260 千
版　　次：2022 年 4 月第 1 版
印　　次：2022 年 4 月第 1 次印刷
书　　号：ISBN 978-7-5489-4841-4
定　　价：89.00 元

版权所有　侵权必究
本书如有印装质量问题，请与印厂联系调换。
联系电话：028-88451797

高邮文气清如许

王干

全国各地的文联主席很多，但高邮的文联主席位置不一般，不是它的官位有多高，而是它的文化地位不一样。高邮是历史文化名城，高邮出过秦少游、王磐、王氏父子、汪曾祺等一代宗师，尤其近年来随着"汪曾祺热"的渐起，高邮成了文青们的打卡地，文联主席就不是一般的干部了，而是要由有文气、有人气的人来担当了。

高邮文联也有好多人当过主席，我印象最深的两位，一位是陈其昌，他是高邮文联的第一任主席，他对高邮的文学艺术的贡献应该在高邮文化史上大大地书一笔。陈其昌先生是那种真心热爱文学、真心热爱人才的领导，他对高邮人在外发表作品的兴奋有时候超过作者本人，从来没有心里犯"酸"过，在高邮成才的或者成才以后离开高邮的文艺家，都受到他的肯定与扶持。他曾有意地收藏我最早发表的作品，拍成照片四处宣扬，我自己都有些不好意思。陈其昌最早策划、成立了高邮文联，高邮文联在他的领导下，风生水起，现在那些活跃的作者都感受过他的温暖。1987年到1991年期间，我曾先后借调到北京的《文艺报》、南京的《钟山》杂志社，当时关系一直在高邮文联，陈其昌先生一直为我说话，也一直为我发工资。多年来，我一直对高邮心存感激，这感激中，陈其昌先生的成分有一半。一直想找个机会表达对他的谢意，今天借为赵德清写序，向这位高邮的第一任文联主席、我的好领导表示最由衷的感恩！

陈其昌有文气，有人气，德高望重，也是高邮的文化长老了。赵德清年轻，也是有文气，有人气，也是乐于为高邮文学艺术铺路架桥的"善人"。我最早了解他，就是从他人气爆棚的"汪迷部落"开始的。几年前，有一个"汪迷部落"引起了大家的注意。这个小小的公众号在全国拥有大量的粉丝，不比那些国家级大刊物的公号人气差，我一打听，群主居然是一个人防办的干部，这更让我惊讶，此人如此有文气，当"弃戎从笔"，后来市领导识才，让他担任高邮文联主席，文气和人气回到了应该发挥的地方，赵德清也如同回归本业一般如鱼得水。在文联岗位上，他大展身手，做了很多大事、难事、好事。我隐隐觉得，赵德清的才华还没有用够，如果平台允许，他好像还可以做得更大、更好、更壮观一些。

赵德清的小说集要出版，让我写序，让我意外又惊喜。原以为他只是一个文艺活动的杰出组织者，没想到还是一个实践者、创作者。一般的文联领导，善创作的往往不善组织或无心组织，组织工作好的，往往不善文艺创作，人各有长，兼得二者少之又少。赵德清属于德艺双馨类的。德是愿意奉献，艺，是会创作。

赵德清的小说也是追随汪先生的，首先，他的小说里透着对高邮无条件的爱，他的小说基本都是以高邮为背景的。在《王爷英雄》里，直接写道："高邮州府，地处要冲，玉米之乡，战略高地"，短短十六字，对高邮的"溺爱"溢于言表，说是"溺爱"，在于"地处要冲和鱼米之乡"，并不是高邮的唯一的特色，但赵德清对家乡的热爱是秉承汪曾祺先生的传统。其次，在选材上，赵德清也以汪曾祺先生的小说作为楷模，远当下，亲历史，写百姓，道日常，他小说中的历史掌故和风俗民情，是努力传达汪先生的余韵的。第三，赵德清的小说还进行新的尝试，比如变换人物视角、偶尔还意识流一下，不只是汪味小说的简单翻版，在《风雨墙》这篇小说里，他通过不同人物的视角来讲述一段今昔交加的传奇，还通过书信的方式展示不同的叙述视角，跨度很大，但基本上吻合人物的性格和心理，说明他在小说艺术上不是一个故步自封者，而是探索小说的多种可能性。在繁忙的文联工作之余，能抽出时间来创作小说，实在难得，乃至我在文本中，都能读出他的工作之忙和写作之累。好在工作和写作，对他来说都是愉快的。他说，今年五十了，我说，五十只是人生的上半场，下半场会更精彩，会有更多的时间来经营小说和其他文体创作。

去年5月18日，汪曾祺纪念馆开馆那天，赵德清特别开心，晚上，邀请我们吃夜宵，他把他珍藏了几十年的四瓶茅台酒拿出来，估计也是仅有的四瓶，给我和汪朗等汪家人分享。汪朗原来很爱喝，后来身体不适，就不怎么喝了，我成了全权代表，喝了一杯又一杯，代这个喝，代那个喝，很仗义的样子。其实是我自己也特别开心，和赵德清一样开心。汪馆的建成，高邮的文气可以实实在在地聚拢在老人家的周围了，而且还可以辐射到高邮周围，里下河、大运河、长三角，甚至更远。高邮文气清如许，是一代又一代如陈其昌、赵德清这样的写作者和工作者艰苦的努力和无私奉献的结果。

所以，最后说一句，为赵德清作序，我是很乐意的。

2021年4月19日

自序

这是我第一部正式出版的小说集，是年五十知天命，以示庆生存念。

文学创作，历来应是个人的人生体验与觉悟，以文学的方式向这个世界的告白。基层业余作者的写作，更多是对文学创作的兴趣与热爱，无过多功利追求，付出大于索取，但求在滚滚红尘中压抑或者纠结的内心得到释放与慰藉。这就与专业作家的文学创作有很大区别了，也许稚嫩，也许粗陋，也许无知。唯其可贵的，是一颗不沾灰尘、不惹是非、不甘堕落的文学初心。时代发展的步伐越来越快，快得已经让我们忘记了为什么出发。我的这些作品，是在我人生拐弯处一个突然停顿的迸发，是在日夜不知疲倦的工作中恍然脱身时对无处安放的内心一次校正。

人生总是很奇怪的分成几个阶段。1972年、1988年、1991年、1995年、2005年、2016年，这几个人生时刻，应当是我个人的历史时空坐标。1972年出生，1988年考入高邮师范，1991年下乡教书，1995年进城入职《高邮日报》社，（之后2001年调入高邮市委宣传部，从事的也是新闻宣传工作。）2005年调进高邮市委办工作，2016

年转岗到高邮市人民防空办公室（之后2019年机构改革转岗至高邮市文联）。当然还有其他重要的时间节点，比如娶妻生子、搬家进宅等等，但之于我的文学历程来说，这六个年头之间的五段经历尤其重要。1972年至1988年，是人生初体验，从出生到走出蒙昧。1988年至1991年，是人生启蒙，从无知到有知，知晓文学的存在，尝试写诗作文，小有收获即能沾沾自喜。1991年至1995年，是青春彷徨，从象牙塔跌入红尘，在农村当个孩子王却看不到自己的将来。1995年到2005年，是草根奋斗，从一无所有到成家立业，以一支笔拼出一席之地，期间夫妻二人双双考录公务员，从此衣食无忧、生活安康。2005年至2016年，是激情燃烧，从默默无闻到被提拔重用。仅凭文字功夫站稳脚跟，历任科长、副主任、主任。在自以为身处山峰之巅时，终究后续乏力，进而身心疲惫，猛然醒悟：是到了重新找到自我的时候了。2016年至今，是沉淀反省，从外在繁华到内心荒芜，重新拾起文学爱好，由外而内、由内而外，反复扪心自问，才发现人生五十居然一晃而过，一路走来只有文学才是内心最温暖的港湾。

　　文艺人生，幸福人生，都需要时光穿梭、历史沉淀。在高邮师范求学的日子，是我人生最幸福的时光，文学的种子也在那时播下。那年春天的一个休息日，吴毓生老师带着几名师范学生，有一点文学爱好者感觉的，来到文联小庭院拔草。一入门，虽然是破旧不堪，甚至还有点昏暗，处处杂乱，唯有一堆堆文艺书刊散发着一阵阵令人莫名激动的墨香。可是，我的内心是那么的紧张，那么的崇拜，那么的阳光。至今我仍记得陈其昌主席还给我们几个同学倒了杯水，没有茶叶，但他那慈祥关爱的眼神、声音今天依然历历在目、萦绕回荡。拔的是草，长的是苗。那一颗颗小青草，虽然从小庭院的青砖缝里拔了出来，但那草种却播撒进了我们的心田，一不留神就会疯长，枝枝蔓蔓、无所顾忌、不知不觉。地球是圆的，历史也是圆的。再回到这里，虽然小庭院没了，但我心里仍然存着这份神圣。2019年我转任高邮市文联主席时，就跟文艺界坦言：我是来当小学生的，是来补课的，是来寻找这些年丢失的时光。我的心情依然像当年一样忐忑不安、满怀希望，在这里我最想得到的是帮助与认可。

回首往事，我到底是一个什么样的人呢？这个问题，这几天一直在思考。这个问题，这几年一直在思考。这个问题，这一生一直在思考。我是个真诚的人。一直以来，我不会做假，我不会撒谎。因为从小父母教我不能撒谎，不能作假。家教确实很重要。幼学如漆。待人以诚，是我一直的秉性。都说我是高邮好人，可惜我没有报名参加"高邮好人"评选。其实，做人，不必在意别人的评价，不必纠结有没有荣誉上身。只要，你对得起自己。只要，你守得住寂寞。只要，你看得透清贫。这个世界其实充满了阳光，即使黑夜，阳光也在，只是在你的脚下而已。做一个阳光的人，真诚是前提，真诚是根本，真诚是源泉，真诚是发光点。感谢所有人宽容包容我的真诚，生命有我，我有生命。我是个真情的人。没有情感，不能是人。没有真情，不能成友。与友交往，除了诚，关键是情。我做过五年老师，当过五年记者，搞过五年宣传，写过十一年公文，穿了三年迷彩。每一个岗位，我投之以真情。每一位同事，我都报之以真心。宁愿人负我，不舍我负人。一天很短。一年很短。一生很短。唯有真情长久。我年已半百，余生仍以真情存在，也唯有真情是我的标签。这么多年来，许多工作都是半道而行，边学边干，学无所长，干无所是，也唯有真情值得回味，可为纪念。我是个真实的人。我的缺点很多。反应直快，不会遮掩，曝己所短，知耻后勇。不少人问我，为什么工作什么都公开？我说，为什么不公开！能公开的必须公开。哪怕是争议。哪怕是非议。这让不少人很不解。不解就不解吧。有事说事。没事做事。不要胡扯。不必瞎掰。既然有梦，就让我们一起去追，我们都是追梦人！

2016年，是我的文学回归之年。这一年我醉心于小说创作，也是对现实生活的一种自我隔离。没有对现实的隔离，是不可能文思泉涌的。文学创作有一个秘诀，就是不管不顾，想怎么写就怎么写，在生活的远处写生活，用文学的思维思考生活，用文学的语言表达生活。这一年我还创办了"汪迷部落"微信公众号。实在是感谢科技进步。曾几何时打个电话都很困难，现如今人人一部智能手机，网络媒体更是层出不穷，微信时代改变了许多生活与交流方式。创办"汪迷部落"，不是因为我对汪曾祺有多热爱有多懂，而是作为高邮文学爱好者对汪曾祺的朴素推崇之情，是把自己过剩的精力找个地方去消耗。所以有人问我为什么时，我说：汪曾祺是高邮人，是中共党员，一有乡情之谊，二无政治风险，正好我喜欢文学，做了也就做了，无他深意。这其中也要感谢高邮籍北京知名作家王树兴老师，是他在一次小聚中提起汪曾祺，觉得当下高邮对汪曾祺不冷不热、时有杂音。故此，我从做"汪迷部落"微信公众号着手，用民间粉丝的方式宣传推广汪曾祺，并以此激发高邮本土作者的文学创作热情，给大家搭建一个文学作品交流的平台。毕竟现在基层业余作者的作品发表渠道太少，也太难，创建一个无门槛的交流平台适逢其时。因此，2016年，也可以说是我的文学元年，这一年主要就是干了两件事：写小说，创办"汪迷部落"。

"打开一扇窗看见别样的世界。"把人放在茫茫人海中考量，其实每个人都是孤独和封闭的。我们从来不会把自己的大门敞开着让别的一个人自由出入，能够打开一扇窗就很不错了。可惜，我们常常打不开窗，或者开错了窗。很多人习惯在自己的墙上胡乱地打开一扇窗，自以为看见了全部的世界。或者被动地让别人打开自己的窗，被动地接受别人的世界。这都不是我需要的。我是一个不断探索世界观察世界的人。我的窗打开的也不是很好。总是在选择中徘徊。特别在文学方面，我不知道怎么样才是好的文学。所以2016年之后，我写的很少，有所知有所悟反而不敢写了。这些年最为感慨的是，通过"汪迷部落"使我不断对汪老对文学有所领悟。"汪迷"队伍犹如星星之火，找到了"组织"一样，迅速形成燎原之势。"汪迷部落"微信公众号关注量每天增长10人左右，有进有退之间至今已达2万人。汪曾祺纪念馆2018年5月18日开馆以来，每天正常三四百人参观，节假日更是超过千人。"汪迷"人群可谓不分男女老少，不分布衣贵人，不分教授白丁，汪曾祺如此火热是一个奇特的文学现象。正如作家凸凹在汪曾祺故居留言道："汪曾祺入世，以喜乐为怀，钟情世俗'趣味'，即便是苦难话题，也要妩媚、温暖而出，他是个笑脸常开的'欢喜佛'"。"汪迷"们就是这样被汪曾祺的温暖、欢乐和醉人的趣味所牵引，对周围的人与事本能地就信任，既不工于机心，也不存有怀疑精神，甘心傻笑，做"赤子"。"汪迷"整体率性、亲切、随和。从这个意义上说，"汪迷"也是一个重要的人文现象。中华人民共和国成立七十多年来，社会结构发生深刻变革，中华传统文化一度中断，维系中国人情社会的伦理道德出现危机。经济社会飞速发展中，现代化与"传统"以及"西化"之间纷争不断，现代人苦恼于"浮躁""名利""得失""成败"等等陷阱之中，汪曾祺作品所流露出来的人文关怀愈发显得珍贵。汪曾祺在人生低潮时，也不失对人世间的热爱，他说"全世界都是凉的，只我这里一点是热的"，"我们有过各种创伤，但我们今天应该快活"。中华民族从来不缺乏"苦难"，世道苍凉，唯心热之，不失其心，不失所有。汪曾祺对文学创作的影响，对我的影响，可谓日益深远。

汪曾祺说:"其实看山看水看雨看月看桥看井,看的都是人生。"在我看来,凡事都要对自我有准确认识,文学不是人生,但人生里不能没有文学。业余写作,更应当看清"业余"的现实,摆正"业余"的定位。无论你加入哪一级的作家协会,只要不是专业作家,不是业内人士,我们都只是"业余"状态。"业余"是很好的一种状态。我们不必为稿费而写作,不必为奖项而写作,也不必为任务而写作;我们只为自己而思、而写,在追寻自我、成就自我中实现小我向大我的飞跃。没有广大宏大的业余队伍和爱好者、阅读者队伍,文学就会失去土壤、失去水源、失去支撑。新的时代,是知识经济的时代,是信息经济的时代,再浓缩一点说就是"经济的时代",不再是"文学的时代"。这是每个人不得不面对、不得不承认的现实。所以,作为仅剩的文学爱好者中的一员,我们不能因为名家大家的高高在上而妄自菲薄,不能因为大报大刊的拒人千里而丧失勇气,写起来就好,写出来就好。我们只是因为喜欢才写。如果自己写的东西,自己都不喜欢,怎么可能让读者喜欢。而唯有读者喜欢的,才能阅读,才能流传,才能存世。我喜欢自己写的虽然已经足够,但能让更多的读者去阅读不亦乐乎?!我的这部小说集就是这样产生的。

"一段风雨墙,唐宋元明清,从古看到今。"古城高邮起源于七千年前的龙虬庄文明,得名于秦王嬴政筑高台置邮亭,建成于汉。高邮位于江之左、淮之南,上控苏皖,下引江淮,水陆要地,兵家必争,商贾云集。江淮平原的一大特色,就是大小湖泊众多,河荡纵横,生态秀美,物产富饶。在历史长河里,高邮具有丰厚的文学创作资源。《风雨墙》《胭脂山》《王爷英雄》等小说主要讲述清末民初的高邮故事,《船娘虹姐》《高邮八大寺》《搓背王》等小说主要讲述20世纪80年代改革开放初期的高邮故事,《幸福啥滋味》《妈妈,我爱你》等小说主要讲述20世纪90年代至世纪之交的高邮故事，《三轮车夫二憨子》《家装人物轶事》主要讲述现当代的高邮故事。这十篇小说笔法各异，各篇小说主人公不同程度地在旧文化向新文化转换中不断寻找自我，不断创造自我，从不同侧面反映高邮的风土人情和解放革命、改革发展历程，是全面了解高邮的一个途径。十篇小说的具体内容不再一一剧透，喜欢的就读读，不喜欢的就笑笑，毕竟也是"游戏"之作、"业余"之作，不甚考究，不堪推敲。

行到水穷处，坐看云起时。上高速坐高铁固然驰骋万里风光无限，拐个弯歇个脚也无妨岁月静好感受生活。知天命而知人生，望星空而踏实地，我的人生也应是我的人生。本部小说集权当五十自勉，恰逢中国共产党百年华诞，也算是一名党员的特殊纪念：我的文学初心与入党初心实属一脉，都是为了让生活更美好，让人民更幸福。

自为序。

赵德清

2021年4月9日于高邮

目录

风雨墙 001

胭脂山 043

王爷英雄 073

船娘虹姐 115

搓背王 159

幸福啥滋味 199

妈妈，我爱你 232

三轮车夫二憨子 250

家装人物轶事 278

风雨墙

"一段风雨墙,唐宋元明清,从古看到今。"

——题记

楔 子

初春的晚风,仍然透着点淡淡的凉意,从马饮塘河的水面上一路涟漪地吹过来,让我的脸颊有了一丝丝惬意。这里与三十年前已经大不一样了,整饬一新,有人行步道,有亭台楼阁,有花花草草,是人们休闲散步的好去处,也是小城旅游的新景点。只有站在这堵风雨墙面前,我才找到一点物是人非的感慨。

墙的后面是陈家大院。墙的根脚有青石,往上走砖头青一块黑一块白一块,有的还有被烧过的痕迹。有专家来考证,整段墙从下往上,砖料年代不一,最远的有火山石。陈家起于哪年,已经没人记得,老人们只是说有这个地就有陈家大院了,旁边有座梁氏粮行倒是记得1931年陈家帮工梁二开的。说不明白就有故事,有故事就是旅游的兴奋点。于是，也没人计较什么，反正陈家大院荒芜了很多年，没人住，也没人问，政府修缮一下，竖块风雨墙的石碑，这就出名了……

其实，三十年前，陈家大院有人住的，我和几个同学还进去过。那时候，师范学校组织学生学雷锋做好事，我们领到看望孤寡老人的任务。我是学生会主席，分任务时故意挑的，几个同学不知道里面有故事。这个老人名字叫陈怡琪，是学校图书室的捐书人，今年八十三了，是个老太婆。我在想，有着这样诗意隽秀的名字，年轻时一定貌美如花，老了的时候会是啥样？带着这一点点好奇，我们拿着地址一路向南找，弯弯绕绕的穿了不知道几条巷子，问了不知道几个老年人，才在杂草丛生、蚊蝇肆意的硌壁格拉里找到陈家大院。

门虚掩着。我们敲了半天，没人应。周边过来个人，说："甭敲了，陈奶奶听不到，有事直接进去。"我们几个同学面面相觑，看看里面阴森森的，胆小的想回去了，就说没找着呗。我是带队的，怎么好打退堂鼓，再说我还有自己的小心思，要不是我胆子也小，还带你们来见识见识传奇人物。哼。吱吖一声，我推开了破门……

当面站着一个老太婆。

用现在的话说，吓死宝宝了。

"知道你们今天来，没什么事，你们随便吧。"陈怡琪说。原来每年这个时候，学校都会派一组学生来看看，能做些啥。

惊魂未定的我们，忙不迭地喊道："奶奶好！我们是学校派来的，帮您扫扫院子……"

寂静的院子瞬间热闹起来。胆小的一棵小草一棵小草地拔，胆大的进屋子扫地擦桌子。女生们更是叽叽喳喳地说个不停，有的居然敢牵着奶奶的手带她回屋坐下来。

我们进来的院子其实是陈家大院的后花园，陈奶奶住的是小柴房。

后花园不大，有一汪水塘，一座小假山，还有一个坏了不知道多少年的秋千和一些七倒八歪的葡萄架，鹅卵石的小径已被杂草掩盖。我们几个男生费了老半天工夫，才清出个大概的模样，搬来两三鼓石墩，歇歇脚。这会儿才有闲情逸致抬头看看四周。原来这里并不阴暗，反而是绿意盎然的，爬山虎爬满了院墙，三四株花木争先恐后地探出头来，真是不错的后花园。

女生们看我们歇着，不乐意了，一把抹布甩过来。得，咱们就是劳碌命，接着干。屋子也不大，小三间，一间堂屋，一间卧室，一间关着，陈奶奶只让我们擦一下堂屋的里里外外。女生们与陈奶奶闲聊着，一句两句不着边际。

此时，我才有心情来打量陈怡琪的模样。只见她满头的白发，梳得整整齐齐的，后头还簪了个结。这么大岁数居然如此清爽，每天何其优雅。脸上有皱纹，却不杂乱，还有点舒展有度的感觉，沧桑中显得内涵丰富。戴副老花眼镜，一条黄花纹丝带扎着镜架两端，略有干巴的双手拿着一些剪报和女生们说这说那。脚是小脚。衣是布衣。虽然声音不大，但还是透着点糯味。一点也看不出她有半分孤寂的样子。

堂屋的墙上糊着些老报纸，有的竟然是民国时期的。我们小心翼翼地掸去灰尘，尽量不损坏纸面，漫不经心地、似看非看地读着报纸上的一些内容。那是一个怎样的年代？那是一个怎样的陈怡琪？

陈家大院其实很大。我们所在的后花园，就有三百平方的样子，小柴房只占了一小边角。向南还有三四进，房子都破了，年久失修，也没人住，也好像是给砸过烧过的，我们几个男生一个也不敢翻过去看看。

那样一个明媚多姿的春天，我们在暖暖的阳光中，走进陈家大院，待了一个下午，直到光线暗淡，才与陈奶奶告别。临走，陈奶奶还特地送我们一盒饼干。回去的半道上,不知道谁说了句"奶奶晚饭怎么弄的呀",大家的心情忽然沉重起来,想再回去看看也不敢,本来一路喧闹着一下子没了声音。等到了学院食堂,看到长长的队伍,一个个又立马欢呼雀跃地挤进打饭的大队伍中。过些天,再没人提起。过些年,也没有人问起。再后来,就没有后来了。

我至今记得,那盒饼干是市面上买不到的。那时,我们还吃不到。陈怡琪却有,而且包装还是新的,还舍得送给我们这群初次见面的小孩子们。

三十年后,站在这堵风雨墙面前,看看旁边的梁氏粮行,我觉得今天很有必要把陈怡琪的故事找出来,写下来,传下去。

这一块地,在高邮的南门外,孟城驿南一点,马饮塘河西。过去多是四乡八里的人跑到高邮城讨生活混饭吃落脚的地方,东一家西一家,家家都是小毛胚屋搭进来的,有的家景好了就翻大房子,更好的就建两层小楼,再好的就搬到别处了。也有不少渔民,来到岸上占一块地,搭一个小窝,今天添一砖明天添一瓦,也就成了家。

再怎么占,谁也没有占陈家大院的空房子。这是这块地的规矩。

规矩由来已久。细说起来,陈家大院的历史比明代的孟城驿还久远,至少与镇国寺塔差不多。因为,专家说,风雨墙的砖头与镇国寺塔的砖头有类似年代。镇国寺塔是高邮的一宝,也是大运河上的一宝。大运河申报世界历史文化遗产保护,镇国寺塔是标志物之一。塔,四四方方,号称南方大雁塔。镇国寺,唐僖宗弟弟出家所在,号举直禅师。陈家也许和举直禅师有联系,或者关系匪浅。

大运河过去还在南门外的西边,紧靠着高邮湖,有些河段与湖相通。一九五六年,大运河高邮段改道拓宽,南门外削去了一小半,河床移到东边来了。镇国寺塔差点也没了,所幸总理特批:让道保塔。

南门外的老人们已经换了好几茬,陈家大院的历史还真不好说。

记得当时陈怡琪的备注是师范学校图书室的捐书人。我去找找图书室管理员王阿姨。

王阿姨是个很严肃的人。我们上学时跟她借书,都得汇报一两句看书心得。说的不好的,或者说不上来的,不能再借新书。我看书如饥似渴,也认真,总能逗得王阿姨开开心心的,一有空还帮她整理图书室,所以每回我都能多借一两本,当然回答问题也多一两个。后来忙于学生会的杂务,看书少了,王阿姨见到我总是捻耳朵。我们从农村来到城里,来到师范,才知道世界是那么大、书是那么多,现在想来还是没好好珍惜读书的时光。

王阿姨也八十了,早退休在家。我有一次帮忙,误了饭点,在王阿姨家吃过一顿最好吃、最饱的饭,一大碗牛肉粒炖鸡蛋差不多都进了我的肚子。

凭着印象,我找到了王阿姨家。人在,还认得,还那么严肃。听我说说毕业后这么多年的经历,王阿姨总算松了一口气说:"小青子还是不错的,就是胖多了,差点认不得。"

我问起陈奶奶,王阿姨忽然有点啰唆起来:"师范都没了,说什么陈怡琪啊,不说了,告诉你你也不明白。""过去就过去了,唉。""你弄明白有什么用,甭问了。"

的确,师范学校没有了,许多人一下没有了家的感觉。现在处处办大学,中等师范撤并到扬州去也是没办法的事。但着实是让高邮人,特别是高邮的文化人,失去了很多。

王阿姨其实不算学校的员工,也只是图书室的临时工,是陈奶奶捐书时一并夹进来的。也许岁数大了,难得有人来听她的唠叨,话匣子在我的好奇心下磨开了。

王阿姨本名王小丫。1931年秋，江淮发大水，运河东堤漫决口26处，西堤漫决口51处，共漫决口77处，长2570.5丈，整个里下河地区尽成泽国。王阿姨一家由于是渔民，虽未遭灾，但日子也不好过。爸爸王水儿正年轻力壮，看到陈家赈灾，也仗义过去帮忙。那时王小丫还没出生，因为王水儿还没找到对象呢，但是他认识了陈家人，得到了陈小姐陈怡琪的赏识，教他简单认字、说话。陈家大院那时人很多，但是陈家人只有一个陈怡琪。南门外上千亩地都是陈家的，陈小姐收留了上百号无家可归的人。

"陈怡琪，是一个美丽善良坚强的人。"王阿姨回味着说，"这是我爸常挂在嘴上的，他非常崇拜她，简直视她为观世音在世。""你懂不？我原来也不懂，现在有点懂了。"王阿姨笑着说。

陈家人哪去了？怎么只有陈怡琪一个人呢？

"我也说不太清楚，老一辈的事谁知道呢。"王阿姨喃喃自语着，"光听说陈家一大家子去了北京、去了上海，高邮这乡下几亩地就丢给陈小姐一个人和十几个长工管了。"

"陈小姐在更远的乡下有个相好的，她不走，是为了他。"王阿姨一不留神说出了一个大秘密。

"你爸认识陈小姐，她也三十多了吧，怎么可能啊。"我小心地插了一句。

"一定是的。我妈就是陈小姐相好的女儿。"王阿姨索性说到底了。

我目瞪口呆了。这也太能扯了吧。

"那你外公叫啥？"我又小心地问一下。

"叫王明礼。小时候他们是世家通好，两小无猜，青梅竹马，在家族私塾里相识。后来王家遭匪破败了，只剩下明礼一人，自己种田养活自己。陈家也就与王家断了交往。可是，陈小姐却入了魔，藏在心里，就是不肯离开高邮。"王阿姨说完，一阵轻松。

明礼后来娶了个村姑，据说是陈家为了断了陈小姐的念想。再后来，明礼夫妇受了瘟疫，只留下一个女儿。陈小姐正值一人在高邮主持家务，闻讯亲自操办后事，把小女孩带到身边抚养，起名思思。王水儿就是陈小姐相给思思的男人，但也只告诉王水儿思思是她的丫鬟而已，所以有了王小丫这个人和这个名字。1950年土改的时候，陈小姐早早地把王小丫一家遣了出去，后来陈家也遭了马匪，陈家大院被马匪们又砸又烧，陈小姐躲在小柴房里，逃过一劫。高邮师范学校组建时，陈小姐托人把珍藏的古书捐了过去，顺道给王小丫谋了份活儿。王阿姨一直不知道什么内情，直到陈怡琪90岁离世，妈妈王思思也去了，老得不能再老的王水儿才告诉了她这段故事。

我的思绪一下子给激荡得好远好远……

一、陈怡琪

辛亥革命那天，陈怡琪十三岁生日。再过一年，她就可以和明礼哥成亲了。明礼哥与她是指腹为婚的，年满十四就可结为连理，陈家与王家为之十分期待。所以，这个生日很热闹。

那是一个晚霞满天的好天气。陈家大院张灯结彩，三进院落全是客人。怡琪在第四进西厢房，望着窗外，大雁已经早早就飞越了高邮湖了，明礼哥中午露了脸，到现在还没再出现。怡琪有一针没一针地绣着鸳鸯枕巾，脑子里全是明礼哥的身影。明礼上半年生，大怡琪整半年，可是处处显得像个小大人，说话做事英姿飒飒。怡琪从小裹了绣脚，给明礼笑了十多年。每次，明礼笑她小脚，她就趴上明礼哥的后背，或者干脆就要明礼哥抱起来。这十多年，他们在一起是多么的无忧无虑，陈家人、王家人看在眼里，乐在心里。虽然，明礼哥身高马大，长得俊俏，文也能，武也可，但是，他在怡琪面前不敢搬弄学问，说什么听什么。族学里的书大抵都已烙进了怡琪的小脑袋里，没有人能背得过她。怡琪练字也有一套，同辈人甘拜下风。怡琪还能弹得一手好古筝，但只弹给明礼哥一人听。

天已经快擦黑了。怡琪才记起明礼中午说的，如果回来得晚，不能告诉别人，只能在小柴房给他留个门。一不小心，怡琪的小手给绣花针扎了一下，出了血，染上了绣布。她赶忙吮在嘴里，愣愣地看着绣布，手忙脚乱地穿过五进、六进，来到后花园，打开小柴房，虚掩虚开着小院门。望来望去，还是没有人，怡琪荡着秋千睡着了。

"噼里啪啦、噼里啪啦、噼里啪啦……"好一阵子的鞭炮声，把怡琪从梦中惊醒。"小姐、小姐，老爷说，该你去敬一下酒了。"四处寻来的丫鬟扶着小寿星往前屋去了。

敬完酒，客人们闹着怡琪弹一会儿古筝。怡琪心不在焉，有些不情愿，可是明礼哥说过今天要让客人们开心尽兴，迟点散，只好破例应了。弹的是刚刚练好的高山流水，她与明礼哥在这首曲子中加了一些变调，弹得与众不同，又显得那么自然美妙。

陈老爷，排行三，也叫陈三老爷。大老爷去了北京，二老爷去了上海，他留在高邮守家。王相公好武，是陈老爷的把兄弟，在道上救过陈老爷的命，所以才有了指腹为婚。陈老爷与王相公，一文一武，在南门外数一数二、说一不二。一曲罢了，客人们纷纷祝福两家喜事可期、佳偶天成。

这里边还在意犹未尽地热闹着，外头已经开始乱了套。来了一队人马，辫子军，旧旧的汉阳造，刚刚冒过烟，还有些火药味，围了上来。当头一个把总放了一枪，闯进门，"搜乱党"。客人们闻声，个个土色，面面相觑。陈家大院是从来没有过当兵砸进门的。陈家的祖上当过总兵，三十里外的乡下还有一个村子就叫陈总兵庄村。这运河堤冲了垮了，哪一代陈家人没拉头修过。都说，陈家是从唐代就传下来的大家族，当年可是跟举直禅师当过班的。

陈三老爷赶紧上前，拉着把总的手："咋啦，出什么乱子了么？消消火，喝杯酒，小女生日，赏个脸。"

那个把总也不好落了陈三老爷的面子，平日里没少亲近过，只是一个劲地说："三老爷得罪了，没法子，上头下了死命令，谁是王明礼的家人，站出来，跟我走。"王相公一听，是找他的，也不二话，立马站了出来："出什么事子了，明礼闯祸了吗？！""这祸事大了！走吧。""王明礼在不，在就出来，不在我们也不搜了，给三老爷一个面子。"辫子军逮着了一个王相公，觉得好回去复命，也不再计较什么了，当然顺手拎了几壶酒、几只烧鸡，把总口袋里也落下陈三老爷实甸甸的大洋。

天塌了。陈怡琪那时就是这感觉。真的出事了。怪不得明礼哥这些日子老是念叨，要让天变一变。他真的和革命党搅在了一起。还连累了家人。这可如何是好？明礼哥没事吧？陈家大院虽然还是灯火通明，但是怡琪觉得天真的很黑，一下子看不到什么了。

"人之初，性本善；性相近，习相远……"很小的时候，明礼哥常常蒙着小怡琪的眼睛，让其背诵《三字经》。三岁的光景，明礼哥来到陈怡琪家，陈大老爷给明礼哥起了名字，名明礼，字守成，字得成年以后用。说是给怡琪当伴读的。是书童，也是大哥。陈二老爷亲自开蒙授业。陈三老爷那时正在京城应试。陈三老爷应试前在外游学三年，遇上劫道的，恰巧给王相公救下。一攀叙，都是高邮人，陈总兵庄上的，也都是排行三。顿生相惜之意，武者说是结为把兄弟，文人则云义结金兰。离家时，两人夫人都已怀甲，更是约定同性为兄弟姐妹，异性为夫妇良缘。两人分别修书回家，才有了明礼哥的到来。陈大老爷与陈二老爷商量着，事情得等三弟回家再计较，先收下当作书童罢了，看看心性再说。

小怡琪十分喜欢有了个玩伴。力气大、爱捣蛋，仗义气、敢担当，长得俊、笑得欢。总之，不像自己那般柔弱不堪，没什么力气，上不了高头大马，追不上蜻蜓，总是动不动发愁。看明礼耍宝，是小怡琪最开心时候，乡下里许多玩意儿她都没见过听过。每次明礼哥回乡下探亲，就是怡琪最有期盼的时候。十三岁以前，怡琪从未走出过陈家大院。

五年后，陈三老爷屡试不第，黯然回家，也带回族里长辈们的信。高邮的陈家大院只是京城陈家的一个小分支，守塔护塔的一支。这从镇国寺塔建起来，就定下的规矩，是陈总兵交代下来的祖训。塔也真有陈家建的一份功劳，那青砖就是陈家专门请大师傅到高邮烧出来的，顺便在塔的东边不远的高地一道建了陈家大院，买下周边上千亩农田，作为守塔护塔开支。

族信说，时局不明，动荡不远，需要陈家子弟各奔明主。高邮分支需要出两支，一支上北京，一支去上海。这是大家族经世不倒的根本。每逢乱世，各支都各选明主，无论哪个胜出，陈家不倒，唐塔不倒。自唐以来，陈家还真没败落过。在高邮，陈家更是因为每遇洪涝灾害，修缮圩堤、赈灾济民最为出力，声望极高。陈三老爷决定留下。大老爷、二老爷各带家中三分之一积蓄而去。

王相公的大名就叫王三，所以明礼的名字才让陈大老爷起的。陈家自古由武转文，但决不鄙视、漠视武者，高邮大多数会一点武的也是陈家传下来的，或者是陈总兵的兵传下来的，有渊源，血脉连着丢不掉的缘分。

王三在道上遇上陈三老爷后，就一直跟着，像是兄弟像是保镖。陈三老爷在京城闭门读书应试几年，王三却混出了一个大哥王三的名声，哪户穷人家有困难他都想法子帮衬，江湖也给这个面子。陈三老爷名声不显，默然回邮。离京那天，送行的人老多了，这东西那礼物都没办法收下，王三也都散给了城门口的棚户人家。陈三老爷极为感慨地赋诗以记："寒窗苦读欠思量，一纸空书满腹伤。不若行义人间里，得失笑谈陌路上。"

王三觉得，陈三老爷是真有学问，跟着不会错，而且离家七八载，也是时候回了。王三回家第一件事就是考校明礼的学问，给了个"尚可"的评价，但是对其武艺不精十分恼火。从此，明礼过上了文不能躲、武不能舍的非人日子，夏练三伏、冬练三九，看得怡琪好生羡慕、好生心疼。明礼哥将来是要做大事的人。我呢？怡琪常常莫名地想。有次，听到两个老小子醉酒真言，原来她将来是明礼哥的妻，而且过了十四就可以在一起了。从无忧无虑的快乐，到满心期待的喜悦，还有点娇羞，知道内情后怡琪就不大再趴上明礼哥的后背了，好羞人的嘛。明礼哥还是大大咧咧的，他恐怕还不知道呢。天塌下来，哥顶着。他总是这样，抱起怡琪就乱转。

"怡琪、怡琪，醒、醒。"好像是明礼哥的声音。是不是啊。怡琪不敢真的醒来，她怕醒来再也看不到了，看不到明礼哥了。是的，就是的。怡琪一双小手抓着了明礼哥的大手，有点老茧的大手，粗糙而温暖的大手。

在小柴房里，黑黑的，没点灯火，陈怡琪看着了王明礼，陈怡琪抱住了王明礼。

"咳、咳、咳。"陈三老爷咳了三声，才把怡琪咳醒过来。

怡琪好不自在地松开手，但还是悄悄地拉着明礼哥的指尖，生怕一会儿他又不见了。

这个小柴房，有一个密室。还是他们俩小时候捉迷藏发现的，陈三老爷再三嘱咐不要告诉任何人，还教会了他俩开启密室的正确方法。

王明礼协助革命党攻打高邮府衙门失败，就藏在这里了。

原来，晚间的一阵阵鞭炮声，夹杂着枪声呢。

革命党武器太落后了，洋枪少，土枪多，射得也不准、不远。万万没想到高邮府能装配上汉阳造，整整三十支呢。情报错了啊。高邮府早有准备。双方交火没多会儿，革命党就失去了三四个同志，尸首都没抢得回，不得不四散而逃。明礼就是为了收尸，给认了出来，幸亏一身好武艺，跑得快、翻得高，七转八拐就没了身影。

"高邮，你是不能待了，去上海吧。"陈三老爷说，"走，连夜走，正好有船运粮去上海。"

"能不走么？"怡琪弱弱地问。上海是很远的地方吧，怡琪还没出过家门呢。

"不行，得立马走。"陈三老爷急促地说，"你爸，我来想办法，应该没事，会出来的。"

"还能回来不？"怡琪无望地问。手拉得更紧了。都抠出指甲印了。下晚的针口又迸开，渗出一点血丝。

"回。一定能回。这天是我们的。"明礼哥还是那么自信满满的。虽然一开始惊慌失措的，但他现在已经镇定下来，"我们一定能让更多的人过上好日子。"

黑黑的屋子，是那么的敞亮。忧伤的心情，是那么的甜蜜。

"明年，快点回来，我等你，别忘了……"

"嗯。不要怕，天塌不下来。"

"说什么呢！到上海给我老老实实待着，听家里的信。"陈三老爷狠狠地说，"臭小子，不要充大头，大事有大人，你算什么。"

陈三老爷打心眼里喜欢明礼，明礼略通诗书，能舞枪弄棒，为人正义，最关键的是和怡琪处得来，怡琪也喜欢。这次是鲁莽了些。不过，世道总是要变的，总是要有人去变的。

黎明时分，陈家从小柴房密室的一个密道送明礼上了运粮船。送走明礼，这条密道也就封了废了。只能用一次，才叫密道。密道连着运河坎堤，也不知道还有没有另一条。怡琪有点不懂这个世道了，为什么要变啊，为什么要这么神神秘秘？

送走明礼，也送走了怡琪的笑声，古筝也落了灰。

怡琪把自己关在小柴房里，三天三夜。出来后，她显得更为瘦小柔弱了。

她做了一个大的改变：扯掉了裹脚布。

她做了一个更大的改变：锻炼、学武。

三天没吃，吃得很慢很慢。

从不吃肉的她，开始吃肉了。

明礼哥能大口大口地吃肉，她也能。

明礼哥能大把大把地舞枪，她也能。

一个月、两个月，怡琪还是那么瘦小，但决不柔弱。

两个月的时候，王相公在牢里没能出来。有人出卖了他。原来，王三才是高邮革命党的带头大哥。连陈三老爷也不知道。连明礼哥也不知道。陈三老爷使了一袋又一袋的大洋，最后只落得收一个全尸。明礼娘生明礼时难产走了。王三家的弟兄们一个个都是老实巴交的佃农，哪敢认这个革命党的兄弟。怡琪啥也没说，披麻戴孝，陪着老爸，去收尸、去安葬。这是她十三年多来，第一次迈出陈家大院。

高邮城很大，很繁华。马可波罗在游记里这样说。在怡琪的眼里也确实是。只是她那时没有心情去打量这个世界。她不哭出声，只是低着头，红着眼，流着泪，想着明礼哥，想着明礼哥那晚是怎样逃脱的，走的哪个巷子，翻的哪个墙头。一路走到高邮州府衙门。这是她走的最远的路。小脚还没完全舒展开来，有的地方已经变形，但是她走得那么稳健，像明礼哥一样走得有力、有劲。这一刻，怡琪已不再是娇小姐，已不再是小孩子，她是明礼的妻子，她是王三的儿媳。刚刚过完年，怡琪十四岁了。

陈三老爷憔悴了许多，一路上不开口，不像往日里逢人都是乐呵呵的样子，也不像往日里与邻里们打招呼问寒暖。人人都知道，陈三老爷去了一个结拜兄弟，虽然是革命党，要杀头的，但是为兄弟收尸义之所在。人们也知道，陈怡琪小姐是王三未过门的儿媳，本来开春就可以办喜事过上幸福日子，哪想得现在王三没了，明礼也不见了踪影。街坊们看着第一次出门的怡琪小姐，疼在心里，怜惜在心底。多好的孩子啊。白白嫩嫩的，水灵灵的眼睛红通通的，不高的个子，走起路来婀娜中带些刚强。大户人家的小姐往往都是要等到出阁才能见到外面的世界，高邮人称出嫁就是出门。

陈三老爷第一次没给衙门里的人好脸色，他板着脸、硌着慌。衙役们个个小心伺候着、引导着。咱高邮城，哪个没受过陈家大院的恩惠。人家要保个兄弟都不让，还讲人情不？还在高邮地界混不？州府大老爷、二老爷都溜到北京邀功去了，一个个也生着不照面的好。而且，据说，南京也已经被革命了。多年的感情，给革命党一闹，往死里得罪了陈家，在高邮当官也没意思了，赶紧趁着一份功劳挪个好地方。陈三老爷不高兴，狱所的差哥们也害怕得紧，都早早地绑上了白麻布条，算是给王三戴个孝，让陈三老爷知道他们也是无奈。从狱所里扶灵出来，后面跟着一帮白条的差哥们，在街上走着走着人越来越多，也大都自发地扎了白麻布条。底层的老百姓都知道，王三是革命党，革命党是要革官老爷的命，让穷人们有过活。可是就不明白，陈三老爷这么好的人怎么不当官呢，要是陈三老爷当官，下三层的人们一定有好日子过，非要革命不可吗？换个人来当官不好吗？高邮人受的灾难太多了，三年一小水九年一大水，一发水就是流离失所，家家都盼着过安生日子。打仗要死人的。革命要死人的。怎么就不能好好商量，非要打枪挨枪子啊？可是王三们的那一晚枪声，让许多地方的人知道高邮也出革命家了！革命就在眼前。革命就在身旁。革命有风险，但总得有人干。王三是好汉。不愧是在京城待过的大哥王三。高邮人不说话，但高邮人骄傲。瞧，一路上直到安葬，不下千来号人跟着。这不是看闲，也不是看热闹，是对革命的支持，是对兄弟义气的认可，是对人性的沉默深思。

这边乱草岗在下葬，那里高邮湖边上吊死了一个梁大。梁大受伤被抓，没扛住酷刑，熬了两个月招出了王三。梁大也是陈家的一个长工。梁大丢下十岁不到的梁二走了，非常愧疚地走了。陈三老爷不生气，他不气梁大，是人都受不了那酷刑，不怪他，只怪这个世道要变。陈三老爷隔日也安葬了梁大，把梁二带在身边，给碗饭吃。人只要有碗饭吃，谁要去闹革命呢。梁二带到二十岁那年，陈三老爷支着他独立去开了家粮行。高邮不发水就是鱼米之乡，收粮卖粮生意可以做到北京、上海。

陈怡琪戴上孝，虽然明面上大家都知道她是王三家未过门的媳妇，可是戴了孝要么六七之内结婚、要么三年不能成婚，到了十七岁可就是老姑娘了，王明礼还会要吗？再说，王明礼在哪呢？王明礼不回来，还真没人敢要了这个好姑娘。孽啊！

怡琪心里比谁都明白。她这辈子就是明礼哥的。不管成不成婚、圆不圆房，她都是王家人。只是没有成婚，她的名字不能写成"王陈怡琪"，人们不能叫她"王陈氏"，她也不能做王家的事，她就只能在陈家做老姑娘了。

革命。陈怡琪比任何时候都想知道，革命是什么，明礼哥说的天是什么。过去，明礼哥就是她的天。现在，明礼哥不在，她想知道，明礼哥心目中的天是什么。五六岁的时候，怡琪的娘在运河决堤中救死扶伤，不慎染上血吸虫病，没多久便去了。陈三老爷恨哪！刚回来，娘子就躺在病床上一动不动，五年多没见着夫君，乍一见，憋足了劲说："回来就好……孩子交给你了……小明礼不错……我没给你落脸吧……"小怡琪不懂娘说的话，陈三老爷懂。陈三老爷痛哭流涕地说："我再也不出去了……就在这陪你……"怡琪娘对人好、对人善，哪家有个什么灾什么难，都要帮衬一二。怡琪娘是船家丫头，是陈三老爷恁着性子娶进门的，拗了气答应家里新婚后进京赶考的。南门外的人都说，这船娘修来得好命，嫁进了陈家大院；这陈三老爷迷了心窍，找了个不识字的婆娘。后来，人们才觉得，怡琪娘心地善良，菩萨心肠，人长得水灵，事做得地道，虽然常常抛头露脸不像大户人家太太，但却是渔民佃农们的活命观音，陈三老爷福气啊。自打怡琪娘走了后，陈三老爷就狠心给怡琪扎起小脚，让怡琪二门不出大门不迈，让小怡琪做一个乖乖的千金大小姐，唯有让小明礼陪着伴着。怡琪真的是很乖的。念书过目不忘，绣花栩栩如生，说话细声细语。长得越大，越透着娘的性子，越显着娘的影子。

陈怡琪觉得自己做得还不够好。或者，觉得，她不应该是一个什么千金大小姐。她觉得，她应当要与明礼哥一样，走出去，看看天是什么样，看看地是什么样。她不恨爹，她好想娘。

人人都以为怡琪小姐单纯得像高邮湖里的水，可以照出影子，清澈见底。谁又知道，只是她不想去说，不想去想，只想让家里人个个快乐，只想让自己不给人添麻烦。看上去，她性子弱；其实，骨子里犟。看上去，她不懂事；其实，都记在心里。

陈怡琪的身子骨越来越结实了，秀气中透出一丝丝英气。陈三老爷看着看着，便又着了迷，不由自主地哼起不知名的捕鱼小调："小妹妹摇着船呐，哥哥我来撒网。网里不见鱼呀，只有妹妹的影子哟……"

陈三老爷像个书呆子，只中了个秀才，再考也没中什么。他一生最得意的事就是认识了怡琪娘。他不喜欢读书，只想帮助人做些善事。他不认为穷是天生的。他更不认为富是应该的。做善事，是做人的责任。读书考功名，是陈家人的责任。让怡琪开心，是他当爸的责任。没救回王三，他第二次觉得很失败。上一次，是看着怡琪娘走。考不中，没什么。身边人救不了，心很痛、心很疼。不能再有下一次了。从今往后，怡琪想干啥就干啥。当爹的，唯有护她爱她。当爸的，今后也要做出当爸的模样。

六七结束，一般来说，可以除孝了。怡琪愣是要守孝三年。明礼哥不在，她在。陈三老爷叹了口气，一壶老酒洒地："王三兄弟啊！"

这是一个变化极快极大的年代。梁大再坚持一两天不开口，王三再拖个十来天，革命党就光复高邮，独立了，谁也不用死，还能封功加赏。王明礼当时走得急，陈三老爷安排的也好，一下子经过上海送到日本读书去了。陈怡琪说："就让他三年学成回来。现在，不要催。"陈三老爷默然不语。

二、王明礼

第一封来信。

丫头：

　　二伯托人告诉我了家里的情况。请原谅我不在你的身旁。这里远隔重洋，这里有我追求的理想。根据组织上的安排，我可能要过些年才能回去。有些话不能和你说，但我知道你知道。

　　那晚走得太急，你可哭鼻子了没有？红眼睛可不好看，还是一闪一闪亮晶晶的好。我在海上失眠了。夜里的大海是那么的深不可测，然而海上的日出却又那么的宏伟壮观。你要多读读现代的书。可以跟二伯找。

　　真没想到我爸是那个神秘的带头大哥。他的血不会白流。我也是组织上的人了。是什么组织，不能说。丫头呀，这个世界是那么的复杂，这个世界是多么的需要改变。

　　我要上课了，功课很紧，知识很多，我还不怎么懂，但我一定会努力学会，学会更多东西。要是你在我身边就好了，你是一学就会的。听说你锻炼身体了，还在努力学武。这很好。身体是革命的本钱。你会知道的。

　　代我在坟前跟爸说声，我不会让他失望的。

　　也感谢你爸。

　　想你。

傻哥

一九一二年四月四日

第二封来信。

丫头：

这次可以多写一些了。我学会了用钢笔。这字还行吧。毛笔在我手里总是不得劲儿，写不快，快了就认不得了。你也可以写写钢笔，这次给你寄了几支铅笔，先练着。等我挣够了钱，一定给你寄钢笔。

组织上虽然安排我来这学习，但还是很困难，不上课的时候我得自己打些短工，挣的钱一部分自己用、一部分存着，尽力再交一部分给组织，这样组织上可以帮助更多的人。

你可以写信过来了。这一年我就这个地址。以后就说不准了。你在家里，我的信没个准数，不要急，一有机会我肯定会写信给你的。

最近我主要学的是现代军事常识。我是你的大将军哟。我们的国家太落后了，军事尤甚。前些天，我还亲手摸到了可以射得很远的大炮，比我们的土炮厉害多了。步枪、手枪也正在练着。这可不是练武的木头枪。也很难练。

听说你长个子了。我也长了。肯定还是比你高一头。你现在是梳辫子还是挽髻的？我还是觉得你梳辫子好，可以随意甩来甩去，自自在在的好。

那晚临走，你爸跟我说，我们是爸和你爸定下的亲事。我想了很久，不知道怎么跟你说。我是这样的飘荡不定，怎能让你幸福。离开你的日子，我比任何时候都想你。这么大以来，我一直是你的傻哥。你也不要有负担。父辈们定的事，我们自己也可以做主。新时代已经向我们走来。国家要独立。民生要独立。你也要独立。

墨水快没了，今天先说到这吧。丫头，多想听听你脆脆甜甜的笑声。今天中秋节，家乡的月亮圆吧。

下次我要正式的称呼你：怡琪。我叫：明礼。

傻哥
一九一二年九月二十五日中秋

第一封回信。

明礼：

　　见字如晤。家里甚好。夏末水患。收成颇丰。哥心妹知。学需有成。盼哥安归。

怡琪
壬子岁末

第三封来信。

怡琪：

　　辗转收到你的来信，真是好字好文。呵呵。我内心无比的快乐，多吃了一碗饭呢。

　　只是你受古书的影响太深，需要多读读现代的书。黄遵宪先生早就提出要"我手写我口"，甚至引俗话入诗。写信，就是要像平常说话一样，想什么说什么的。你的毛笔字真是好看，真像你的模样。不过，钢笔字是现代文明人的标志。你要写起来。我已经托人带回去了。今天大概已经可以收到。

　　来不及多写了，我们要去野营军事演练，这关系到我能不能继续学下去。为我拍拍小手吧!

明礼

一九一三年五月二日

第二封回信。

明礼:

　　天天盼着你的来信。读你的信就像听你在身边说话。你说的有道理，写信可以像说话一样。我原来以为写下来的东西，就是像书里那样要有文采、要讲规范的。让你笑了。

　　这是第一次用钢笔给你写信。字还好看吧。我可不是什么旧女子。我要做新女性。我要赶上你的步伐。二伯带给我不少新书，真是很新鲜。那么多新生事物，那么多要学的东西，你不会忘了我吧。

　　今年夏天，高邮湖水有点小涨，运河堤坝有些渗水，里下河的水多了点，陈总兵庄村的庄稼受了点涝。今年稻子收得不好，比去年少了两成。不过影响不大。我们家少收了佃农的一成租。困难的人家也就免了。你家里的几亩田，不用担心，给你问得好好的。

　　今年我出去走了走，到村子里、到街巷上，革命还是让人们有了点活力和生机。只是民国还是有点乱，之前是南京政府，现在是北京政府了，还有什么"二次革命"，老百姓还是那样。城里多了几家小工厂。咱爸也搞了个火柴厂和面粉厂，说是实业救国。来了几回人，要他去当县长，他都没兴致，办起厂子来，一头的劲。我也到厂里帮爸看着呢。我不是什么千金大小姐吧。

　　不过，诗书古筝什么的，我也没丢下，闲着时也练练手。就好像你还站在我身边看着一样。

南燕呢喃向远方，秋风又起舞斜阳。你在那学得咋样了？再过一年就要回来了吧。

怡琪

癸丑中秋

第四封来信。

怡琪：

你好！

真的很高兴，你的进步太大了。你不做革命家可惜了。我们这里就有好几位革命女青年，也都是大户人家跑出来的。男女是平等的。革命也是平等的。

去年军事演练我得了块金牌，现在已经是士官了。吃这么多苦，值。我的革命觉悟也在提高。"二次革命"，就是为了保卫革命胜利果实，真正让老百姓幸福。同志们都在努力，我更得加把劲。

有时真觉得自己很累呢。但是想想我爸，我不累。也常想起我们在一起的时光，那么的快乐，那么的无忧。我不能因为自己一人的快乐，忘记千千万万大众的苦。我不能因为自己一人的累，拖了革命的后腿。这些，你懂的。

我们的组织现在可以半公开的活动了。但是组织上还是安排我不要暴露。干革命总是有危险的。你在家好好的，我就放心了。组织上要求我少与家里联系了。还记得我们小时候怎么猜谜的么。说不定以后会用上。

真想回去看看你呀。风中总有股你的气息。

祝一切安好。

明礼

一九一三年十一月五日

第三封回信。

明礼：

安好！

今年的春天雨水有点多，家门口的柳树发芽早了十天，现在已经一叶一叶地出来了。南方的大雁也飞回来了，一双一对地在湖面上嬉戏。前些天湖里开捕，鱼儿特别多，白条儿银鱼炖着蛋，加一点青葱，又香又鲜又嫩。我学会做不少菜了呢。等你回来，一样一样地烧给你吃，看不把你馋的。

爸给你爸修了坟。县衙给你爸立了碑，还给你家分了十亩地，我代你料理着。今年的小麦长得旺，绿油油的一大片，种田人可高兴了。你家门口的风车冬天给风刮倒了，昨天才修好，误不了种水稻。你家的老屋冬天重新铺了草顶，一点也不漏雨的。本来想代你重新建的，爸说王伯喜欢草房子，能修修补补就不要推倒了重建。不过你的那张小床，我做主打了一张大的，一些破了的家什都换新的了。这草房子我也喜欢。今年夏天我准备住这息夏，一定很凉爽。

高邮也有新学了。这些天，总有些先生来动员女娃娃们去上学。有空我也想去看看。新学现在闹得很，几个私塾老先生气得吹胡子。爸也琢磨着捐些钱给新来的小先生。有个小先生来说，革命就是让大众开智慧，先有了觉悟才知道怎么革命为什么革命。你也是这样子吧。我不是小丫头了，你也不是毛头小子了，我们都是新青年了吧。

我还是喜欢弹弹高山流水。傍晚时分，看着晚霞，听着风声，在家里小亭子里不急不慌地弹了好几遍。梁二说，院外总是围了一帮孩子在听，大人们再忙也会停两步再走。我说，以后要是有小孩子就让他们进来听，给他们一些零食，边吃边听，就像你一样。你吃东西的声音可真大，不用看就知道你吃什么了，呵呵呵。

我托信差给你带了一百大洋，你自己留着用，多了你又会上交组织了。在家千日好，出门步步难。你要照顾好自己。你说的，身体是革命的本钱。要我说，身体也是生活的本钱。爸的精气神大不如以前了，还是那么劳碌，工人们在我们家厂子都能吃上肉了。只是火柴的价格掉了下来，赚的少了。面粉好卖，爸却不肯加钱，其他几家面粉厂都加了，最后我们家才加了价。不过，我家是做上海的生意，老路子，不愁卖。

二伯回来了一趟，说到了你。说你表现不错哟。我的大将军，不说了，等你回来听你说。

祝好。

怡琪

甲寅清明

第五封来信。

（猜谜密码。怡琪费了半天，一字一字翻译写在边上。）

怡琪：

我见着中山先生了。

中山先生给我改了字，今后我字克己。

我要四处奔波了，不要为我担心。

又是一年中秋月圆。想你。勿回信。

明礼

一九一四年十月四日

第四封回信。

（没有寄出，转给二伯收着。二伯说，明礼现在任务重，不方便与家里联系。要怡琪放心。）

明礼：

真为你高兴。男儿有志在四方。你是干大事的。不要太挂念我。我会好好的，等你回来。

不过，家里还出了一些事。今年夏天水大了，运河堤坝又决了几处，一处正好对着陈家大院。幸好屋基高，石头根脚，青砖青瓦，房子结实，只是院墙冲毁了一角。周边的农家惨了，草房子全没了。爸天天忙着救济乡里乡亲们。县老爷们却在忙革命与复辟，大水一来个个没影了。

镇国寺塔已经修缮一新。家里的院墙也已修好。乡下的草房子也重新搭好，还是原来的模样。可是，爸累垮了。这些天卧在床上。念叨着，想把我送到上海二伯家去。我不想去。我家就在高邮南门外。我要在这等着你。我现在可能干了，家里家外收拾得妥妥帖帖。火柴厂、面粉厂也都复工了，今年多收了一些工人。地里的收成没了。多让些穷苦人家有口饭吃。我们家的粮仓陈稻也不多了，赈济用了不少。幸好还有苏州府的粮商渠道。就是价格贵了四五成。

又打仗了。去年学生们也不上课，都上街游行，说什么青岛给日本人占了，又说是日本人与德国人开战的。民智是开了，人心却更乱了，救灾心都不齐。你要保重好自己啊！外面这么乱，实在危险回来也好的。我不想你当什么大将军，我只要你好好的。

怡琪

乙卯岁末

第六封来信。

（组织上同意明礼写封信回家报平安。由二伯派信使转交。）

怡琪：

你好！

终于能够告诉你：我回国了。

两年来，我参加了几次战斗。我一切安好，万请放心。我现在还回不了高邮。革命同志四海为家。革命在哪里，哪里就是我们的家。虽然我还不能看到你，但是我和你站在一块土地上，我和你生活在一个蓝天下，我就在你身旁。

我在日本读的一些书，也将随信一起带给你。回国后，我到了祖国不少地方。读万卷书不如行万里路啊。我们的祖国是这么的美丽，我们的大众是这么的可爱。劳苦大众们还在水深火热之中，祖国依然饱受创伤，共和还需继续努力。

这两年，我无时无刻不在想着你。我该怎样面对你啊。我是这样的漂泊不定，随时可能为革命献身。

我们都是新时代的青年了，我们要有更高的理想和觉悟。今年我们都已经十八岁了，只能说刚刚成年。我们要向旧社会告别，要向旧传统告别。好男儿当以立业为先，以身报国。我现在还不能回到高邮与你成亲，过上舒舒服服的小日子，再说我们还小着呢，再等等几年好不好？这些年，辛苦你了，也委屈你了。你的来信，二伯已经转交给我了。我一定为了你、为了革命，保重自己，日子长着呢，幸福的生活还需要我和你一起去创造。

有次我爬上了高高的雪山。白雪皑皑，一切是那么的圣洁。清新的空气中，我闻到了你的味道。等国家安定下来，我一定带你走遍这万里大好河山。雪山的民族还很落后，但是他们淳朴、热情、勤劳。他们与所有的中国人一样。雪山之下，郁郁葱葱，像美丽的花园。有一个山谷，流传着一个凄惨的风俗。这里的男女相恋之后，若是家人反对，则会双双来到山谷殉情，殉情之时全族人都会去送行。传说殉情之后他们所到的地方犹如天堂。所以，这个山谷一年四季都开满了鲜花。虽然十分感人，但我还是觉得，幸福要靠争取，命运要靠奋斗，爱情更要靠相知相守，只有活下去才有希望，只要活着一切梦想都可能实现。我和你虽然远隔重洋，虽然相距万山，但是我知道你知道，我们的心一直在一起。所以，你要坚强，哪怕再也没有我的消息，也要好好地活下去，我总会回到你的身边。

当然，我也反对用所谓的指腹为婚来束缚你。你是自由的。如果哪一天你不等我了，我也不怨你，我只希望你能过上好日子。

I love you!（我爱你！）

珍重！（如果你要回信，可交二伯。）

明礼

一九一六年五月八日

第五封回信。

明礼：

收到你的信，是我最开心的事。每次我都要看着信封老半天，等心情平静下来，才会去拆开细读。知道你一切平安，是我最大的幸福。分享你的天空，是我最美好的愿望。

家里一切都好，今春的小麦收成极好。爸的身体好些了。里里外外的事，现在都归我打理。你带来的书，我正在认真读。

你讲的雪山故事，让我好感动。等有机会，你一定要带我去看看那美丽的山谷。你说的，我知道，我一定美丽快乐地活着，每天都是最美的模样。说不定你哪天就出现在我眼前。不过，我担心我现在的装扮是不是落后了，你会不会笑话我呢。还有，你肯定遇到许多革命的女青年。对了，上次你信里提过的。哼。是不是我没她们好看，没她们优雅，没她们进步？哼。我是自由的。你也是自由的。如果哪天你带回一个她，我也不怨你，谁叫我是一个小地方的小女子。

I love you!（哼。我也会说的。）

怡琪

壬辰端午

第六封回信。

（怡琪改用毛笔写的，娟秀清新跃然纸上。）

明礼：

　　纤云弄巧

　　飞星传恨

　　银汉迢迢暗度

　　金风玉露一相逢

　　便胜却人间无数

　　柔情似水

　　佳期如梦

　　忍顾鹊桥归路

　　两情若是久长时

　　又岂在朝朝暮暮

怡琪

壬辰七夕

第七封来信。

（猜谜密码。怡琪一会儿就译了出来。）

怡琪：

　　想你。

　　组织上派我到德国继续深造。可能要三五年。我们的军事力量仍然薄弱，军事素养远远落后诸国。我们必须向西方全面学习、深入学习、不断学习。现在的时代发展突飞猛进，再不去学习，革命是永难成功的。

顺寄《新青年》两本，你可以从中大受裨益。新文化运动已经兴起。你的文化功底深厚，也需要与时代同步。

今后联络更为困难，望谅。

第七封回信。

（没有寄出，怡琪藏在梳妆匣子里。）

我的明礼：

安否？

我努力不想着你，可是每天都冒出你的影子，一闲下来你就四处乱窜，让我想得更紧。

你这个浑小子怎么跑到我家来的啊。一来就抢我的风筝。家里的柳树尽遭你的殃，刚刚冒出细叶子，就给你扯下来编帽子，还采了些野花夹起来，硬是戴在我头上，拖着我瞎跑，给大伯讪了老半天，成何体统哟。我还佩服你，天不怕地不怕，讪得越凶、闹得越欢，竟然把几只蝌蚪丢进大伯的茶壶里，你是想烫死蝌蚪呢，还是想让大伯喝下去呀。你还用两根狗尾巴草，撑着两只眼睛吓人。给你笑死了。我从来没这么笑过，大牙都笑掉了，害得我好些天不敢张嘴。后来娘说是正常换牙，才让我安心一点。你就不能静静了吗？！

你还骗人，居然说小麦是韭菜，水稻是野草，哼！掏了个马蜂窝，说里面有甜甜的蜜，扯开来冒出好几只马蜂，差点毁我的容啊。为什么我总是上你的当哎。给我背书去！给我练字去！答应的倒是爽快，三分钟的热度一会儿就没影了。幸亏你爸回来，压着你蹲马步，一蹲就是老半天，笑死我了，呵呵呵呵……我现在也会蹲马步了哟，确实不容易，你是怎么蹲得下去的呢，是不是怕老爸打你的屁股呀。

你还会唱小调。尽是野路子。一会儿哥哥一会儿妹妹的，羞不羞，懂不懂啊。我爸和你爸肯定是一伙的，居然说你唱得不错，好嗓子好词曲。乡下人都是这个样子么？要你背书不会，陈词滥调记得倒是多得很。要你练字没心肠，蹲个马步却能当回事。力气不大，喊的声音倒是大得很，还真以为你是武功一流的大侠呢。

我弹筝，你倒是安静得很。不过，高山流水这样的名曲，你也敢改调，真是服了你，随你吧，反正我只弹给你听。现在人家都说我弹得有点不对，是不是谱子错了，真是拿你没办法，我怎么就上了你的当呢。上了贼船下不来了啊。你要我自由，可是我怎么自由得了，打小就给你骗了呢。看着你怎么都顺眼。老爸想着让我换个公子哥看看，尽是恶心得慌。你就安心地当你的大将军吧。等着你。

哦，对了，有个叫鲁迅的人在《新青年》第四卷第五号写了篇《狂人日记》，读着让人害怕，这真个吃人的社会吗，你要努力了。

I love you!

（我真的会说，可是没人听，只能自言自语了。）

你的怡琪
戊午立秋

第八封来信。

（猜谜密码。收到已是寒冬腊月，怡琪译得很慢很慢。）

怡琪：

安好。

实践是最好的学习。将军要在战斗中成长。刚到德国就爆发了战争。虽然我国政府也对德宣战，但我在这里并没受到多少歧视，我的教官很关心我。教官今天说英国坦克突破了德军西部防线，军人们群情激愤，更加用力狠心地训练我们。这是个了不起的民族。这是群素养极高的军人。放心，我会学到更多东西的。

祝好。

你的明礼

一九一八年八月八日

第八封回信。

（毛笔所写，无处可寄。）

我的明礼：

新年好！

又是一年了。

匆匆一别近七载，唯有鸿雁寄衷肠。

万家灯火迎新年，一夜漆黑觅过往。

山水迢迢乱世人，情思绵绵心安处。

倦鸟归途应相识，茅屋小家伴馨香。

祝安。

你的怡琪

戊午除夕

第九封回信。

（钢笔所写，字有潦草。连同前两封由二伯专人顺道带往德国。）

我的明礼：

安否？

见信如晤。

时局仍然十分动荡，外面传来不少消息说各地在抓捕学生。你在异国他乡更要保护好自己。

今年灾害频频，百姓真是难以安生。春不似春猛如夏，天气酷热无常，狂风、大雨、冰雹交杂。风来摇山撼岳，湖中白浪滔天，舟船断缆走锚无数。凡两人以上合抱之大树被折断者计百余株，连根拔去者不计其数，并吹倒瓦屋数家，草屋二十余家，压伤男妇数人，所幸河堤未决、无人死亡。

二伯带来中山先生著作《孙文学说》。济世良方虽好，病人肯吃愿吃耐吃才行。这般乱象横生，总是不行。你心存革命志气，更需脚踏实地、徐徐为之。为之可为，不可为当不为。急不来的。病来如山倒，病去如抽丝。切记切记。

告诉你，我现在可会做菜了。单说韭菜就能好几样。软兜长鱼配一点韭菜，特香。又或者，小螺蛳炒韭菜也极是好吃。再不，配些金黄金黄的鸡蛋，韭菜香与鸡蛋香、金色与绿色相得益彰。鸡蛋要用老母鸡刚下的蛋，打开拌匀，用菜籽油一涨，再匀成十几小块，特美味。

我还会做面包了呢。只要用心、细心、耐心，什么活都能干成。治大国如烹小鲜嘛。呵呵。你在外面吃得惯么？等你回来，想吃啥吃啥，保证让你吃得饱睡得香。

呵呵。二伯说能把信带给你的。看了信，不要笑我哟。

也许你会问我为什么等着你？这个问题我也不知道，但我可以用一生来回答，准备好听我回答了吗？

你若安好，便是晴天。

等你。

你的怡琪
己未夏至

第九封来信。

（猜谜密码。收到又已除夕，怡琪译的很快很快。）

怡琪：

安心。

我已找到革命正途，加入了一个更为严密的组织，直接对五号同志负责。国未安宁、民未安生，小家难全、私情难圆。

有位革命女同志意外怀孕。为了小生命的安全，组织上分配我做好安置工作，近期将抵高邮，万请妥处。注意保密。

想你。

你的明礼
一九二〇年十一月二十八日

三、王思思

革命总是有牺牲的，但无谓的牺牲不是革命的本意。小思思闯入陈怡琪的生活，既让她措手不及，也让她更加坚定。她觉得，明礼哥已经献身革命，前途未卜，生死难料，小思思应当过上一个安逸的生活，革命不就是让人们好好过日子么。

又是一年三月春暖花开，高邮湖畔绿意盎然，杨柳枝儿已经轻轻拂拭着碧清的水面。这一两个月是湖面禁捕休渔期，鱼儿虾儿自由自在地享受着春天的好时光。梁二的粮船上走下一个挺着大肚子的姑娘。说是姑娘，是因为人们很奇怪她的打扮不像一个婆娘。齐崭崭的短头发，乌溜溜的大眼睛，有点发白的青衣衫。如果不是肚子大了点，还真是一个水灵灵的大姑娘，还有点学生样儿、书香气。陈怡琪见到她，没有说什么，只是示意她上了小马车，钻进车棚里，放下帘子，一路下乡。

对于思思妈，陈怡琪有着一股说不出的感觉，这就是五四女学生、革命女青年吗？她与明礼哥有着什么样的交集呢？不好问，也不能问。思思妈也许长途跋涉，累得紧，话也不多，一时也不想说什么，总是在默默地想着什么，不时抚摸着肚子。思思妈是从日本一路追到德国、法国，撵着王明礼的脚步不丢的。但是，她知道王明礼在老家有个指腹为婚的媳妇，虽然没有成婚，但两人青梅竹马、两小无猜、情深意厚，王明礼也是一副革命不成功决不成家过小日子的样子，所以她与王明礼是革命同志的关系。思思妈只是想，不管怎么样，她只要与明礼在一起。明礼也不知道她肚子里的孩子是他自己的。这的确是一个意外，一个让思思妈心甘情愿的意外。发现自己有身孕后，组织上严厉地批评了思思妈，可是思思妈坚决不说是怎么回事，宁愿接受处分，只要求顺顺当当地把孩子生下来。王明礼虽然没受到影响，但也不得不接受了安置任务。

陈怡琪。这就是陈怡琪了。思思妈一路上悄悄地打量着陈怡琪，这个让明礼念念不忘的大家小姐。虽然没有自己那样英气飒飒，却也透着秀柔刚毅。如果说自己是刚中见柔之美，那么她就是柔中见刚之美。高邮这个小地方，居然也有这般模样的美女呵。穿着有点传统，也有点新意，看似自己手工做的，衣襟袖口的花纹绣得很精致。秀发挽着髻，妇人的打扮。她是把自己当作明礼的媳妇啰。听说，她给明礼爸戴过孝、替明礼尽了孝，真不简单的女子。

小马车一路叮叮当当、摇摇晃晃，来到明礼老家的茅草屋。这里四面环水，人家不多，大都是陈家佃农。大家早早知道明礼在外有个婆娘回来生孩子，也没多想，就是替大小姐不平。不过，婆娘是大小姐亲自送过来的，她没什么意见，谁来多这个嘴嘛。大小姐不仅亲自送过来，还住下来了，陪着这个洋女娃子。大小姐就是心善啊。

高邮真是个好地方。这里春和景明、风和日丽、百花盛开、万紫千红，美好的景色自不用说，单单空气的味道就十分好闻，一股清新中透着丝丝甜意，爽得很。早晨的庄子四周浸染着一层层水气，在阳光中渐渐散去，就像一副水墨田园画浚开来一样，那样的诗意、那样的自然。在这里住下来，等待小生命的出生，思思妈突然有了股陶渊明《归田园居》的感觉，"方宅十余亩，草屋八九间。榆柳荫后檐，桃李罗堂前。暧暧远人村，依依墟里烟。狗吠深巷中，鸡鸣桑树颠。"也不知道陈怡琪是怎么想的，小小茅草屋里居然别有天地，专门辟出一间书房，题匾"南山书屋"。思思妈差点动摇了革命意志，想着自己在这里生活一辈子也蛮好的。这也算是组织上对我的考验啊。把孩子留在这里罢了。我还得去找组织。我还是陪着明礼吧。

思思妈万万想不到的是，每一餐都是陈怡琪这个大小姐亲手弄的。早上有时候吃面条，时而光面加个鸡蛋，时而青菜面加点榨菜肉丝，时而鱼汤面飘满了香气，令人食欲大开、食指大动。常常还配一碗粥，不似北方的小米粥，黏黏的、软软的、香香的、滑溜溜的，一口喝下去意犹未尽。就连小咸菜也花式多得很，有雪里蕻腌成的，也有大白菜晾干的，还有脆嘣嘣的萝卜干，不一而足。中午的正餐更是一天一个样，顿顿少不了汤。高邮人好像特别喜欢吃水产品。红通通的清水虾，鲜得不得了。浓浓的草鱼汤，喝了还想喝。嫩嫩的黑鱼片，一滑溜就化在嘴里了。为了让思思妈奶水足，还特地安排了鲶鱼汤、猪蹄汤、骨头汤。各式各样的菜肴，居然是大小姐一手做出来的。思思妈从最初的疲惫乏力，慢慢地、不知不觉地被养得又白又胖，肌肤都显得白里透红，好看得让陈怡琪都有点纳闷了："这傻大个儿，哪来的福气，哼哼哼……"

好日子过得总是很快。眼看就临产了，思思妈觉得还是很有必要好好与陈怡琪谈一谈。思思妈一直不知道怎么和陈怡琪对话，平日里只有一言片语，常常欲言又止。

"姐……"

"妹子……"

"孩子不管男女，都叫思思。"

"嗯。"

"姓王。"

"嗯。"

"我还是要走的。"

"嗯。"

"孩子托你了。"

"好。放心。"

"不能让任何人知道这孩子的来处。"

"哦。"

"我也没来过这里。"

"啊……知道了。"

王思思真不知道她是从哪来的，记忆中她是中市口慈幼堂长大的，后来给大小姐领回去的。陈家早些年就在城里找了块地，收容安置水灾之下失去亲人的孤儿孤女，后来一些穷苦人家也把养不起的婴孩丢在门口，这就是慈幼堂的来历了。高邮人常常吓小孩子说："你是从渔船上抱来，你是从水上漂来的，你是慈幼堂门口没人要的。"王思思只记得大小姐说过，她有一个伟大的爸爸，她有一个伟大的妈妈，他们总有一天会来接她的，现在她得叫大小姐：姆妈。

思思妈生产得很顺利，虽然是女娃儿，但她觉得让孩子留在高邮、托在怡琪姐这儿，一定会很幸福。三个月后，思思妈就毅然奔赴革命一线——上海，组织上计划7月份在上海召开重要的会议。她要把欧洲的情况带回去汇报。悄悄地走，正如悄悄地来，可是却带走了高邮的云彩，留下了新生的希望。

陈怡琪非常妥当地处理了思思妈到高邮的一切行踪。对外都说是难产染病去了，小孩子也没保住。人们都说，王明礼作的孽啊。与许多孤儿孤女一样，小思思出现在慈幼堂门口，被收留下来，得到悉心养护、长大了。大小姐经常到慈幼堂看小孩子们，讲讲故事，弹弹古筝，写写字，画画儿。孩子们都开心地叫大小姐：姆妈。

1928年，小思思七八岁的样子，陈怡琪把小思思领回了陈家大院，满心希望等着思思妈、思思爸。可是，时局仍然动荡，军阀混战不止，思思妈、思思爸仍不见踪影，也没了消息。这一年，怡琪爸积劳成疾、撒手而去，二伯一家突然出走海外，大伯一家早随皇帝没了，高邮陈家大院就剩下陈怡琪一人撑着。小思思成了大小姐的全部依托、全部念想。陈怡琪只想让小思思健康快乐无忧无虑地长大，活好每一天，开心每一天。就好像得过且过、小富小满小日子的思想，是高邮人天然的追求一样。

1931年大水突如其来，陈家大院由于地势高、院墙结实，宛如洪水中的孤岛。一下子聚集了上千人。陈怡琪一个灾民也没赶走，但处理安置起来也有条不紊。可以说，陈家是高邮城上处理洪涝灾害最有经验的大户人家，长期积累了赈灾流程，忙而不乱，上千号人井然有序。洪水来得快、退得快，但对高邮人的损失不是几天就能挽回的。

面对这些无家可归的乡里乡亲，陈怡琪默许人们在周边占地建屋、圈地种田。陈怡琪想，反正陈家的开支也不多了，上海、北京都断了联系，不再需要每年输送银钱粮草，她就悄悄地把田地分给了佃户和灾民们，交租多少随意，地契什么的也烧了。这1931年赈灾，是陈家最后一次的倾尽全力。弱女子不再想担负太多的担子，陈大小姐只想和小思思相依为命。穷苦人太多，她也救不了那么多，也帮不了一辈子。她只盼望思思妈和思思爸能早日回来，把思思健健康康、漂漂亮亮地交还给他们，让他们一家人过上幸福的日子。她什么都由着小思思，就是不准思思沾革命的边，她只要求思思会烧烧饭、做做针线活，读书也不必多认真，开开心心地、孝孝顺顺地就好。

"姆妈，天上这么多星星，哪颗是妈、哪颗是爸？"思思从小到大一直喜欢与姆妈说这个话题。

仰望星空，陈怡琪不知过了多少春去秋来，哪颗星星在哪她都能说得上来、讲得故事来。星空很密。密得几乎星碰星了，而其实却又是那么的遥远。虽然遥远，却又是确实在相互守望着。许多人都想说这是我的星那是你的星，真的来讲，不过是在说"内心"罢了。人的内心犹如繁星，很近也很遥远。"我能知道星星在哪，却不知道你在哪、你们在哪啊。"望着繁星，她的心灵才会有些苏醒，才会觉得自己并没有丢失。我不知道到底哪颗是属于我的和明礼的星，但是一定会有这么一颗、两颗的，肯定有那么一颗一直看着我。这样一想，白天所有的烦恼都不那么重要了，周遭又充满了生机，听得见虫鸣，看得见竹影，摸得到心跳。陈怡琪常常这样想。她给小思思编了一个美丽的神话，把牛郎星说成了爸爸星，织女星说成了妈妈星，一年才能会面一次，叫小思思不要着急，乖乖等到爸爸星与妈妈星天天在一起的时候，就会有一颗思思星天天陪伴左右了。

小思思与许多陈怡琪收养的孩子一样，长大了就嫁出去，嫁给了棒小伙子王水儿，搬出去单住。小思思什么来历谁也不清楚，也没人问过，普通得像一般般的穷苦人家丢弃的一样。王水儿也不清楚，但是他对陈大小姐奉如观音在世，对小思思好得像掌上明珠。即便日本鬼子来了，他为了让思思娘俩安全，总是驾着船在高邮湖里四处为家，与鬼子兵不照面，只是悄悄地看望陈姆妈。陈怡琪自从日本鬼子进了高邮城，就没出过陈家大院。他们惮于高邮人对陈家大院的特殊感情，也没怎么折腾住在陈家大院的人们，只就是简单地烧了把火、挖地三尺找找宝贝，推倒了神奇的风雨墙搬走了几块好玩的石头。烧完了，周边的人们和陈家大院的人们一起默默地把风雨墙重新砌结实了，把陈家大院的几进房子修缮修缮，让陈大小姐住得下去。

陈怡琪越发喜欢读报，千方百计地找到各种新的报纸，在里面找消息、看世事变迁。她知道明礼哥的那种奔波的感觉，是属于她内心最深处的记忆。许多人最初背井离乡时都是一个人的，即使是在外的时间不长不多，所有的感觉也只是一个人自己的。出去，才知道人海茫茫。出去，才知道世界有多大；出去，才知道一个人是多么的孤单；出去，才知道生活原来还有很多种样子；出去，才知道自己竟然也可以做许多从不敢想象的事。但是，陈怡琪知道这感觉，即使没有与明礼哥朝夕相处，即使再也难见到明礼哥，她的心里、梦里都是明礼哥的故事和响亮的笑声。她的梦里、心里总是感受着回来的感觉。如贺知章《回乡偶书》"少小离家老大归"，定有许多慨叹；"乡音无改鬓毛衰"，定有许多伤感。但是，能在晚年回归故乡，毕竟是落叶归根，毕竟是一种幸福。回家的感觉主要还是兴奋，看到孩子自然联想到童年的自己，不由得发出轻松而愉悦的童趣："儿童相见不相识，笑问客从何处来"。也有唐朝李频《渡汉江》"岭外音书绝，经冬复立春。近乡情更怯，不敢问来人。"的感觉。于她来看，无论哪一个地方只要有人的一次到来就会充满了灵性、充满了记忆，而我们天天生活的环境也更应如此，每一次奔波与回来都会有不同的体会，只是这种感觉更深、更不易显露罢了。出去、回来，回来、出去，无论在哪个年代，四处奔波的人不仅仅是为了讨生活，更多的是为了寻找生活的意义。无论是身体在奔波也好，还是心灵在奔波也好，唯有永不放弃对生活的追求。有了这样的追求，再有多少路要走，人生的每一刻都会显得充实而有生机。

马饮塘是陈家大院最有灵气的所在。明礼在这里走出了人生的第一步，虽然那是很黑、很黑的夜。陈怡琪总是喜欢看着那条小河一端向东，流向远方，一端向西，穿进市井小桥，缓而静，渐渐有点曲折，便有碎玉银铃之声飘荡在梦乡。有些垂柳，枝条可拂绿波。夜的风拖着月光抚向屋檐，罩向垂柳，携丝丝虫鸣，向四周漫去。月白风清，河水晶莹，绿枝飘柔。飞虫擦过夜色，掀起点点涟漪，月影晃成层层波光漾向小河沟那边，闪闪地倒映在红砖青瓦上，一层薄薄的水雾被风吹成丝丝缕缕，缥缥缈缈，马饮塘的灵气便散入平常人家。

许多年以后，她才知道王明礼是中国共产党党员，是最绝密的地下党，人们都说不清楚他去了哪里。她收到的礼物，就是王明礼秘密寄来的。思思妈也早就牺牲在不知什么地方。思思的出身一直填的是贫农。陈怡琪想给她争取烈士后代的身份，却没有人来证明。

后记

等待有许多种。

有刘禹锡《潇湘神》："斑竹枝，斑竹枝，泪痕点点寄相思。楚客欲听瑶瑟怨，潇湘深夜月明时"，一种说不尽的哀婉动人的等待。

有范仲淹《御街行》："年年今夜，月华如练，长是人千里"，一种不可回避却又心志极坚的等待。

有王昌龄《出塞》："秦时明月汉时关，万里长征人未还"，一种无望终又不忍失望的悲壮的等待。

有韦应物《滁州西涧》："春潮带雨晚来急，野渡无人舟自横"，一种似有似无潇洒自如的等待。

……

等待是对心灵的淬炼。

从春天的风吹到秋天的雨里，站在这片历史的天空，感受着错乱的光怪陆离，久久才知道原来有一种美丽的爱情叫等待，有一段人生的等待叫风雨墙。

胭脂山

高邮古城四四方方,东南西北各有各的活法。唯独中市口有河有山,河曰玉带河,山名胭脂山,是达官贵人、文人雅士、书生小姐经常聚会的好地方。

空中俯瞰,玉带河宛如城中的玉色腰带,从南关口引水进来,弯弯曲曲,将高邮城划分出南北、连接成东西,郁郁葱葱的树木下欸欸水声,氤氲水汽散落各家各户。河水清澈见底,淘米槌衣络绎而来,也有鲜鱼鲜虾蹦蹦出水面。

胭脂山不高,其实就是个土堆。高邮城地势洼,经常闹水灾,堆个土堆来避水。有雅士喜爱桃花,植成桃林,遂成城中一景。粉红紫红淡红嫣红嫩红各种红的桃花瓣落入玉带河,就像胭脂一样流淌。胭脂山,就这样出了名。

但是,也有人认为不是这么回事。胭脂山从来没有种过桃树,都是些杂树野花,各种颜色花瓣雨汇成胭脂水,才叫胭脂山的。

也有人说,你们都错了,胭脂山因为是贾家小姐后花园梳妆台,打翻胭脂而得名的。

不管怎么说,我见到的胭脂山确实是在贾家花园内。1996年府前街二期改造工程时，我是驻地记者，天天跟着拆迁工作组进门入户去动员，进过贾家花园，看过贾家小姐。当然，已是百岁老太太了。阴暗的小房子，就是书多。大户人家。主屋早给别人占了。政策没落实。又要来拆迁。贾老太太很平静地签字画押。我还特地采访了一下贾老太太如何顾全大局，混了点字数，算是完成了工作任务。

许多年以后，我总是梦见胭脂山，看见贾家小姐砸胭脂扔古书。当年，贾老太太跟我讲的那些与拆迁无关的故事越来越清晰地钻出脑海来。

玉带河可以行小船。贾家小姐出门，最喜欢坐小船，有时逛高邮城，有时下乡去祭祖，或者春游、秋游，坐船很方便。四通八达。贾家小姐的小船有特色，像个小画舫，是高邮城的一奇景。只要小船出游，沿途人流猛增，指指点点，有学问的还会讲讲画舫上的每一处装饰雕花的来历和讲究，少年书生更是希望能看上一眼贾小姐。胭脂山出美女是有名的。贾家小姐入选过嫔妃，这是高邮人比较值得骄傲和吹嘘的一个话题。能娶到贾家小姐，基本上在高邮算是名门望族了。

高邮古城，大姓大族，各有各的地盘。贾家居城中，是高邮风水最好的地块。胭脂山是风水眼。玉带河是风水轴。城北有汪家，城南是杨家，城东数陶家，城西属周家，还有张、赵、李、王、胡……不一而足，此起彼伏，各有荣衰。

贾家世世代代从不出仕。但是一举一动，影响着全城。凭的是底蕴。贾家姻亲，根深叶茂，枝繁条远，稳稳数百年。只是到了新时期、新时代，许多老办法不管用了。譬如独生子女政策，一下子就把大家族缩小瘦身了许多，姻亲关系就简单得很。贾老太太接受新文化运动的新思想，崇尚自由恋爱，结果终身未嫁。势孤力薄，贾家花园不保，胭脂山不保，是必然的。

玉带河是城中居民的起居之河。两三里长，四五个码头，六七座小桥，八九棵老槐树。说起老槐树，有一棵比较独特，从河南岸歪歪扭扭伸到河北岸，小孩子们常常从树上过河，玩得不亦乐乎。河南岸爬上树，蹭蹭一跳就到河北岸。河北岸需要够下树梢，用点巧劲跃上树杈，才能滋溜到河南岸。槐树花开也煞是好看，白的、粉的，香喷喷、闹哄哄，落在水面上，流落四方。城中虽然是城里最奢华的地方，但也树木繁多，房屋散落在树荫下，仿佛园林一样。胭脂山居高临下，花香四溢，花瓣乱舞，常常聚集不少男男女女前来观赏。此时，贾家花园必定敞开院门，贾家小姐必定举办诗会，以花会友，以诗会友。

胭脂山的花会与诗会，远近闻名，颇有年代，是古城高邮一大盛事。凡夫俗子们津津乐道于俊男俏女胭脂山相会，流传出才子佳人的眷侣神话。也有不少花边新闻。比如，有个屡试不第的老秀才，也冒充豆蔻少年，妄图觅得贾家小姐青睐，以助科举之力。结果，诗写得好，字写得好，可惜年纪着实大了，害得贾老太爷差点恼羞成怒要了老秀才的狗命。幸亏贾家小姐怜惜求情。

老秀才写道：

积土成山兮，山无棱。

涓溪流河矣，水有情。

迢迢花飞飞，春无归。

默默人依依，秋有意。

贾小姐笺曰：可。

这"可"可急坏了一帮人，连忙将诗书传到现场品鉴的乡绅名士。众人传阅，皆摇头，一致判词：下。起了波澜，贾老太爷不得不见下，以免明珠蒙尘，一看是个老相识，气不打一处来，拂袖而去："拖出去打——了！"

老秀才也不老，二十好几，十四岁就中了秀才，此后多年再无寸进，屡试屡败，屡败屡试，赴宁应省试的盘缠一次比一次多，一家一当花得精光，一时被高邮人传说为"伤仲永"的现实版本。这次本想在诗会上博得赏银，或者有幸入临东床，今年秋闱就能再考一次，哪想犯了众怒，落得一顿瘟打。

贾家花园坐落于府前街菊花巷，中市口东南角。东南角在高邮风水上讲是上首位。中市口东南角一大块，菊花巷几乎全部都是贾家地盘。花园是围绕胭脂山而建的，也算是中市口最美的地方。闹市之中，有花有树，亭台楼阁，水榭华庭，重檐叠瓦，闹中取静，风水宝地。

这个老秀才挨打就算了，贾家仆人中有好事者竟临时起意，逼迫其从狗洞中爬出去。浑身伤痛的老秀才，拗不过壮仆，硬是给塞进狗洞，推了出去。

"士可杀不可辱！我赵满江，君子报仇十年不晚！"老秀才狼狈不堪地出得狗洞，便立即放出豪言壮语。

"哦哟、哦哟！"围观的百姓顿时一阵喝彩！

贾老太爷闻讯，一顿责骂悍仆，立马派人扶送老秀才赵满江去城北汪家怀仁堂好生医治。

贾家小姐得知也懊恼不已，手写绢帕传书：韶华易逝春晖去，才俊难得秋实来。一朝一夕莫虚度，千年万载情依在。

落款：沉香。

赵满江怀揣沉香绢帕，再赴省城金陵赶考。哪料科举业已废除，所有乡会试一律停止，各省岁科考试亦即关门。

这一年，秀才满江不知所终。

高邮人茶余饭后谈谈，慢慢也就淡忘了这段笑话。

只是打那以后，贾家沉香小姐的婚事，成了全城最为关心的话题。一开始上门提亲者络绎不绝，而后三三两两，渐渐也就无人问津。人们总是纳闷，为啥沉香小姐如此难嫁呢？难不成真与秀才满江有故事？贾老太爷也是没得办法，好在家里小姐多，不在乎一个沉香嫁不嫁，养就养着，还能养得起。花季般的小小姐，就这样成了老姑娘。

贾沉香与我谈的最多的就是"要房子"。落实房产政策曾是全国各地的重头戏。贾沉香住在贾家花园，七八十年就没离开过。从最初住在大房子，随着时代变迁不断地搬，一直搬到花园边上的小柴房。她说："这里的房子都是我们贾家的。既然要落实政策，就得全部归还我们贾家。"

可是，七八十年来，贾家起起落落折折腾腾，男丁们都远走他乡了，就她一个弱女子，没人搭理她。就是有好心的办事员，同情她跑来跑去的，也有心无力。

"你不能代表贾家。"

"你不是贾家代表人。"

"你没有你是贾家人的证明材料。"

……

总之，贾沉香在"要房子"的过程，演变成要证明自己是"贾家合法代表人"的过程。

这就很麻烦了。麻烦大了。因为，贾沉香在民国初年有份脱离贾家的报纸声明，恰好房管部门的旧档案中存着。档案这东西，有时需要的找不到，不需要的尽冒出来。

那一年，胭脂山发生了一个大事件：军阀混战。

县志里是这样写的。其实，就是两拨小股人马火并。为了贾家小姐沉香。

沉香确实长得美，是她这一辈贾家小姐中心气最高的一种美，"非状元郎，非大将军，不嫁！"

高邮四乡八里的媒婆都知道。都在沉香小姐那碰过一鼻子灰。再巧舌如簧，也抵不住这一句噎人。

县老爷的公子见过沉香一面后，坚决要娶。甚至要强迫贾家嫁女。为此，贾沉香在《高邮州报》上登了一则声明：小女子沉香与贾家无任何关系，非状元郎，非大将军，不嫁！

这一期《高邮州报》特地加印了一千份，广散大江南北。

没多久，胭脂山来了两股国民新军，带队的都像将军模样。一个是县太爷的公子，投笔从戎，在江苏新军混上了个连长，拖上了几条枪。另一个令人没想到，居然是赵满江，安徽新军团长。

两个"大将军"。高邮小民识不得真假。县太爷的公子，认得，虽说纨绔了些，但是应该假不了。赵满江？这就滑稽了。竟然还是团长！不可能。老百姓只觉得，一个年轻，与沉香差不多大，二九十八，应是良配；赵满江老了，三十年华，老牛吃嫩草，皆曰笑话。贾家觉得也是笑话。上次诗会丑闻还没笑够，今天又来打脸，贾家小姐哪有那么好嫁。

一言不合，胭脂山下，两个"大将军"拔枪相向，"呼呼呼"响声不断。

县志上是这么记录的：民国初年，苏皖两军，高邮争端，胭脂山战，无胜无负。是役之后，贾家四散，豪门深院，渐次没落。

没有提及赵满江。没有提及贾沉香。

但是贾沉香告诉我，她是一直在等秀才满江回来娶她的。即使那次混战落败，秀才满江，才是她心上的"状元郎、大将军"！

贾沉香虽然姓贾，大家也知道她是贾家留守在高邮的老姑娘，贾老太爷那年枪战受惊去世后，贾家上下大都避祸上海去了，再以后各种人色觑觑蚕食贾家菊花巷,加之后来高邮解放,建立新社会,谁也不敢说也说不清这菊花巷的房产是谁的,能给你这金贵的贾老姑娘一个栖息之所就不错了。

不管遇到什么样的风霜雪雨、刀光剑影,贾沉香既不奔赴上海,也不嫁人苟且,她就那样倔强地活在贾家花园。再怎么斗争,人们也不好意思斗一个老姑娘,况且沉香小姐有才有貌,心也善,无论哪家小孩她都愿意教识字读书。贾老师的学问一等一的好,在她手上出去的人才也不少。1980年,改革开放初期,就有人大胆地给贾老师落实了教师指标,享受离休工资待遇。

话说回来,贾家与赵家其实还算是远亲呢。秀才满江少年出名时,也算贾家座上宾。只是一年又一年,再也没考中,赵氏家道衰弱,两家也就渐渐疏远了。数年不中,满江成为高邮笑话之后,贾家与赵家几近断交绝往矣。

沉香年幼,秀才满江侍为启蒙伴读,贾家藏书甚丰,边教边学不亦乐乎。

"满江哥哥,人字一撇一捺,太难写了,你怎么写得这么好看啊。"

"休得胡言,勤学苦练,千遍万遍矣。"

"不写、不写,一点不好玩,我给你画胭脂吧!"

小沉香说了就动手,搞得小先生满江一个大花脸,还特地印上一个红嘴唇。

"我不读书了好不好,长大了我就嫁给你,书全让你一人读好不好。"

"疯言疯语,成何体统,快下来啊……"秀才满江少年心性,硬撑脸面,面红心跳,有点慌乱,有点恍惚。

就这样三五年后,由于满江屡试不第,贾家也就不再聘为小姐西席。可是，少年满江的心魂却丢失在贾家花园了，每逢花会诗会他都要千方百计混进去，诗书传情，眉目会意。七魂去了其三，怎么可能再夺解元会元。

早先，玉带河南有一方菜地。城中有菜地是现在不可想象的，即便谁家在空一丁点地上栽上蔬菜，也要给铲了。这事我亲手干过。每逢创建卫生城市检查组要来，各单位都要到包干区坚守阵地，见菜必拔，见鸡要抓……很奇怪的是，这块菜地没人敢问，直到种菜的老头子去世了，才给平整成停车场。什么情况？记者的职业病令我喜欢包打听，特别是家长里短，谁叫俺是跑民生新闻的嘛。有新闻、有故事，必须得刨根问底，才能挤上紧张的版面。

"别乱打听了，没有人会告诉你的。"贾老太太与我闲话往事时，蛮有意味地说，"这老头子啊，是个老红军……"

噢。可是，这个老红军怎么回事呀？怎么没有当上大干部，反而在城里侍弄块菜地？

越是寻求真相，真相越是模糊。

古城高邮没了玉带河，就少了几许灵气。随着一些百岁老人的离去，再多的往事也就只能尘归尘、土归土。2016年11月22日，国务院批复江苏省人民政府，同意高邮入选"国家历史文化名城"。高邮终于成为全国第130座国家级历史文化名城，一时间全城上下喜大普奔。消息传来，玉带河修复工程也无形中加快了许多。可是，再怎么修复，也找不回那股当年的味道。现在我们的生活，都是那么的现代化。用句哲学的话说，过去的，不可能再回去，只能向前走。更有人说，怀旧，是衰老的表现。可是，一个城市没有了自己的历史记忆，还是个独一无二的城市么？

玉带河南岸的菜地早已经变成了楼房。巴掌大的块地，也盖了挤压压的两幢住宅楼。空间小的，难进难出，但是卖得很快。每次来到菊花巷陈小五面店吃面，我都不由地想起，这里有过一座胭脂山，有过一块菜地。

后来，我偶然听说种菜的老红军叫赵满江。我一听，不相信。再问，说的人斩钉截铁："就是这名字，高邮为数不多的老红军，活到120岁，奇迹。"想再去找贾老太太核实，可惜她也早已去世，享年110岁。这两个世纪老人，带着谜团般的故事走了。

我也姓赵。越发好奇。我突然发了疯似的满城寻找赵氏老人、贾氏老人，寻找那一段过往青春年华。

"小青菜啦，新鲜的小青菜，带着泥的小青菜啦……"赵老头有事没事一天就挖十几棵小青菜，在菊花巷口叫唤。

"多少钱一斤？"

"十块。"

"这么贵？"

"嫌贵，我还不卖呢！"

"你这老头子，想钱想疯啦。"

"呵呵。不卖。"

其实，菊花巷街坊邻居都不会来问赵老头买的，大家都知道赵老头不是真的在卖什么小青菜。

赵老头有点瘸，但身子骨硬朗，说话中气十足，不过还算比较客气。

太阳爬上了屋顶。贾家花园小柴房出来个老太太的。也不显得特别老。大家熟悉得很——沉香小姐。每天都是这个时候出来，到陈小五面店吃碗阳春面。

赵老头也收了篮子，跟着进店吃面。

"今天又威风过啦……"喃喃细语，不紧不慢。

赵老头顿时一阵脸红,"没、没、没,说的玩。"

"这小青菜,还真新鲜,打过霜了呀,好吃。"

"嗯。好吃。"

"中午过来吃饭?"

"今天有事,几个老战友说要来,聚一次少一次了。"

"嗯。少喝点。一把年纪了,别再逞能。"

这时,菊花巷还没有拆迁,仍然是一副老街老巷的样子,冒着热气的早晨。

"说你多少次了,上岁数了,别起那么早。睡睡养精神。"

"呵呵,习惯了,习惯了。也不早。醒来打会儿拳,掰弄掰弄菜地,正好给你带些刚长成的小青菜,落了霜,好吃。"

"怎么说你吧,咋就爱上种菜啦。书也不读了,兵也不当了,做个菜农,有意思么。"

"呵呵呵……"

每次大家听到俩老人聊到这,不约而同地竖起耳朵,就指望着听听下文,结果,呵呵,没了。

这个赵满江,赵老头,闷呢。

"你要问赵老头、贾老太的事儿啊?"我终于找着一位百岁老人,姓汪,"这事,还真得听我说,我知道那么一丁点儿内幕,呵呵。"

汪老爷子早先在城北汪家怀仁堂待过。

"我亲眼看过这个赵满江两次。"汪老爷子说。

一次是给贾家打得遍体鳞伤,送来医治,息养在药堂一个多月呢。

一次是给县太爷公子枪子儿打中了好几下,断了腿,差点没了命,简单处理下,连夜走了。

这两次后再也没见过赵满江。

"都是红颜祸水啊,好好的一个秀才,成了武将,九死一生,不伦不类的。听说,后来上过红军队伍,当过八路,解放前就回来种菜了。"

"哦。那,赵满江与贾沉香,什么情况?"

"不好说。人家的事,不能乱嚼舌头。俩人都没有成家吧,单着过,没想到也都走了,这么快啊。"

"哦。"我再怎么问,汪老爷子就是不多说半句了。

时间回到民国初年,细细打量那场高邮军阀混战之夜。

县令真老爷在高邮有些年头了,可是怎么就吃不开高邮的几个大户人家。没人搭理他这个捐官。真姓在高邮不算大姓,当个末代县令也憋屈。狗头师爷出了个好主意:贾家还有个老姑娘待字闺中,不若这般这般、如此如此。

花花公子真少爷,正是春光灿烂的好时候,仗着衙内身份,横行大街小巷,也就欺负欺负渔船小丫头、农家小妹妹、摆摊小娘子,再高贵一点的大家闺秀却碰不到边。听说老爷要给他到贾家提亲,喜出望外,猴急猴急。

"犬子不才,年方十八,正合沉香,可否良缘?"

"这个、这个,要问小女,公子可否有诗书一作以观。"

真少爷提笔如山,歪诗一首:

"沉香千里远,乡野闻得见;今天来相会,真是好滋味。"

贾老太爷一看,哭笑不得。

沉香小姐更是嗤之以鼻:不见。

非状元郎,非大将军,不嫁!

碰了一鼻子灰,真老爷不高兴,尴尬不已。

真少爷嚷嚷起来:"姓贾的,别给脸不要脸,本少爷要定了这臭丫头。"

闹腾起来真是不好看，伤了和气。

真老爷灰溜溜地拖着大少爷走了。

很快，革命了。

革命成功了，真老爷摇身一变，成真县长。

腰板硬气的真县长，第一枪就打向贾家。

开路先锋真少爷，穿上军装的真连长、真大爷，带着一队人马，上门革命顺带抢亲。

贾家花园紧闭四门。革命是什么东西？闹心。大姓大族们不掺和，任由世道乱去。

"咚咚……咚咚……"

贾家就是不开门。擂了半天通天响，无人回应。

那哪行！没得进门，真少爷怎么抢亲呢？

"轰门！"

半天找来一根老树段，几人抱着撞门。

这院门还真结实。愣是撞不开。

"开枪！"

"再不开门，我们可开枪啦！"

顿时一阵哗哗响，其实枪里也没几发子弹，就真连长手枪子弹多一点。二话不说，真连长接连朝天打上三枪，像放鞭炮一样好玩。还别说，有用！门慢慢开了。

贾老太爷站在门内，理了理西瓜皮帽，两手长揖拱一拱。

刚刚准备说道说道，真连长上前就是一枪，枪法真准，打飞了西瓜皮帽。

贾老太爷斯文扫地，一下子晕了过去，院内乱作一团。

真连长好不得意，细手一挥："胭脂山！"

胭脂山是小姐们的后花园，沉香阁里有沉香。

真连长、真大爷刚到沉香阁，就听到一阵声音，急了！

沉香阁外还站着三两个大汉，大声喝道："哪部分的？！"

"你大爷的！"真连长随手就乱出一枪。

瞬间枪声大作。

真连长人多枪多，子弹少也厉害。

沉香阁跳出一影子，真连长真急了，连打几枪。那影子抖了几下，不见了。三两个大汉且战且退，在胭脂山捉迷藏。

沉香阁沉香在。

真连长破门而入，正欲上前扑倒沉香，忽然自己先倒下了。

一颗子弹正中后脑勺。

真连长没了。

一帮大兵吓坏了，顿作鸟兽散，枪支扔了一地。死的是县太爷的公子，出大事了！大兵们个个四散而逃。

这么一个混乱之夜。

贾沉香私会赵满江，没想到遇上这档事。

本来，赵团长准备第二天正式拜会贾老太爷，带走沉香小姐的，计划赶不上变化，变化赶不上意外。

赵满江也身负重伤，送医馆简单救治后连夜回到安徽。

谁也不知道胭脂山沉香阁发生了什么事，只知道真少爷与贾老太爷同归于尽了。

日子还是一样要过下去。

贾沉香守着胭脂山沉香阁，等着满江回来。

这一等，等到1949年1月19日。

高邮全境解放，赵满江回来了。

悄无声息地回来了。

神神秘秘地回来了。

"我要回高邮。"在淮海战役再次身负重伤的赵满江,只跟组织上提了唯一的要求:回高邮。什么也不要,回高邮。

我的家乡在高邮。我不是安徽人。我是高邮人。

组织准备为他介绍一个女战士,一起回高邮,组成革命家庭。赵满江同志坚持不必如此,为这事再次违反组织决定。

"我什么都不要。我就回高邮,做个老百姓。"

"打了一辈子仗,我都忘了家是什么样子,我是什么样子。就让我回去休息休息吧。"

"那你也得娶个老婆成个家,风风光光地回去吧。"

"不要了。这么多年,能活着就不错了。再说……"赵老头子说一半不说了,"到地方上什么也别说。就一老兵回家。"

就这样,高邮县军管会接到一个神秘的工作任务,做好一个老兵的安置工作。

这个老兵还真不好安置。不要当干部。不要进工厂。就要在玉带河边上种菜。还指名要在贾家花园胭脂山下。可是,贾家花园早给人住满了。再三协商,将就安排在玉带河南岸秦家大院,两间小屋一块空地。

赵老头子说,长征路上学会了种菜挖菜,走到哪都要弄块地种种各式蔬菜。

就凭这句话,吓住了安置工作人员。老红军啊!

其实,赵家在高邮,还真是种菜的出身。

"我们老赵家,确实是种菜的。"爷爷告诉我说,"你说的那个赵满江,可能是一个家谱,早先听老人讲过赵家出过读书人,说的可能是他，只是那一支姓赵的散了。"

修家谱入族谱，是刚刚兴起的事，好多姓氏嫡系旁系支脉只能凭老人们记忆口述，也不大准确。有总比没有好。有了家谱族谱，一家一姓才找到根，找到共同的祖先。可惜，我不懂，也没研究过，辈分小更没人理。

"我们赵家种菜从来不卖，定时定量送，就送几家大户。"爷爷颇有神气地说，"就是解放了，入社建队，我们也是悄悄送，送一家是一家，有的还白送。大户人家不容易，过去没亏待过咱，咱也不能落井下石，那一点恩情那一点念想，你们小孩子不懂。"

在报社工作后，我回家的次数不多，一回去就得听爷爷唠叨往事。一次我说起胭脂山的故事，爷爷居然也能说上一两段，也不知道真假。

"我们家给贾家送菜不收钱，折算稻子。有一年灾荒稻子少，人家饿着，老赵家没有，还用贾家的稻子换了十几亩好地，盖上好多大房子。可惜一解放，地全没了，还给拆分成几家到各地去。1956年办养蚕场，我们这一支才从城里搬到南郊来。"

这么多年还真不知道我们家祖上的故事。胭脂山的故事也是偶然间听闻，如果不是自己曾经采访过贾沉香老太太，真的怀疑高邮城是否有过如此多的往事。

"你回来做甚？"

赵老头子赵满江终于敲开贾沉香居住的柴房小屋。

贾家花园胭脂山已经成为劳动人民居住起息的乐园。

当然，大一点的好房子是一些大干部家的住着。

贾家早不知道跑哪去了。只有一个老姑娘，被安排到小学堂里教教书，混口饭吃。深居简出的贾老师，没有人轻易去打扰她，照了面人们还都比较尊重地称呼着："小姐早！小姐好！"

沉香从年轻的岁月，沉淀着，从容着……

看到赵满江花白了的头发，苍老了的脸庞，沉香伸出手去触摸，落下几滴清泪。

"你回来了。"

"回来了。不走了。"赵老头子闷声说。

"你回来做甚？"沉香还是忍不住潸然不止。

"娶你！"赵老头子重重地说。

"都老了。"

"嫁给我吧！"赵老头子重重地说。

俩老手携着手，走上街，去军管会。

一路上，人们都惊呆了。

在军管会等了大半天，负责人打了好多电话，最终无奈地说："赵满江同志，上级指示，你的结婚请求，不同意。"

赵老头子噌的一下站起来了，说："你请示的谁？谁不同意！"

贾沉香一声不吭地要往回走。

赵满江想拉住，伸伸手没拉着，连声说："别急。你先回去，我再说说。"

军管会负责人看看左右没什么人了，连忙给赵满江让座，立正敬礼："报告首长同志，您的事我的上级也做不了主，上级的上级的上级马上派人到高邮调查。"

还瞧不出来，这老头子保密级别蛮高的。

跟小同志说不上来什么了，赵满江悻悻而归。这结婚多大的屁事，还要请示批准，还要来调查。见惯了风风雨雨，赵满江有点落寞索然。

"组织上还要来调查。你别担心。"隔着木门，满江满脸愧疚，劝慰着沉香。

"我没什么好担心的。你没事就好。"沉香轻声说。

沉默了半天。

"那……那我先回了。"满江喃喃着，一步一回头。

第二天，赵满江没有来敲门。

第三天，也没有来。

第四天、第五天……

贾沉香没有等到赵满江来敲门，等来了军管会的人。

"贾沉香老师，经组织决定，赵满江同志不能与你结婚。希望你配合组织上的调查。"

"嗯。"

之后每天，贾沉香都要到军管会报个到。

秦家大院的屋子锁着，菜地已经荒芜。

赵满江又不知道到哪去了……

贾老师每天除了去军管会报个到，也不再怎么出门，一人在家读书写字画画。

"沉香啊，你家这么多好书，不读可惜了。"

"沉香啊，你的字完全可以写得更好，多临帖好些。"

"沉香啊，你画画也有天赋，画下去。"

……

那些年那些声音，一帧帧地回现在贾老师的脑海里。

年轻真好！

活着更好！

"你快走！"那一夜，贾家花园枪声乍起，沉香小姐连忙催促满江哥哥赶紧躲避。在这个动乱不堪的大时代，谁也不知道能不能活下去、活多久。

胭脂山

秀才满江虽说在安徽督军那混了个团长,也不算什么正规任命。

赵满江意外得到一份《高邮州报》,小姐贾沉香声明与贾家没有任何关系!不知道到底发生了什么情况,满江跟督军要了个团长称谓,星夜兼程赶赴高邮,准备了却当年的约定。

"相信我,我一定回来,风风光光地迎娶你,我的小丫头!"

"相信!满江哥,你就是状元郎,你就是大将军!"

紧闭不出的贾家花园,挡不住赵满江,几下翻跃,文弱书生已经身手敏捷地摸到胭脂山沉香阁。

"我回来了。"

"回来啦?!"

"回来了。"

"回来就好。"沉香一把抱紧满江,久久无言,"我不要什么状元郎,我不要什么大将军,我只要你,满江哥。"

"好!"赵满江一颗悬着的心踏实了,"明天我就找老爷提亲,我现在也是个团长呢。"

"什么人?!"这俩人正在诉说衷肠,外面突然响起枪声。

顿时,贾家花园乱作一锅粥。赵满江带来的卫兵也与人交上了火,这边沉香阁也闯来了真连长真少爷。

匆匆而来,匆匆而去。这一夜怎么那么短暂。而岁月却是那么漫长。

"你又去了哪里?"每天贾老师都在念叨着,"你还好么?这么多年是怎么过的?"

"我第二天天不亮就给部队来人带走了,神秘兮兮的,都不给时间让我跟你说下。"又是好多年后,赵满江同志终于再次回到高邮,这回是真的不走了,他敲开贾老师的小柴门说。

"回来就好。"贾老师望着更老的满江哥哥,"回来就好。"

"是啊，回来就好。"经受各种考验的赵满江同志，放弃了许许多多，就是要回到高邮，"现在没事了，可以安安生生地过日子，我要天天看着你陪着你。"

"没事就好。"贾老师已经没有力气要求太多，再次看到赵老头子，平静得很。

就这样，玉带河边，菊花巷，胭脂山，住着两个奇怪的老人。一个在河南秦家大院种菜，不卖，只送。一个在贾家花园小柴房读书，写字，画画。俩人天天见上一次面，一聊就是老半天，偶尔一起散步在老街老巷。

认识这两老的人已经不多。认识的，也都老了，身体还不如两老见熬，也大都不打招呼，让他们俩慢慢聊，就是听听他们聊什么陈芝麻烂谷子的事，有时也听不明白他们俩说了什么，冲他俩笑笑，算是赞同或者认可，抑或什么也不是。

不认识的，中年人也好，小娃娃也好，却很热情地喊早喊好，彬彬有礼，敬重有加。大家只知道，一个是老红军，一个是老老师，值得尊敬。

我天天磨在汪老爷子家，想听听胭脂山的故事。一开始直接问，汪老爷子爱理不理。闲着没事，我就天天来帮汪老爷子遛鸟。汪老爷子喜欢与鸟儿聊天。在胭脂山西边的西后街，玉带河拐弯抹角处，一排排棚户区的一角上，汪老爷子住着一间半，还有半间住的全是各式各样的小鸟。我数了数，没有上百，也有七八十。奇巧八怪的，五颜六色的，七嘴八舌的，闹腾得欢。一般老人都会嫌吵，汪老爷子却不。他不卖鸟，只送，谁要是真喜欢，懂鸟，爱鸟，你看中了，就拿走。拿走的，没两天就又送回来。小鸟只会在汪老爷子这欢腾，一离开就不言不语，蔫了似的，没了精气神。后来，人们但凡养不好的小鸟也都送过来，没两天就能活蹦乱跳的。

"呵呵，你们老赵家就是一种菜的。"汪老爷子说，"会种菜。就像我会遛鸟一样。"

我还真不会种菜。

回家休息时，我爷爷常常拖我下地种菜。耐着性子，开沟，松土，底肥，晾晒。有时抷大蒜，一瓣一瓣抷整齐了，一行一行点豆子似的。也有时搭四季豆架子，像做手工一样精致的架子，一藤一藤地架上去，美极了。

"每样菜每样种法，什么时节吃什么菜。"爷爷常常对我说，"想吃到好菜，就得自己种。"

爷爷一辈子都喜欢种菜。虽然搬到南郊改行养蚕子，也在家门口辟出块空地种菜。只吃，不卖。多了，送人。谁家没菜，直接过来掐。

"贾家啊……"汪老爷子叹了口气说，"还真是真正的大户人家，高邮城不多的几家。"

"咱老汪家也是。"汪老爷子还是喜欢啰唆自家的事情，可惜没什么人听。

一家只理一家事。莫管他家是与非。古城高邮的几户大姓人家还真是不怎么来往紧密。很少相互见面。有事，门房或者管家跑一趟。"你们送菜的老赵家，其实家家熟，要问问你爷爷辈去。"汪老爷子说出了这个秘密。

我问爷爷。我其实很怕爷爷。读书读不好，菜也不会种，养蚕更别谈了。用爷爷的话说，什么名堂都没得。有次我踩坏了土下的苗苗，差点挨顿扁担。没出苗，谁知道啊，正好有空地，瞎练几套拳把式，做做武侠梦。不敌爷爷一扁担。

"人家事不好说。"爷爷安静的时候常说往事，就是不上我的路子，东拉西扯的不着调,"这是规矩。走大户人家的规矩。"

没办法,我只好乖乖地学种菜,边种边听故事。

"干好自己的活,是做人的本分。没穷事,别瞎说八道,这边的枝条要剪了。"爷爷看我心不在焉的样子,火山就要爆发,"读书读到哪去了啊!会认两个字不得了呢,做人不能忘本……"

家里的菜地并不大。却给爷爷整得像花园。红的绿的紫的,高的矮的地里的,还真是丰富多彩。别人家也学种菜,就是学不好,长得杂草丛生。种菜,细活儿。得有耐心。得有水平。像爷爷一样种菜的,不多了。譬如,有人家用塑料大棚,爷爷坚决不用。打农药更别提。这么多学问,没有人学,爷爷只有捞住我,强教强学。唉!

干完活,爷爷才歇个脚,抽袋水烟。有次让我来点火,我差点烧没了爷爷的胡子,呵呵。我偷偷玩过水烟,呛了一地,难受死了。

"满江,算起来,是你大爷爷,我们一个祖父。"爷爷终于说到了秀才满江,"唉,读书有什么好!那时老赵家指望他光宗耀祖,也能成个书香门第。结果,到老一场空。喜欢个什么贾小姐,可能么?小家小户的,经不起折腾啊。"

"就算他是老红军,也没帮过老赵家!"爷爷愤愤地说,"你大学分配,找他也没帮上忙。好多年不来往了,谁知道他是怎么个心思,一点人情不讲。"

原来还有这弯弯绕啊。

确实是个奇怪的赵老头子。

"小伙子,你真要打听赵满江与贾沉香啊,今儿没事,和你唠唠。"汪老爷子还算心软,禁不住我软磨硬泡,"这个满江老头子,倔得很,只在沉香老太一人面前乖巧。"

说来话长。这故事得从满江的爷爷赵三说起。赵三和贾老太爷贾生云是发小、玩伴。一个种菜的小子，一个大家的少爷，年少时倒也兴趣相投，而后渐行渐远。一个安生种菜，一个矢志读书。赵三不识字，但喜欢看写字。每天天不亮，带着新鲜泥土气息的各式时令蔬菜，送到贾家伙房，顺道路过贾家书房，看生云少爷读书写字。时间久了，赵三觉得赵家应该出个读书人，把儿子带过来给生云少爷过目，不行，开不了窍。儿子不行，看孙子。生云少爷当家做老爷了，觉得亦无不可，便把满江留在身边，做个小书童，偶尔教一教。没成想，慢慢地满江还真有了灵气，一教就会，还懂得藏拙。

贾家有个奇怪的事情，男丁喜欢读书的不多，不学无术的多；女子却能多才多艺，才貌双全。贾生云是个不怎么合流的读书人，他当家做老爷，凭的是举人身份，而非嫡长出生。贾生云的爷爷早早预见贾家式落其微，外强中干，也是希望生云持家能有所生机。生云老爷一上任，就强令所有贾家男儿读书应试，否则月例减半，更不得在外赊账。这一下子要了大家的命根。一开始还有些贴己，爸妈也宠着惯着，可是时间久了，还真吃不消，花销亏空大了，只得回来装也得装着读书。这一年赵满江十六，正赶上贾家大肆支持应试，小沉香闹着爷爷也给满江哥哥报个名。这下好了，二十多人报名，只有赵满江一人中了秀才，其他诸人惨不忍睹，众人不反省自身，却编排起各式流言蜚语。

"老爷有了私心！一个书童也能考上，肯定有内幕。"

"我们是牺牲品，哪回应试不上下打点，谁见过谁认真写过卷，也不都是考上了啊！"

"女生外向啊！"

大家都没把应试当回事。可是这下子贾家男儿全军覆没，实在丢人得紧，接到众人举报，县衙责令赵满江再现场考一考副卷。现考再阅。找来一帮老学究，共同阅卷。当然也同样都评了上上。一时间，全城知晓，理直气壮的举报者们被当场责打数十大棒，贾家男儿自此恨死了秀才满江。

生云老爷高兴就行。我的书童都能考上，尔等何必如此聒噪。贾老爷的地位牢不可摧，赵满江也因秀才之身正式入驻胭脂山学堂，代老爷授课。

可惜的是，赵满江之后再也考不出什么好成绩了！原因却是很简单，许多年后一个中了举人的贾家公子哥酒后所说，也不知是不是真假："得罪了贾家没好果子吃，老爷也不能犯众怒。"好事者再劝一杯酒，问道："啥情况？""他贾生云的举人也是买来的，凭啥要我们考！那个小人儿，有才也没有用，怎么可能给他考上。""一个种菜的，想做贾家女婿，做梦，胭脂山下的一只癞蛤蟆也不如！"

期望满满的贾老爷，最终也是没有办法，只能跟赵三打招呼说："还是让满江回去种菜吧。"

没了贾家的支持，赵三不信就没办法。赵三找了好几个大先生阅看赵满江的帖作，都说好字好文章，可以再去试试，江苏不行，也可到安徽。于是，赵三使了些许银两，让赵满江以安徽学子身份去应试，可哪曾想到，钱花没了，科举也没了。

见了世面的少年满江，意气风发，佳作频频，逗留石头城之际才名远播。

汪老爷子乐呵呵地茗了口菊花茶，嘘溜一声逗逗鸟，看我还在认真地记着，不禁说："小赵记者啊，我可都是瞎扯的哟，那些老故事啊，早已经说不清了。"

"不过，别的不说是真是假，赵满江是个老红军，这是真的。1978年左右吧，赵满江还真的又回来了，住在秦家大院，没事种种菜，天天陪沉香散散步，俩老头老太太，呵呵，还真有那么一点意思。"

"左右邻居上岁数的,赵满江都请了一下,两三桌,还有老赵家的几个亲戚。你回去再问问你爷爷去。"

这一说,又给绕回去了,得,还得找自家爷爷问问。

回家去种菜。

听爷爷唠叨。

北风渐劲,爷爷正在忙着韭菜入冬。割去最后一茬,覆上和着肥的黄泥土,严实了,算是盖上一层棉被。开春,一星一点的绿意就钻出来,嫩得不得了。不过一般头茬韭菜不怎么吃,越割越嫩,越吃越香。

"是有那么回事,回来请了大家一下,说是落叶归根了。"爷爷边覆土边说,"还关照本家亲戚们不要找他办什么事,谁找他啊!这么多年,大家都快忘了有这么一个姓赵的。"

"不过,也真是不容易,出生入死,九死一生,也没捞到一官半职,想娶个婆娘都难,想那么多空头心思干什么,不如老老实实种菜。"侍弄完韭菜,爷爷扒出十几棵小青菜给我带到城里去吃,天冷放得住,经过霜也好吃,水一开就烂,冬天的青菜汤喝得满口香透心甜。

高邮人一到冬天,大多喜欢青菜豆腐汤,本地的小青菜,老式的盐乳豆腐,老年人更是喜欢"青菜豆腐保平安"。

这个冬天爷爷没有挺过去。习惯起得早,洗脸池边摔了一跤,立马脑溢血。我闻讯赶回家,跪在爷爷床边,爷爷拉住我的手,想说却说不出什么。爸爸在爷爷耳朵边大声说:"你孙子回来了!"爷爷缓缓努力地张张嘴,点点头,就不再言语。下午四点,爷爷猛然一挣,去了。享年97岁。劳动了一辈子的典型农民,种菜的,九十多了还在种。每每想到这些,我都觉得有愧,汗颜,湿眼……

自从爷爷走了之后,我最喜欢听老年人唠叨。没事,就随便坐在一老人跟前,等他说,随他说。拉拉家常也好,讲老故事也行。

玉带河一转边变化很大。河北这一带，已经新建成商业住宅小区，沿街沿巷处处门面，幢幢五六层楼，胭脂山早没了，留下的是"菊花巷"这个名字。贾沉香想要落实的老房子政策，由于一大片的老房子都没了，也就谈不上落不落实政策。当然，贾沉香也不在了，贾家也没人愿意折腾这事。河南这一片，除了秦家大院空地太大，给拆了建成小区，其他的老房子家家挨得紧紧的，拆迁不上算，投资划不来，还保留着旧貌。

玉带河，更是面目全非。由于河北的工程建设，许多建筑垃圾就近堆埋在河边，入住的居民进出不方便，最后干脆向河要路，变废为宝，就地铺成行车道，修建水泥驳岸，装上路灯，栽上小树。河南岸由于没有开发，垃圾和尘土渐次侵蚀河床，不少河段已经成了一条露天阴沟。北岸有门面出租经商，南岸也不落后，也纷纷破墙开店，只是生意不怎么红火。等到玉带河改造，岸边的人家总算小赚一笔，这是后话不提。

我在这一片转悠，还是有收获的。一天，巧了，在一巷口，一老头拦住我，认识，姓张，八十多了。"小赵，快快来，帮我穿下针，我妈要缝被子。""好咧。"我一听可乐了，老头的妈要缝被。上百岁的寿星啊，还能缝缝补补。

张老太太慢悠悠地说："哎，要说胭脂山啊，我可熟悉了。早年头我小的时候，就在贾家做丫鬟，小姐沉香人可好啦。"

十岁那年，张小丫在玉带河边上衔草自卖。沉香小姐出行，在船上招招手，领了回去。"多亏了小姐看了我一眼，不然还不知道活多久呢。"张老太太沉吟着。

进了贾家花园，就像进了天堂。有的吃，有的穿，有的睡，再苦再累，张小丫都不吱声，她就听小姐的话。小姐也就年长她四五岁，拾掇拾掇旧衣物，全给了张小丫。一穿上这些衣物，连贾老太爷都以为是个小沉香，愈发惹人怜爱，张小丫就这样成了贾沉香的贴身丫鬟。

　　胭脂山原来也叫燕子山。每到春天，许多燕子就飞回来了，在山上树上、屋檐下，随处可见燕子窝。贾家人世代不赶燕子，对刚出生的小燕子更是呵护有加。山上还专门有个"燕集亭"，诗会花会常常在这里举办，编有多本《燕集赋》。这是贾家的传统。不知道是哪个年代传下来的规矩。据说，是明朝的贾妃，小名燕子，赐书"燕集亭"的。意思是说，贾家女儿四嫁远方，每回来一只燕子就代表一个姐妹。

　　沉香小姐最喜欢桃花。或者说，最喜欢各式红的花。贾家花园，姹紫嫣红，宛如仙境。沉香从小就爱用花瓣洗浴洒尘，碾作胭脂花粉，都是些极其雅致的生活习惯。有人说沉香小姐是南京贾家送回来的，也有人说是北京宫里带回来的，总之不是高邮贾家土生土长的，来历有点神秘。也难怪，沉香小姐在高邮贾家地位超然，金贵得很，用起胭脂来如流水，还请专门的先生教习琴棋书画。满江秀才给赶出贾家时，沉香小姐真的砸了许多胭脂花粉，撕了许多古书典籍，闹腾了好久。

　　"我的一个绢帕传书，就是小姐送的。"张老太太半天终于说出了一个大秘密，"那上面写着：韶华易逝春晖去，才俊难得秋实来。一朝一夕莫虚度，千年万载情依在。真是好文采啊。人好，字好，情深意重呐。"

　　"那后来呢？"我急切地问。

　　"后来，我被放出贾家嫁人了。"张老太太有点惆怅地说，"后来不断地闹革命，也没敢去找小姐。唉，乱世哪容有情人，活下来就不错了。"

　　愿天下有情人终成眷属，是人们普遍的良好心愿，也是主持结婚典礼最常用的台词。事实上却很难，活下来就不容易了，情感需求总得让位于生存需求，即便是和平年代，吃饭总是第一位的。

张大爷在一旁听不下去了，拉我出去，说："小赵啊，你别跟一老太太瞎扯，过去的事别提了，多大岁数了啊，不能伤神。"

"对不起，不好意思，我不是故意的，我只是好奇。"我连忙打圆场，"听老年人说点什么，多少记录一点这个城市的记忆。没其他意思。"

打那天以后，我总是想有事无事，去张大爷家坐坐。可惜，张老太太再也不愿谈起陈年旧事。每次看到她，总是坐在太阳底下，微眯着眼，想说也不说，等到太阳光线变成了影子，也没再搭理我。可是我分明感到她有故事要讲，却不知怎的，不再说了。时间久了，我也不好意思去打扰老人家静养天年。

张大爷说："对不住啦，小赵。我妈不想说了。早些年，我妈差点给逼死，来人就是想要她说贾家小姐和满江先生的事，她硬是一句没说。过去就过去吧，算了。"

"嗯。"我再想想，问问其他人。

对了，拆迁办的老同志，杨主任，当年我们一起采访过，他对拆迁户一门清，一定知道些更多的胭脂山故事。

杨主任早已退休，随孩子移居苏州。辗转反侧，我终于联系上了他。

"赵记者啊，多年没联系了，现在还好吧？"老杨同志还是那么十分热情的样子，他的特点就是满脸笑，亲和力强。

"还好、还好，小记者一枚，老样子，报社关了又开，咱还是原地踏步。"我也没拿他当外人，拆迁户也没当他是外人，有话都跟他说，"最近玉带河改造了，什么时候有空回家看看。"

"是嘛！好多年了。当年拆迁改造时，我就说过不要把河占了，没人听啊。"老杨同志感慨万分，"那地方老皇历多的是，可惜了。"

说起胭脂山，说起贾沉香，说起赵满江，老杨同志还真知道点儿眉目，没枉费我辛苦找到他。

这事得从落实政策要房子说起。

赵满江回不回来，其实贾沉香已经波澜不惊。她最烦恼的还是房子。贾家一大片的房子住满了人家，她只能将就着住在小柴房里。这也没什么。无所谓。可是，改革开放落实政策一阵风，不少大户人家的房子要回了些，远在上海的贾家人回来也说应该要的，这事就交给沉香了。一开始，贾沉香也没上心，简单地打了个报告到房产处，排队，等领导指示。结果，房产处回话说："贾沉香老师，您虽然姓贾，也住在贾家小柴房，但是您能不能代表高邮贾家，还真是个问题。"说着，工作人员还非常负责任地拿出一份旧报纸，贾沉香声明与贾家脱离关系的《高邮州报》。

贾沉香必须证明自己是高邮贾家合法代表人，或者说是法定继承人。这就有点难了。菊花巷的老街坊邻居早已换了好几茬，谁也不敢轻易证明高邮贾家是什么个情况。当年谁也没少折腾贾家花园。再说，住着贾家花园，那享受，那滋味，谁也没想着让房子，更不可能还房子。落实政策，那也不是什么人都能落实的。赵满江也插不了手。这是地方上的大事。老红军也不管用。没让您搬出秦家大院就不错了，没铲除您的几分菜地就不错了。日子将就着过吧。贾老师每周跑一趟各有关部门。每过几年，部门又变了，人也变了，热心的工作人员还能再来重新梳理，一般理理就没声音了。

1996年府前街二期改造工程全面铺开。菊花巷胭脂山没了。老房子都没了，更谈不起来落实归还政策。

"贾老师，您好！您是人民教师，是国家工作人员，要为国家做贡献，为人民做贡献，不能总想着什么贾家。"拆迁办杨主任知道贾家情况，轻车熟路，动之以情、晓之以理、明之以法，"这房子的事，国家没有准确说法，我们只能按照现状处理。您现在住的房子面积小，还不够一户安置房的面积，我们可以申请给予适当照顾，同时考虑到历史因素，不会让您出一分钱，保证让您住上好的大的房子。"

"能不拆么？"贾老师喃喃自语着，"我住惯了这里啊。"

"您就签字吧，相信党相信政府，不会亏待您老的。您看，今年又给您加了退休工资了吧。现在日子正是好时候，不要扭着过，搬到有阳光的大房子住多好哇！"

"没安置成。第二天大早，贾老太太顺东西摔了一跤，住院好长时间，没撑下去，人也没了，安置房也省了。"老杨同志颇为遗憾地说起那段往事，"唉，对不住老人啊。"

还有这么一回事啊，人生真是感慨和奇怪。

"不过，这其中还有个故事，是贾老太太与赵老头子的，你听不听？"老杨同志忽然想起什么来，觉得可以一说。

那日，赵老头子一如往常来到贾家花园小柴房，问早。今天来得有点迟，日上三竿了。没人应。还有点乱糟糟的，四处在忙拆迁，破垣断壁随处可见。

"唉，这事……"赵老头子到门口大声说，"开门哉，实在不行，搬到我那住，院子大，阳光好。"

"都一把岁数了，怕什么，谁说说去，我们自己过我们的好日子。"赵老头子有点发火了，当年就是沉香要明媒正娶一再错过好时机。他也怪自己当年顾忌太多，没下下大的决心，瞻前顾后的。要是当年带着沉香一起走，就好了，再多受罪也比这样强。

"别喊了，老爷子，贾老师刚刚给救护车送走了，好像是摔了一跤。"路人过来忍不住说。

"什么？"赵老头子一听急了，连忙往医院赶。

百十岁的老人了，哪能吃得消，再铁打的身体也有生锈的时候。民政上安排服侍老红军的看护工，见状也慌了，"老爷子，您可别急，您自己当心，慢点、慢点……"

这下倒好，赵老头子一路急着赶到人民医院，才上电梯的当口，突然倒了下来。脑溢血。赶紧住进3楼重症病房。

有一个星期的工夫，赵老头子终于苏醒了过来，第一句话就是："沉香、沉香，我要看沉香！"

护士们不知道什么情况。连忙上报。看护工知道一点点，可是也做不了主。

贾沉香大腿股骨粉碎性骨折，住在14楼，不能动。

两个老的都说要见面。

医院没有这个先例。

怎么办？！

"必须、立刻、马上……"赵老头子一分一秒也不愿待在重症病房，差点就要自己拔针拔线。

医院紧急研究，也请示有关部门与领导，特事特办一下。

从14楼慢慢地，慢慢地，将贾老太太移到3楼来。

两张病床紧挨着、紧挨着，俩老的手紧握着、紧握着。

时间定格。

刹那百年。

玉带河、胭脂山、沉香阁……

王爷英雄

世道人心无乎知否爱否惜否？！

——《英雄手记》

楔 子

江左名区，上控苏皖，下引江淮，是为高邮。

"想当年，大清三千铁蹄即敲开中原大门；放如今，怎想到三千洋鬼子肆意践踏。"高邮北门书场开讲啦。

说书人，讲的义愤填膺，说的群情激昂。

道光二十年，鸦片战争爆发，节节败退，消息传遍大江南北，一片哗然。

道光二十二年，《南京条约》割地赔款求和，消息传遍塞外漠北，四虎环视。

高邮州府衙门，日日有书生静坐，周周此起彼伏的呐喊：丧权辱国，还我河山！

终有一日，正待清兵清将上前绑缚锁押带走，忽有快马高呼：慢！放人！

来者何人？！

大清王爷英雄令牌是也。

为何不抓？刁民可恶，书生误国。

王爷英雄示曰：天下兴亡，匹夫有责。家国自辱，何须责民？而今之计，州府衙门更需善待百姓，厚待书生，不可自欺，不可自灭。

各位听官，你们可能会问：哪来的王爷英雄？

高邮州府，地处要冲，鱼米之乡，战略高地，确有一位王爷潜居守护。论此王爷英雄，已是第五代袭任，英氏王爷世家也。

居于何处？

下回分解。

一、人生若只如初见

高邮是个好地方，人杰地灵，物产富饶，但自古屡起战乱，而且水灾不断，民生疾苦。有记载云：清乾隆二十六年七月二十，高邮城西三十六湖水位高涨，北门外挡军楼运河堤岸半夜突然决口，东堤和西堤码石工冲毁四千多丈，一时间城内汪洋似海，百姓死伤无数，大水一泻千里，毁灭良田万顷。八百里加急，朝廷上下震惊，各级官员相互推诿，乾隆怒不可遏："英王何在？！"诸官面面相觑。屏风后闪出一人，青衣密探叩首呈报："英王率家丁家将，抗洪七天七夜，已殁大水之中。运河堤岸薄若纸糊，英王陈情有司，无人问津，回天乏力，既是天灾，更有人祸。"

"大清何以至此啊！"乾隆漠然生悲，"尔等日日歌舞升平，本本奏曰天下大治，独独欺朕一人矣。"

是日连夜，京城四出，传旨：江淮上下一众官员，七品以上连降三级，戴罪履职尽责，速速赈灾济民。

自此水灾，高邮英王府元气大伤，男丁除却三龄幼王，皆殁决口。不幸中的万幸，北市口梨木巷，英王府院广墙深，房高基实，家中老小妇孺有惊无险。英王妃欲哭无泪，着孝开门济民，收拢灾民无数，皆曰观音转世，大慈大悲。

及至王爷英雄一脉，五代单传，潜居不出，淡出官场，不问时事，春花秋月，自在自由。唯与布衣，有来有往，泯然众人，兴办小学，童稚皆归，人才辈出。

王爷英雄所惜，唯魏源一人矣。道光二十九年，江淮再度大雨连旬，上下洪水暴发，河工大员欲开高邮运堤五坝，下河万民哀怨陈情，冒死集结河堤保坝。魏源临危急赴知州高邮，叩请王爷英雄，共拒河工大员，共赴高邮各坝，全力组织抗洪，毅然阻止启坝。其夜西风大作，倾盆大雨不止，湖浪汹涌而袭，高邮堤段溃决一旦，河工大员再欲开坝，王爷英雄、知州魏源共伏于地，愿以身殉堤，百姓无不泣感，拼死堵漏抢险，凌晨风住雨歇，恶浪凶水回却。

王爷英雄飘然而回，北门梨木巷口，雨夜鼓声骤停，高山流水琴声瑟瑟。王爷英雄年方二八，温面儒雅，洁身自好，尚无妻妾，母慈子孝。儿郎归府拜母问安，陪侍左右焚香念佛，全府上下老少大定。"吾儿切记，事可为可不为，情可动可不动，命可信可不信，既已过往不必纠结，凡尘俗事自有公论，置身事外亦无不可，事既已成不必留名。善哉善哉。"

二八英雄，正值青春，卸去方巾，着上布衣，假寐片刻，转瞬巷外。斗鸡场、天王寺、关帝庙，我来也矣。儿时伙伴，三五成群，翘首期盼，亲身经历，说书讲事，唾液飞沫，少年心性，不过如此。然，英雄所计，不在讲、不在说，在乎渔家小妹秀娥来否。眉飞色舞之间，左右环顾，不见佳人，心如火撩，心急如焚，曰：秀娥何在，可否知晓？秀娥老爹，年老气竭，下堤即倒，正卧陋船家中，唯有秀娥一女，应是不离不弃。两三小伴一同，即刻寻至秀娥小船，稍带汤药肉食，欲话分别之思，欲讲雨夜之能。怎料，秀娥老爹气出无多，船内船外微泣不止，如何是好？！着我令牌，及至州府，速请军营郎中。秀娥小妹，别泣别忧，有我英雄，水来水退，病来病退。先喝热汤，补补元气，再喝草药，稳固元气，待郎中至，应无大碍。

"你说什么大话呢？你道你是谁？你有王爷英雄倜傥，你有王爷英雄勇毅？"秀娥小妹无知不知，眼前少年顽童，夸口无数，今日更是没头没脑。家中有事，不得胡闹，少来说书，像个真的，人家欲哭，你逗我笑，我才不笑。"去、去、去，多远远去，我要看爹，何日可好。"秀娥小妹倒也谢了汤药肉食，接过喂爹，一口一口，不冷不烫，不急不徐。

渔家小船，乌篷木舱，风雨飘摇，父女二人相依为命，天南海北高邮最好，一住不知经年经月，只知秀娥欢声笑语，俊郎少年相伴成长。老爹朦胧之间，瞥见英雄模样，霎时吃惊不已，此乃王爷脸庞，河堤之上、大雨之中，亦见其面、亦闻其声，其时无暇他顾，此时不由感觉。高邮深居潜王，原来是他。传说不假，代代潜王，平常不出，每逢高邮大灾大难，义无反顾，真人不露真相啊。

"王……爷……"老爹挣扎欲起。秀娥上前纳闷，老爹唤啥子啊哟。家中无人姓王，眼前无人称爷。

"别、别、别，额娘要打我屁股的。"英雄连忙示意老爹不得开口，睡下等待郎中快来。

大慈大悲，观音菩萨……

阿弥陀佛，阿弥陀佛……

老爹嘴里细声念叨，心胸之中突然生起一口热气：活、活、活，一定要活下去，一定能活得更好！

高邮的老百姓一直相信，每一代英王妃都是观音菩萨转世。是而，家家供奉观音菩萨。及至21世纪，高邮湖畔镇国寺复建，无论如何也要在寺前广场供奉一尊高大的观音法相，其莲花宝座计八十三瓣，象征八十三万高邮子民。其景其情，香火之盛，运河之上独一无二。

秀娥以为老爹是喝了汤药，才有了起色，心中欢喜，倒也不再赶英雄走了。大话王，总算做了件好事，也算平时没白对他笑。

秀娥莞尔一笑。英雄呆若木鸡。

秀娥虽然出生船家，却也眉清目秀，娥皇女英、嫦娥罗敷，英雄眼里不过如此。

然，最初吸引英雄的，非如花容貌，恰是菩萨心肠。

英雄年幼十龄，悄然出府玩乐。路遇老妇晕倒，上前唤声欲救，苦于囊中羞涩，荷包空空。恰巧，秀娥卖鱼归家，瞅见稀奇少年，一身锦衣，扶一阿婆，分明没钱，强与店家讨吃。秀娥过去叫住店家，别打别打，是我邻弟，欲救阿婆，五个铜板，快来热汤。店家认得秀娥，打小卖鱼，远近闻名，渔家西施，说的就是秀娥。一口热汤，活人无数。细细一问，阿婆确实饥寒交迫，家中断炊数日，上街讨饭度饥，醒转过来仍悲痛不已，尚有幼孙嗷嗷待哺，可怜子媳二人修堤筑坝双双丧生，水工官蒿草席一裹，应付抚恤分文不给。如此咄咄怪事人间惨剧，英雄闻言两眼通红，秀娥听得潸然落泪，英雄左掏右掏身无分文，秀娥毫不犹豫二十个铜板。

英雄扬言："阿婆你放心，你的事我管定了！"

秀娥噗嗤一笑："小鬼头，说大话，闪舌头，哦哦哦。"

阿婆连忙收好二十个铜板，赶紧买些吃食回家。

两小四目相对。

"你！"英雄有点作气，小小女子居然小瞧我英雄王爷。

"呵呵……"秀娥又笑了，"大话王，我家没钱吃饭了，你能你看着办吧！"

"我不是大话王，我是英雄王。"英雄急了，"我十岁了，比你大！跟我走，有你瞧的。"

"才不跟你走呢，大话王，还是小骗子。"秀娥又是一笑，转身就走了。这个小不点，穿着一身好衣服，身上居然没有一文钱，肯定是个小骗子。

"你、你、你……"英雄无可奈何。垂头丧气往回去，今天这事不办好，真要成了大话王、小骗子。

两小初次见面，王爷英雄糗出大了，让谁顶着个"大话王、小骗子"的帽子回家，谁也会不高兴的，泥菩萨也会生出三分火劲的。

这不，王爷英雄回府，上下鸡飞狗跳。个个正是寒噤之时，看到王爷出现，顿时喜出望外。老王妃搂住英雄唏嘘不已，千叮万嘱不可私自出门。府中佛阁之内，老王妃领着英雄拜观音，念经三五遍，以谢平安归来。

"额娘，孩儿记住了，下次定叫府中家丁丫鬟一同出门。这次我也是糗大了。不过，也算做了半件善事。"英雄心情平复下来，想起阿婆之事，不由向母亲一一道来。

老王妃闻之泣然，世事如此着实可恨。王府不问府外琐事久矣，怎想怪事惨事如此之甚。小王爷英雄尚未成年，倒也如此懂事担当，不失老王爷当年风范。英王府潜居高邮，名为代天子镇守要冲，实为监督湖泊河工与地方吏治，三年小灾九年大水，守堤守坝代代如斯，赈济灾民当仁不让。老王爷九年前上河堤，夜雨抗洪不幸遇难，留得母子闭府久矣。

"好。不愧王爷英雄。这一事不难,着人寻来阿婆老小,府上安置。不法河工,呈报朝廷,自有法度。"

"谢额娘!"王爷英雄闻言仆身叩首。

"那小女子亦是心善。孩儿还需看望一二。"英雄不禁请求道。

得到应允,王爷英雄顿时欢喜,当即左右三五人出府寻去。及至湖畔,左右四散,片刻回报。王爷英雄一人前往。

"我来也!"

"大话王、小骗子?!"秀娥惊诧一笑。

"我不是大话王、小骗子!我叫英雄。"

"知道,男娃娃都想当英雄。"秀娥没有多想。

"你!"英雄气短,"我说到做到,阿婆一家已经安置妥当。"

"真的啊!"秀娥顿时大喜。

"这,给你。是我欠你。"王爷英雄递上一荷包。

铜板若干,纹银五两。

"咦,你还真是有钱人家的小孩,找着大人了啊!"秀娥不接。

"给你,拿着。"英雄逞能,欲近上船,晃晃悠悠,栽入船舱,扑倒两小。

"真是没用。还说是叫英雄。上船都不会。"秀娥有点小恼,嗔怒一笑。

静待军营郎中之际,俩小不由自主想起初见幕幕,相视笑了又笑。

"想啥呢,不许笑。坏坯子,别瞎想。"秀娥至今不知眼前少年郎何许人也,只知初见之后时常一起玩伴,听他吹牛皮看他说笑话。

"王爷、王爷、王爷……来了、来了、来了!"王府丫鬟胖妞君儿口无遮拦,急匆匆间忘了王爷再三嘱咐,一下子喊破王爷英雄身份。

"拜见王爷!"军营郎中当即叩拜。

秀娥一见，还真是王爷，臭小子、大话王、小骗子！

"不必叩拜。快去看看老爹。"王爷英雄无法再掩身份，救人要紧，老爹更重要，秀娥啊不要怪我。

二、踟蹰愿得一人心

王爷英雄，高邮湖畔，慰问灾民，抢救民工。知州魏源，闻讯愧疚，先遣郎中，速处公务，随后赶至。

魏源上书制曰：臣忤读古圣今贤，愧不如二八少年。英王府世为民生，上体圣心，下恤民力，疾风骤雨担国柱，水深火热普甘露，高邮幸哉福哉……

"王爷！"魏源伏地叩拜王爷英雄。

知州高邮途中，魏源苦于无策，入城之前问一老翁。翁曰：高邮之事，危难之时，英王府即。老翁言罢，投河自去。魏知州惊悔莫及，问及左右究竟为何如此？言：英王府不出世已久，高邮众生皆不忍惊动老王妃与小王爷，历代受王府恩泽深厚，今其老翁答问，自是有违地方公约。

是夜危急，知州魏源携妻小叩跪英王府前。微刻转瞬，英王府九年未开中门大敞，老王妃扶小王爷出，交与魏知州。英雄既出，府中鼓起，雨不住鼓不止，儿不归鼓不息。满城鼓声，八方民众，闻鼓上堤，众志成城。无论老弱，无论丁否，有力出力，有木出木，有土出土，有石出石。河工衙门面如死灰，状若亡室。人助人众助，天怜天终怜。夜及凌晨，暴雨住狂风止，万民欢呼，满城歌声。

知州魏源回衙，速作公文呈报。眼不合、口不食，笔如飞、情如泪。

"知民爱民惜民，为政之本、为人之道。臣今始知英王府一脉，叩请吾皇有司褒奖幼王英雄。大患幸平，惟求长久，为今之计，请赋英王府河工实务，诚乃高邮之求，诚乃河湖之需。臣魏源万死泣诉。臣高邮万民跪诉。"

高邮是个好地方。好地方需要好治理。

民风淳朴，更须政风清正。

民力维艰，更须为官夙求。

民心可为，更须上下一心。

"请起。不必如此。知州大人，侄素闻大名，偶读诗书，敬仰景仰已久。"王爷英雄揖手侧让。

这边温文尔雅，礼仪有加。

那边搭脉问诊，静静等待。

西施秀娥，眉头紧锁，侧目以视，心系老爹，心突左右。

"老爹没事。老爹没事。观音菩萨。观音菩萨。"

"臭小子、大话王、小骗子！臭小子、大话王、小骗子！"

叽里咕噜。叽里咕噜。渔家秀娥，好一阵阵心烦。

两小相识六年来，从来没有像今天这样尴尬过。王爷英雄既要在知州魏源面前不能失了礼数，又生怕秀娥平白生出生分之感，踌躇、踟蹰、蹒跚于渔船之旁。

知州魏源谨守本分，心生敬意，丝毫未因王爷年幼生出轻视之意，落于王爷半步之后。昨夜惊心动魄之情形，尚历历在目；今日关心子民之赤诚，更栩栩在侧。英王府一脉，不坠当年风范。

"王爷。知州。诸位。老丈应无大碍，下职这去抓药，两三服帖即可。"军营郎中终于出来上报结果。其实，他也奇怪，本已弱极脉象，却又生出生机，速速调理才好。

"谢过王爷！谢过知州大人！谢谢郎中先生！"秀娥悬着的一颗

心终于放下半颗，连忙出来下船行礼。

王爷英雄好生烦恼。应也不是。不应也不是。

一旁观者，知州魏源方才看出名堂，小女子出落大方，英姿俊俏，怕是少年郎心有所动。

"王爷，下官这去四周看看，灾后百姓疾苦自知，知州衙门尚须关注一二。"魏源不迂，自古书生美女、才子佳人，风流倜傥不过如斯。

"秀娥姐，快点救我哦……"王府丫鬟胖妞君儿，这时醒过神来，赶紧躲到秀娥身后，扯着秀娥纤手。

"王爷吉祥！"秀娥有点气恼，没了外人，自是端着礼仪再拜英雄。

"唉、唉、唉……"少年英雄乱了手脚，不知如何是好。

"王爷吉祥！"

这是大话王说最多的戏份。

有时还要兄弟们扮演互拜。

"王爷吉祥！"

"额娘吉祥！"

"格格吉祥！"

……

少年玩伴们，还纷纷戏拜秀娥"王妃吉祥！"

拖着英雄扮演王爷，个个拜曰"王爷吉祥！"

王府丫鬟胖妞君儿，看着主子杵在那里不知所措，眼珠一转，连忙转出来，一个大礼拜在王爷英雄和西施秀娥面前，一一拜曰："王爷吉祥！王妃吉祥！小奴君儿闯祸，该死该打，轻一点好不，俺没脑子，要死给个痛快吧！嗯、嗯、嗯……"

这戏咋往下演啊？！

都给你搞砸了！

王爷英雄这里觉得气不打一处出，怎么就这么长肉不长脑子，叫我与秀娥如何相处下去。连日来，成年成婚之期正在逼近，正在思量如何向额娘开口，正在思量如何讨得秀娥答应，一场暴风雨全给乱了套。唉！难啊……

"秀娥妹子，不必如此，不要怪我，赶快照看老爹要紧，明日再来请罪。"王爷英雄不得不以退为进，暂且先避一避，回家先想想怎么跟额娘开口。

"哼，君儿，你可知错，你可认罚？"王爷英雄板起脸来，脾气发向王府丫鬟胖妞。

"嗯、嗯、嗯，君儿错了，回去自己领罚，少吃一顿大肉。"王府丫鬟胖妞君儿也是角色，就知道吃饱不慌。君儿原本也是街头流浪，老王妃收留权当英雄玩伴，平时倒也并不严苛，宛若一家人其乐融融。

"哼！这次错大，罚你留在船上，过上三五日再说。"王爷英雄故意发怒，丢下胖妞君儿，带着一帮家丁丫鬟就走。

及走至不出一里，着一丫鬟带着钱两，回去陪着胖妞君儿一起受罚。

"额娘……"王爷英雄归府即拜跪老王妃，想说不敢，就是不起。

"吾儿，可有何事？府外百姓，可是安好？河湖之水，可否安生？"老王妃半知已知，装作不知。早有家丁回报小王爷一言一行，心想早些日子就在催促麟儿订婚大婚，以成家室，袭王爵位，而英雄总是左右旁顾，终不肯直言，现如今看你如何自处。

"百姓困苦，不是一日。高邮水患，不是一日。城里城外，现已正常。知州魏源，确是好官，赈灾济民，井井有条。高邮湖水，大运河堤，业无大碍。灾后恢复，尚待时日。"王爷英雄答得不紧不慢，边答边想，秀娥之事咋说。

"可。吾儿英雄，今已成年，王爷可慰，额娘甚慰。起来吧。"老王妃十分满意，英雄即长，终于成人。含辛茹苦，不负英王，不负祖宗，不负百姓。

王爷英雄还是不起。今天无论如何，定要说出秀娥王妃之事，不答应也得答应。

"额娘！"一磕到地。

"请恕孩儿莽撞！"再磕到地。

"今有一求，但请如愿！"三磕到地。

事情不小。事情大了。

吓得左右一帮家丁丫鬟，面面咋舌气不敢喘。

"尔等退下。"

"扎。"

老王妃扶起爱子英雄。真是傻孩子。你说就说哉。搞这么大阵势。不答应还不行啊。

看到英雄如此，老王妃不禁想起老王爷，不由潸然落泪。

英雄见到额娘落泪，心里顿时惊慌，连忙准备再跪。

老王妃拉住麟儿英雄，且听我说一说。

想当年，老王爷也是这般这般，额娘亦是民间女子唉。

原来，英王府潜居高邮，自乾隆二十六年后，即立下一府规，今后子孙迎娶王妃必先重看品性，无观音菩萨心肠不得入内。此后代代王妃，皆如观音心似菩萨。然，英雄额娘，却是民间渔家，深得老王爷痴恋，反复抗争得以如愿。九年前，老王爷赴堤之前，再三嘱咐老王妃，府规不可废，家风须相传。六年来，老王妃暗暗观察英雄所遇，渔家西施秀娥，举止有度心地善良，甚得民心甚得其心，亦是不知如何适应王妃身份，如若不能亦不可入内。

"儿啊，你可知男女之情？重在何处？"

"额娘！孩儿自幼无知，少有读书，男女之情，人之大伦，首重相知，方得相爱，至终相守。"

"善。可知，其中最苦何处？"

"诗曰：人生若只如初见，何事秋风悲画扇。等闲变却故人心，却道故人心易变。骊山语罢清宵半，泪雨零铃终不怨。何如薄幸锦衣郎，比翼连枝当日愿。"

"孩儿以为，男女之情，最苦之处在于相逢相遇。"英雄就此问答不是一日之功，侃侃而谈，却也是用心用情之至。

"善。你待何如？"老王妃越听越喜。英雄真的长大成人矣。堪破情字，何以难得。

"孩儿幼龄际遇渔家小女：秀娥。额娘亦知，貌若观音，心似菩萨，吾心往之。六年相处，其情亦真，其心亦纯。孩儿恳请额娘做主。"

"善。额娘知之。待你而行。情可动可不动，动即无怨无悔。你先问秀娥何如？你瞒秀娥久矣，今日破绽既出，你自去处。额娘无他之意，俩心相悦方可。"

"谢额娘！谢额娘！谢额娘！"

王爷英雄喜出望外。

王爷英雄又生踟蹰。

"额娘、额娘、额娘，教教孩儿嘛……"

三、众里寻她千百度

马可波罗曾说过：高邮城很大，很繁华。

其实，高邮城并不很大，并不很繁华。

但是，高邮城若无水患，便是人间福地。

高邮城仿若椭圆，南门至北门，中山路约五里；东门至西门，府前街约三里。中曰中市口，南曰望云门、蕃江楼；北含瓮城，曰制胜门、屏淮楼；东曰武宁门、捍海楼；西曰建义门、通泗楼。

出西门，至河堤，河湖相依，杨柳晓岸，渔歌唱晚。

河堤高城八尺八，悬河悬湖三十六。

万家塘、杨家坞、柳树湾、香叶沟，四处船港，避风避浪，舟船栉比，晨出晚归，网鱼捕雉，运输南北，各有忙碌。

民风至淳，渔民尤甚。秀娥见老爹无碍，便请胖妞君儿早回，分文不留。君儿哪敢怎会此时回转，定要留下吃鱼嚼虾。湖鲜美味，西施手艺，机会难得，怎可轻过。胖妞君儿悄然收下王爷银钱，遂遣俏丫回报英雄但请放心，一定说得秀娥眉开眼笑。

高邮湖鲜，最好吃者，首推清蒸，次为水煮，再次鱼汤，最次红烧。清蒸白鱼，水煮草虾，鲫鱼鲜汤，鳊鱼红烧，不一而足。秀娥下厨，老爹浅尝，君儿口福，风卷残云，卡卡不剩。

"吃也吃了，还不招来。"秀娥知晓，胖妞君儿，名为丫鬟，实为兄妹，英雄为人，仁厚温雅，大话连篇，却也有才，有情有义。

"王妃吉祥！"胖妞君儿连忙先拜。

"去、去、去，少来。说、快讲。"

"王爷交代，但有一日，破绽百出，王妃请谅，编戏演戏，假亦为真。"

"说人话。别跟你家少爷胡扯。慢慢说来听听,叫我如何是好?"秀娥隐约知道,却不想假戏真做,英雄坏蛋藏得太深,王爷了不起么,还不是没钱没脸。

"哦。是这样子的。我还想再吃,高邮湖野鸭、灰雁、彩雉,吃饱了再说好不好。"胖妞君儿三句离不开吃字,一说就忘了主题,跑到吃字上说个不停。

"你啊,还想着吃吃吃,有这么好吃啊。"

"王妃吉祥,说得真对,就是好吃。王爷说了,谁能把王妃抬进王府,谁就吃喝不愁管饱管够。"胖妞君儿为了吃之大业,一不小心再漏口风。

"什么?他就这么肯定,我偏不稀罕!"

"啊!不是我说的。我没说什么。王妃饶命呐!"

"别跟我瞎扯,皮厚肉多,大话王、小骗子怎会罚你?叫你留下,说是惩罚,实是把风,生怕我和老爹驾船远去,是也不是?"

"嗯、嗯、嗯,王妃英明,王爷骗子。"没心没肺的胖妞君儿,早已不知主子是谁,谁给吃的好吃就是主子。

不行。我和老爹还是回避为好,三十六计走为上计,不能再让王爷为难,多年情谊今天即可。

君儿妹子,你听我说:这般这般,如此如此。

胖妞君儿,吃饱吃足,点头磕米,晨起下船,回转报喜,被骗上当。翌日晨曦,王爷听报,心中大定,左右踌躇,蹒跚而行,及至船港,老爹秀娥,再无踪影,仔细打听,出湖去也。何时而归,不知不知。

"秀娥啊,你到底怎么想的?咱们不能亏欠王府。老王妃观音菩萨活人无数,老王爷立地佛陀救人无数,小王爷宅心仁厚情义担当,如若可能如若可能,那该多好那该多好。"

"爹唉，那大话王，那小骗子，精灵鬼怪，如若有心，定有办法，寻到是缘，错过是命。"

"爹唉，我们平民老百姓，如何与他王爷王府高攀，如何与他王爷额娘相处？少时玩伴，两小无猜，又能怎的。婚姻大事，岂能简单，岂敢儿戏，岂是做梦。"

"是啊。秀娥啊，不要怪我老爹，咱们相依为命，今朝我活了过来，哪天怎么放得下你。你也是得好好想想，想好我们再回转。"

高邮湖荡，星罗棋布，大小三十六湖，方圆九百多公里，一叶小舟哪里能寻？王爷英雄后悔不迭，关键时候怎能犹豫，如今这般，如何是好？

人间一相逢，转身已天涯。相逢不容易，相知更难得，相爱须痴狂，相守伴终生。不可、不可，一定要找寻回来。

"这位大叔，小生有礼了，请问秀娥老爹，一般何处打鱼？"

"这位大婶，后生失礼了，敢问秀娥老爹，平日何处歇脚？"

一步一问，一处一求。

王爷寻亲，英雄访美，高邮湖畔，远近传开。

"老爹，你说羞不羞人，有这么大张旗鼓不要脸皮的么？今后往日，叫我如何对人，叫我如何自处？不若我们远去，省去麻烦，不见不见，相忘江湖？"

"儿啊，你可要想想清楚，不若再等等，不若再看看？"

"走、走、走！我们还是远走他乡，隐姓埋名，王府高枝，不能高攀，平民贫女，活遭此罪，不可不可。"

上游大水未退，要走，也只能借道邵伯湖万福闸。

这就走了、这就走了！

高邮湖啊，美真美，美就美在高邮湖水……

高邮湖水，荡悠悠，清悠悠，妹子我，不得不走……

前面小船，速速停下，朝廷通缉，核查要犯。

刚刚出湖，正欲进闸，三五官差，上前吆喝。

不对、不对，我们回转，这个大话王、这个小骗子，布下天罗地网，我偏不、我偏不。

小舟便捷，倏然远去。

大船难启，望湖兴叹。

快快快，回报王爷，这个小船定有名堂。

王爷英雄封湖封闸，名为捕匪，实为秀娥。然，历史的车轮，总是莫名其妙。"拜上帝教"起事，四处传教集会，江淮大水为患，更是星火燎原。高邮湖水军意外捕获三五名太平教徒，飞报南京北京，太平军业已剑指江淮。

高邮湖，自古水盗为患，而今水匪猖獗。江淮大水，更有数股水匪，南下洪泽湖，汇聚珠湖、甓社湖、平阿湖、白马湖、成子湖和澄光湖等大小湖泊连成一片。太平天军数度欲与高邮湖联络，互为犄角，拔营夺寨，"克扬州、取南京"之战略计划一再受阻。

知州魏源再书：英王府出奇策立新功。

秀娥老爹四处躲藏，还是误入水匪巢穴。

王爷英雄闻讯，更悔极深。带上二十家丁，披挂驾船出湖，寻至珠湖毛大滴水寨。

"毛大！今我英王府，借道寻妹，恳请通融一二。"

"来者何人？！"水寨之上，人人自危。

"小王英雄。"

水寨之上，一阵哄然。

我等英雄，你何英雄？

"可是雨夜登堤,英王府小王爷?"

"正是。"

"赞!进寨喝酒!"

"我家小妹秀娥,出湖数日不归,娘亲焦急万分,可否改日再喝,放我去寻!"

"哈哈哈……"毛大现身,"王爷英雄莫急,你家小妹无碍,你且与我等共饮。"

"好!"

王爷英雄一人上寨。面不改色。喝罢三大碗。比罢掰手腕。行罢水上礼。"赞!赞!赞!"

"王爷在上,我等失礼。英王旗帜,高邮湖上,莫敢不从。你虽年幼,却也重情重义,有胆有识,有勇有谋。秀娥遇你,实乃有福。见与不见,你且自问。"

西施秀娥,观音容貌,菩萨心肠,名声颇远。

王爷英雄,勇毅担当,爱民护民,声名鹊起。

英雄秀娥,高邮湖上,郎情妾意,你来我往。

王爷王妃,宿命相逢,相知相爱,百姓拊掌。

"秀娥,我是英雄。我真是英雄。我说真话,你从来不信,而今既已难假,不若信我真话,做我王妃,不离不弃,高邮河湖,你我相依,可好可好?"

"不好不好。"

"别闹别闹。休怕额娘,府中上下,皆盼你归,我心一人,唯你莫是。"

"我不想做王妃。你若是英雄,就当为百姓,休得儿女情长。"

"英王王妃,亦是平常,久离官场,不必慌张。额娘说了,我心属之,你即王妃，你亦我妻。"

英王府，高邮湖，几代人，护家国，一辈子，平常人，好秀娥，善秀娥，额娘急，府中盼，听我话，跟我归。

俩小这边你一句我一句，还是不见最终定。一旁老爹感念王府恩情，不由上前叩拜插话。王爷英雄怎敢让老爹叩拜，连忙扶上，自拜老爹："爹爹可好些了么？让秀娥和您风里来雨里去，英雄之过，英雄之错，过在踌躇，错在得失。得之我幸，失之我命。再请老爹，劝劝秀娥，苍天在上，英雄在下，今日有誓：不离不弃。"

话已至此，秀娥老爹难以再拒。

老爹拉话："秀娥啊，王爷不是外人，你们自小长大，你还是说一句真话吧。"

秀娥脸红发烫："要我说啥，还不回家。"

王爷英雄喜从中来，乐不可吱，连忙上船撑杆，速速离寨，迟则恐变。

英雄秀娥前脚刚走，后脚太平天军联络人到，叫迟不迭。

匪首毛大嗤之以鼻："王爷英雄，真乃汉子，高邮百姓，莫不受惠，下等作作，不可为之，休提休提。"

英雄秀娥，正将回府，叩拜额娘。

圣旨先至：联闻英王有后，勇毅有为，赐袭英王爵位，赐婚格格明珠，择日大典共庆。

四、天若有情天亦老

爱到深处，浓似淡、淡似无。

大话王、小骗子，今生无缘，不若且去且去。

王爷英雄、英雄王爷，相逢有幸，有缘再见再见。

渔家秀娥、西施秀娥，两行落泪，真的走了。

王爷英雄刚刚跪拜接旨完毕，回头再望伊人身影已无。

秀娥老爹这回可是真的走了！如何是好？！如何是好？！

"额娘！额娘！额娘！"王爷英雄痛泣额娘膝下。

哭吧。哭吧。哭吧。

身在帝王家，幸还是不幸？

当年英王自请出京，自甘潜居，可知为何？

事可为可不为，风吹雨打人间事，自往。

情可动可不动，风吹雨打心相印，自爱。

命可信可不信，风吹雨打生亦苦，自重。

"儿啊，英雄，你问问你自己，到底想要什么？哭过痛过累过，可知纸上得来终觉浅？"

"儿要进京。"王爷英雄毅然而决。

英王府久未进京，此去非同小可。

第一代英王爷，本是皇帝同胞兄弟，不忍江山纷争，自请退居江湖。府有祖训，不得进京。今有英雄，一己之情，奋然而行，可否可否？

"可。英王府训：上违天命，不可进京。江山代谢，不可进京。权场倾覆，不可进京。进京可者，不违本心，为民为己，但可前往。"老王妃一字一语传授府训。

王爷英雄既已成年，亦可就爵，亦可担当。

"儿要进京。"王爷英雄毅然而决，"此去坚辞赐婚，不识不知不爱不守，我心唯有渔家秀娥。"

"如若王爵不保，你待何如？"老王妃想起当年，亦是这般不管不顾。

"王爵于我何干，我自风雨兼程，列祖列宗潜此，几个在乎王爵显位。心中有民，心中有仁，你封是王，不封亦王。"王爷英雄素喜读书，尤喜王府家谱传记，历代王爷手记实录。

是夜，寻秀未果，觅娥无踪。王爷英雄回府写下就爵手记：世道人心无乎知否爱否惜否？！

翌日，王爷英雄出行去京，三跪祖宗，三跪额娘，三跪湖西，此去萧萧但求得偿。

及至南京，道光帝薨。各路诸王，不得进京。王爷英雄，闻噩即返，呈折而去：国君更迭，请辞赐婚，守孝三年。

然则返途，路见饥民，接二连三，百姓有难，世风日下。王爷英雄，心有不忍，回府闭关，再读府训。上违天命，与我何干。江山代谢，与我何干。官场倾覆，与我何干。民生水火，一地之责；秀娥悲喜，一人之情。

七日无闻，破关而出。

王爷英雄，步步坚实，州府衙门，再见魏源。

"知州大人，路途所见，四乱即起，太平之乱，恐及高邮，我等有责，需得打算。"王爷英雄陈情知州魏源。

魏源知州，正是苦恼，乱象已起，如何自处，上无圣谕，下无条陈，不知所措。

"王爷英明，下官正忧，如何是好？"

"地方所在，保民安境，编练乡丁，以防不测。"

"妥否？妥否？"

"无妨，无妨。我今有计，练拳为名，组建拳社，但有变化，即可上阵。"

"善。善。"

王爷英雄，知州魏源，一拍即合，高邮拳社，自然太极，旗帜飘扬。有歌唱曰：

唤醒日出，

舞动晨风，

邮城自然太极，

朝霞辉映队旗红。

白鹤凌风亮翅，

野马健步分鬃，

单鞭缓缓似张弓。

送走炎夏，

送走隆冬，

我们拳不离手，

磨杵成针练神功。

唤醒日出，

舞动晨风，

邮城自然太极，

朝霞辉映队旗红。

玉女轻盈穿梭，

金鸡雄姿独立，

云手绵绵气如虹。

无论姐妹，

无论弟兄，

我们以拳会友，

天长地久不老松。

咸丰三年，太平天军，攻下武昌，震动朝廷。既而乱起，兵丁五十万，船艘一万，夹江东下，连克九江、安庆、芜湖，势如破竹。三月占宁，定为都城，改称天京。旋派两军，右攻镇江，左侵扬州，大江南北，人心惶惶。惟独高邮，编练乡丁，加强巡防，擒斩溃兵，严镇民乱，境内安宁。

是日，太平天军，一路急攻，冲抵城下。高邮军民，奋起阻击。王爷英雄，亲自上阵，刀林箭雨，岿然不动，鼓声不止，战斗不息。

"是我英雄，真我英雄。呆子傻子，这么作怪，好好王爷，上阵干啥，府里富贵，为何不享！"其实秀娥，并未走远，避而不见，远远可见，俊郎英雄，怎可舍弃。

危急、危急、危急！

哪里有援？哪里有援？

高邮百姓，王爷莫怕，英雄莫慌，我们来也！

危急关头，不见援兵，只见百姓。

危急关头，不见流血，只见佳人。

我家英雄，何苦至此，是我英雄，不要拼命。

英雄秀娥，城头相见，刀光剑影，宛若无形。

退了！胜了！

爱了！痛了！

英雄秀娥，城头相见，两手紧扣，宛若无人。

不离不弃。

今生今世，谁也不可，轻言离去。

这边儿女情长。那边百姓欢腾。

高邮之战，惊动四方。别县别府，一触即溃，满盘丢子，混乱不堪。

高邮之战，为何能战？为何能胜？

不论缘由，但抢军功。钦差琦善，勃然大怒，高邮知州，书生魏源，知情不报，未请先练，擅自用兵，损伤百姓，瞒报军功，奏劾革职。

钦差琦善之怒，盖因英王拒婚，辱及其女明珠，胸有恶气不得不出。初闻贼寇，故纵至邮。始闻围城，扣兵不发。夜闻城危，阻援不救。后闻大捷，抢冒军功。

好在幸哉，王爷英雄，命大福大，自保保民，救民自救，秀娥美人，乖乖入怀。收兵回府，拥美回府。

原来那日秀娥将去，额娘留住安置别处，亲自教授王妃礼仪，口口相传王府家训。人生既已相逢，何必一错再错，转身即天涯，再转无处觅。秀娥本是不愿将就，可是心中又有不舍，人生本已太苦，情丝缠绕更为苦，奈何奈何？！

大话王、小骗子，你叫秀娥如何是好？！

大话王、小骗子，你能待我如何是好？！

大话王、小骗子，你这糊涂如何是好？！

大话王、小骗子，你上城楼如何是好？！

大话王、小骗子，你逗了能如何是好？！

我不要你当英雄。我不要我做王妃。

我就要大话王、小骗子。

我就要打打鱼、卖卖鱼。

王爷英雄，渔家秀娥，互挽互搀、双手紧扣，话语无数，灯烛达旦……

隔日收悉，知州魏源，已遭奏劾。功过颠倒，是非黑白。王爷英雄，早安额娘，话别秀娥，亲赴大营，直问钦差，是功是过，究竟何如？

琦善何人？《穿鼻草约》，割让香港，始作俑者。道光二十年，革职锁拿，解京问罪，查抄家产，发配军台。戴罪十载，始得翻身，谋得钦差，江北大营，好不威风。英王孺儿，辱我小女，不去找你，就是好事，居然多事，插手军机，怎可随便。

"来者何人呐……"大营之上，钦差琦善，拿着捏着。

"英王英雄。见过钦差。"王爷英雄，也是不拜。此番前来，本无好意，虽属鲁莽，但也无愧。

"所为何事啊……"大营之上，钦差琦善，拿着捏着。

"高邮之战，有功无过。知州魏源，有功无过。"丈二男儿，铿锵有辞，面不改色，气荡回肠。

"就是此事啊……"大营之上，钦差琦善，拿着捏着。

"钦差大人，何以至此，情何以堪？"英雄话语，步步紧逼。

"你是谁呀……"大营之上，钦差琦善，拿着捏着。

"哦、哦、哦，你就是那个宁要渔女、不要格格，宁可不封、也亦为王的，猖狂小儿！？"

"正是小王，英雄一人。高邮之战，不可抹黑；战胜之功，不可抹杀。"

"好你小儿，我未找你，你还张狂，来啊来啊，给我出去。"大营之上，钦差琦善，暴跳如雷。

人非好人，言无好言，话不投机，一拍两散。

王爷英雄，思忖再三，好官不易，家国危旦，决然挥毫，呈报皇上，高邮之战，有功无过。

及十一月，知州魏源，奉旨复职。

"王爷厚爱心领，江湖之险恶不如官场之黑暗，世道人心不古，乱象既起难料，各自保重珍惜矣。"

言罢，书生魏源即挂官印，归家著书立言。

天若有情天亦老。

人若有情人不眠。

携高邮大胜，王爷英雄名声大振。

携秀娥回府，王爷英雄形象高立。

爱江山更爱美人。

知民爱民惜民者，知人爱人惜人矣。

一时间，高邮州府内外，四乱之地有净土，太平天军、高邮湖匪，屡次进犯，无功而返。

钦差琦善，无可奈何，计将安出？

为今之计，咬定高邮，抽兵抽丁，战场消耗，一战再战，看尔战否？

王爷英雄大婚西施秀娥，高邮满城百姓道贺，英王府第四门大张，人来人往好不热闹。

尚未洞房，圣旨又下：英王英雄，能征善战，屡立奇功，赏黄马甲，赐妃诰命，着英王即赴江北大营，共剿太平乱匪。

五、江山如画破梦去

高邮是个好地方，风景秀美，文化深厚。

自古素有秦邮八景之说：神山爽气，西湖雪浪，露筋晓月，耿庙神灯，玉女丹泉，甓社珠光，邗沟烟柳，文台古迹。

有诗曰："神尧仙山雪浪飞，晓月明灯玉女回。甓珠西湖邗沟柳，文台东门龙裘堆。"

八景之外，还有佳处若干。城西有镇国寺塔，城东有净土寺塔，两点连线中有奎星阁，位于东南城墙之上。登阁观景，美景尽收，是为雅好。其下松槐，五百余年，老干虬枝，苍劲挺拔，枝叶繁茂，亭亭如盖。文人雅集，日日于此。然今不存，盖因魏源。知州魏源，颇重文风，闻此雅集，多有误学，着衙伐之，劝生苦读："高邮数年，科第不及，何至于此，不发不奋，安之若素，恐断文脉。"金玉良言，振聋发聩，不复空谈，文游台西，文台书院，各自苦读，科甲登第，文风日盛。

王爷英雄，洞房接旨，策马穿城过街，一步一回头，高邮美景尽览，秀娥临行喃喃。少时俩小，无处不去，美景美食，一一皆赏，高邮生活，确属神仙。人间繁华，最是热闹，当数北门，市口喧嚣。茶馆、当典、鱼市、肉案、酱园、牛集、斗坛，样样火爆，处处好玩。

"此去珍重，不可逞能，更别多事，军中有律，万勿出头。"西施秀娥好生不舍，少时无忧今却忧忧，家国天下何处安乡，但求俊郎平安回归。

"我既成家，更须担当，家国有难，不得不去。家中有你，我心甚定，保家卫国，英雄所在，义之所在。民生无忧，我亦无忧。娘子无忧，我亦无忧。此去难料，但请放心，英雄有胆，英雄有勇，英雄有智，军中兵事，自有章法，无他甚忧。"王爷英雄踌躇满志，江山如画娇妻如莲：执子之手，与子共箸；执子之手，与子同眠；执子之手，与子偕老；执子之手，夫复何求？

城外三里，送亦须别。亭外十里，父老乡亲。

挥手自去，王爷英雄，是我英雄，真我英雄。

策马扬鞭，太极拳社，青壮八百，刀枪棍棒，斧钺钩叉，兵在人在。高邮儿郎，保家保民，一起同行，王爷莫忧，英雄不孤。江北大营，高邮大旗，王爷英雄，缴令归建。

"来者何人？报上名来！"大营之上，钦差琦善，正襟危坐。

"高邮英王，英雄是也！"王爷英雄，环视大营，不卑不亢。

"来此作甚？速速道来！"大营之上，钦差琦善，明知故问。

"缴令归建，共御乱匪。"王爷英雄，正视营上，不紧不慢。

钦差琦善，难以找茬，只得宣旨：着英王英雄，领江北大营副帅，自成一军，南下扬州北，速破速取。

连夜整军，凌晨即出，全营无声，悄然而至，瞬杀破敌。

钦差琦善，惊闻迅雷，扔杯弃酒，速速抢功，飞驰及至，流矢突袭，惊慌失措，不慎落马，践踏而亡。

扬州大捷。然，钦差琦善意外身亡，江北大营混乱不堪，副使贝勒胜保、德兴阿、托明阿三人纷纷抢功邀功，更有甚者抢着上书曰：英王年幼，不谙军事，唐突出击，致军混乱。主帅琦善，气急攻心，吐血不治。我等未惧，临危力挽，勠力同心，扬州大捷。

这一时间，太平军刚退，江北大营炸成几团，兵痞肆虐，民不聊生。将帅抢着上书表功，各军抢着进城搜刮，百姓家破人亡，饥民难民四出。王爷英雄受伤回营，闻讯悲叹不已，上书呈情：民之忧患，不在乱军，在于乱政，官腐兵朽，匪过如梳，兵过如蓖，官过如剃，兴也苦亡也苦，悲哉痛哉，大清大清！

是年腊月，太平军弃守扬州，孤占瓜洲。

圣旨有曰：扬州大捷，四海共祝。有功奖之，有过罚之。胜保、德兴阿、托明阿嘉晋侯爵。琦善良臣，大清中柱，赠太子太保、协办大学士，依总督例赐恤，谥文勤。谪除英雄王爵，白衣遣回封地不出。

咸丰四年夏至水涨，大清水军五十船舰，合围江南垄断江北，太平天京四面封堵，两江各府拍节奏乐，朝廷上下歌舞升平。

此时此刻此地，白衣英雄谪居，虽悲报国无门，然亦晨钟暮鼓，静享人伦之乐。额娘再曰府训：上违天命，不必妄言。江山代谢，不必妄言。权场倾覆，不必妄言。一草一木，一家一府，尽心尽力，世守高邮，不得逾越，不必逾越。

王爵何如？白衣何如？

是我英雄。真我英雄。

白衣英雄谪居高邮，依然读书写字练拳，依然筝笛琴瑟相和，依然歌声笑声朗朗。

四乱之地，唯有高邮井然有序。

乱世之下，唯有高邮渔樵耕读。

鱼米之乡。温柔之乡。

"王爷吉祥！"秀娥既起，打趣英雄。

"王妃吉祥！"英雄懒散，拥美再卧。

"大话王、小骗子，这回可知不能逞能？这回可知风雨飘摇？这回可知人间冷暖？"秀娥渐渐适应王妃身份，英雄既回倍加怜爱。

"我不要你冲锋陷阵，我不要你处处出头，我不要你英雄无畏。我只要你忠厚仁义，我只要你说话算话。我只要你爱民惜民。"王妃秀娥久读府训渐渐知晓，英王王府由来之久，世代潜居高邮，无不以民为本，克己修身为民。江山虽好，无民不存。江山如画，无民不美。江山多娇，无情不往。

古城高邮，水之患地，水之福地。水，可以为患，亦可以造福，其福患与否在乎人一念之间。是而，尽管河工贪墨，尽管河工苛刻，百姓出工出力，世世修堤筑坝，亦无不从不往。州府高邮境内，运河四十六里，湖坝河堤百十里，险患险段三十六处，数有毁坝决堤，民生更亦倍加珍惜。出则将相，入则为民，本是英王世训。魏源既去，英雄既回，除去休乐，修堤筑坝，保家练丁，样样不少。

是夜月黑风高，王府书房刀光剑影，你来我往悄声无息。

"咦,你是何人？"英雄穿云手挥,蒙面巾落,凝脂玉面,白衣素裹,楚楚动人。

"哼！英雄威风，不识前缘；英雄风流，渔家西施；英雄勇毅，三军夺帅。哼。"来者究竟何人？格格明珠是也。琦善既殁，府第四散，明珠不甘，问责英雄。

"生亦无惧，情亦无悔，铮铮男儿，试问明珠，何至于此？"英雄恍然大悟，坚辞明珠来也。

"是你糊涂，抑或假托，你我之姻，本是腹指，英王曾允，亦有圣旨，我何其弱？我何其辜？我何其悲？"格格明珠心有委屈，无处可话千里奔袭，一者含羞泄愤，二者问个究竟，三者无家可归。

老王妃既闻始进，唤曰："稚儿明珠，世事弄人，但请放下，有话慢叙。"

原来，老王妃知晓其中一段，秀娥既遇，英雄既择，进京陈情，半途而返，阴差阳错，误会既深，四乱既起，听天由命。今夜相逢，预料已久，无错无对，相面而泣。

"稚儿明珠，姻缘错乱，英雄无福；高邮苦地，英王潜居。尔父琦善，起起落落，恩怨难料，今既已殁，你欲何往？"

这般说着，秀娥素衣亦进，两姝相见既诧。

"见过格格。"秀娥施礼不忿，苦命女子亦怜。

英雄茫然，不知所措，怎此复杂，前生往世，父辈子辈，世家姻缘，错已既错，何若处之？

琦善亦是英豪，世袭一等侯爵，素与英王交往有谊。英王府虽潜居不出，却也世家联姻有加。英雄之父雨夜意外殉堤，未及道出格格明珠之事，既而断了姻缘之线。

正待慢慢安顿，留待后话再叙，"哆、哆、哆……"一阵乱箭射入，今夜无眠刺客连连。

"英王纳命来！坏我天教大事，破我天军大营，怎容你逍遥自在。朝廷不容，不若反之；如若不反，今夜无归。"

好一阵混乱不堪，英雄拉过三女挡住乱箭，藏三女于书房屏风之后，跃身而出奋起迎战……

三女心惊不已，乱世之时怎容儿女情长？幸与不幸，秀娥明珠，芥蒂虽在，亦生怜惜。老王妃拥二女，默念观音菩萨保佑。有道是：大道之下，天地不仁，以万物为刍狗；圣人不仁，以百姓为刍狗。天地之间，其犹橐籥乎？虚而不屈，动而俞出。多言数穷，不如守中。江山如画，今不如昔。生死之间，大义凛然。恩怨情仇，不过尔尔。乱世之下，无一净土。潜居不出，亦不可免。国之不幸，家亦无幸。家国天下，天下家国。小我情长，男男女女。大我气短，生生死死。

是夜，喊杀声震天动地，家兵家丁死伤无数，王爷英雄白衣而出苦战不已，太极拳社八百壮士闻讯赶到，合力且战且退来犯之敌。

翌日，太平燕王率军回援，北渡瓜洲，江北大营复又失陷，扬州得而复失。

一时间，高邮古城岌岌可危……

六、风雨飘摇不夜城

城未破，城已乱。

知州府军，州兵衙丁，四散而逃。

团练上城，乡壮上街，联保自保。

英雄王府，惊魂初定，再度出山。

英王大旗，帜展城头，四方齐聚。

然，力有所不逮，壮有所不足，备亦有所杂乱，四处城门处处告急。

及夜至明，及晨至昏，南望云门、蕃江楼失守，东武宁门、捍海楼沦陷，仅余北瓮城、制胜门、屏淮楼与西建义门、通泗楼尚存，亦破在即。太平燕王一击而胜，其谋其勇不可小觑，高邮失守无可挽回。

是夜，高邮古城火焰四起，南门东门哭爹喊娘，北门西门呼儿唤女。

"夫君夫君，战无可战，不若退走。"渔家秀娥，无暇他顾，上城劝退。白衣英雄，胳膊血染，衣袍撕裂，已然受伤，战亦无力，何去何从？北门乱战，西门暂保，众人皆慌，此刻不走，更待何时。

"英雄莫慌，毛大来也，且随我去，珠湖水寨，避上些日。"西门之外，水乡泽国，渔民生息，水匪纵横，水寨林立，却也可去。

"速速回府，全府上下，收拾收拾，一同退走。"英雄大定，嘱咐秀娥，大乱之下，惟求自保。

夜以继日，兵壮皆疲，闻退皆瘫，大开西门，速速奔走。

王府上下，且战且退，移至舟上，登上大船，启航远去。

明珠格格，战乱之下，无处可去，无可奈何，同舟而行。

"大话王、小骗子，现在还不如实招来？何来明珠？何至于此？"西施秀娥，初定即问，芥蒂不去，终不爽利。

"不关我事，不关我事。"英雄无奈，面红耳赤。

"哼！哼！若是男人，敢做敢当，英雄啊英雄，说吧，认了吧！"秀娥不听，不管不顾，骗人骗己，怎可轻饶。

"秀娥姐姐，你勿心急，事已至此，怪不得人，英雄无辜，明珠命苦，我自远去。"明珠格格，闻声而至，推舱即曰。乱战之夜，生死关头，英雄男儿，何其英雄。青梅竹马，两小无猜，渔家秀娥，何其幸哉。

"明珠格格，不可不可，世道已乱，不宜独行，再些许日，另作他计。"英雄闻言，连忙摇手，男儿英雄，不可不顾，不可不管。

"嗯，我说英雄，不关你事，他这坏蛋，骗人骗己，怎可轻饶。"

秀娥囧囧，连连解释，同是女子，亦可相怜。

"不要胡闹，清者自清，我怎骗人，是你骗我，说是不见，终又相见，今生今世，不离不弃，毋须他想，毋须多言。"英雄虎目，端直身子，微倾坦言。

"你们恩爱，于我何干，置我何地，说说看哉？"明珠格格，好气好笑，两个冤家，前脚拌嘴，后脚拌蜜。

"真是不知，问问额娘，何处来者，何处去也。"英雄秀娥，异口同声，相视一笑。

这边小的在闹玩笑，那边老的也有故事。

毛大水寨，大厅之上，额娘正坐，口念观音，心默菩提。毛大当家，团团乱转，欲说又止，一声师妹，吓倒四周。

"师妹可好？！今又相见，说句话哉。"毛大斗胆，再不说话，恐无机会。

原来如此，英雄额娘，本是渔家，本名月英，毛大师妹，数年未见，今又重逢，见或不见，认或不认？

英雄之父，英霸是也。英霸年轻气盛之际，纵横高邮三十六湖，结识各路水上豪杰，与毛大月英三人同拜一师门下，习得一身水上功夫。

那一年，风雨交加，汛情突至，英霸欲归，抗洪防汛。

"英霸哥哥，今年水大，宿于船上，便可无事，何须上岸，筑啥堤坝？"

"月英妹子，英家使命，守护高邮，不得不去，如有不测，但请忘怀。"

"每年水患，关你何事？你是何人？要做这事？"

"实不相瞒，高邮英家，潜王王府，世代居此，代代相传，不得不去。"

"啊！你不早说，如今咋办？你去可归？但去无恙，早早归期。"

"唉！英家男儿，宿命如此，你可同归？但请同归，不离不弃！"

"如何同归？怎可儿戏？你且去，但请保重，有缘再见，来日再见。"

是夜，英霸冒雨，急急赶回，率众上堤，日夜不息。

毛大得悉，转问师妹，月英何处？

"妹子月英，你欲何往？英霸欺人，不可信之，怄我坦诚，骗师绝艺，不可不可。"

"大哥大哥，英霸所为，不为一己，世代如此，高邮有幸，岂可不去？！"

"岸上之事，百姓自为，官府自为，我等渔民，有甚好处，不去不去！"

"三年小水，九年大水，同居高邮，同是百姓，渔民农民，怎可见外？！"

毛大心知肚明，月英芳心已属，拦之不得，求之不得，不若同去，还可相见。

翌日，毛大月英，率众前往，运河堤上，共同筑坝。

"月英妹子，你怎也来，汛情危急，快回快回！"

"毛大哥哥，你怎也来，带回月英，快回快回！"

及至黑夜，骤雨狂风，堤无可守，面面惨白，满堤哭喊，全城四逃。英霸王府，誓死不退，再筑再筑，抢险抢险。

"月英妹子，速走速走！毛大哥哥，速走速走！"

"来也一起，走也一起。生也一起，死也一起。"月英不肯，倔强欲留。

"走吧走吧,堤无可守,水无可挡,快至船上,速速远去,迟则有变,迟则有难。"

"要走你走。要走你走。"

英霸无奈,将欲留人,再作计较。

毛大忽至,击昏月英,我等先走。

"也好也好。走了心安。月英妹子,今日无生,来生再见,今日有生,定去寻你。"英霸喃喃,挥手上堤,最后一搏,尽力尽责。

数度险情,数日煎熬,决堤三处,处处补堵,幸无大碍,高邮州府,全城上下,终渡险汛。

月英醒来,责怪毛大,大水未去,也即回城,一颗芳心,已不自主,堤上寻哥,坝下寻哥,妹妹找哥泪花流。

英霸下水,堵漏封泥,正待劲乏,将欲无力,呼前喊后,水湍水急,眼看不救,无人敢救。

月英纵身,不管不顾,是我哥哥,是我哥哥,我自去救,生则同生,死则同死。

众人看见,瞬间爆发,齐齐扔绳,终逮两人,可救可救,获救获救……

毛大立于堂前,良久良久,历历往事,赫然在目,那年那月,后悔不迭。月英一去,已二十年,不肯相见。王府王妃,观音月英,日思月念。小王英雄,亦如当年,有父风范,今遭此难至此,实乃时事弄人。

太平燕王,曾遣来使,约盟毛大,领衔湖荡,共谋高邮。毛大犹豫,反复忖量,及至城危,决然救援。一反一救,只因月英,也因英霸,更因秀娥。听闻秀娥英雄趣事,毛大欣欣然收为义女,存了心思再见月英,今始得见感慨无言。国之存亡,与民何干?月英家事,不能不管。王爷英霸，也是豪杰，为民为城，赤胆拳拳。英雄至此，也是无奈，国之不幸，民之无奈，倾巢之下，安有完卵。国家难保，小家难全，湖上一隅，远避纷争，但看时局，如何发展。

"师兄大哥，事已至此，多说无益，过即过去，来日方长。危急关头，你能出手，亦已不易，兴百姓苦，亡百姓苦。"月英颔首，持念佛珠，"佛曰：事可为可不为，情可动可不动，命可信可不信，既已过往不必纠结，凡尘俗事自有公论，问心问情问天问地，于心无愧于民无愧，但自前行但自珍惜。善哉善哉。"

"月英妹子，毛大粗俗，不懂佛理，只懂人情，义之所在，官府之乱，不该殃民，乱世之下，但求自保。但请放心，有我在此，安然无恙，三十六湖，莫敢不从。我等渔民，逐水而居，非为逐利，实为安生，大是大非，心里敞亮，英王王府，世代为民，我自护之。"毛大闻言，坦然相告，多年话语，愧然无愧。

这边说好，好说好说。那边仨小，越说越乱，白衣英雄，只能晕倒，吓得两女，不再啰唆。

"额娘额娘，英雄又晕，待之如何？！"

"姨娘姨娘，英雄又晕，待之如何？！"

两女急言，闯入大堂，不知就里，只管求救。

"莫慌莫慌，珠湖水寨，高人潜居，魏源是也，定能得救。"毛大急言，月英无忧。

是尔魏源，辞官至此，潜居不出，编撰文章，海国图志，意在忧国，意在为民。书生魏源，略通岐黄，以医立寨，颇有妙手，回春常事，上下敬然。

英雄醒来，既见魏源，忧心忡忡，惺惺相惜，国家至此，事不可为，但去何方？

"魏伯在此，但有指教？国不成国，家难为家，世道之乱，良药何在？"英雄潜然，累心累力，劳亦无功。

"莫急莫急，但请居此，静养时日，阅我著作，海国图志，共襄此举，寻出良药，济世救民"魏源淡然，官场倾轧，朝廷混乱，大乱大治，不破不立，著书立传，静待时机。

七、忍罢却道世人心

太平燕王，用兵狠苛，大胜大纵，烧抢三日。高邮古城，残垣断壁，英王府第，夷为平地，富户人家，寸草不留，但有良家，掳入营妓，一时无二，人间地狱。太平翼王，亚达敢当，闻讯谴训，燕王嗤之，以鼻唾使，径往天京，先告恶状。及至翼王，大破江南，解除合围，天京无忧，遂生内乱，东王被屠，北王争权，燕王挑衅，天王默之。

面对乱局，救之莫及，翼王亚达，不禁悲叹："局势刚安，国之未定，左右疑心，上下异心，军心已乱，民心全变，太平之梦，大势已去，不若远遁。"前脚夜走，后脚惊心，天京全家，男女老少，全部被屠，翼王亚达，悔之晚矣，请杀北王，尊为义王，合理朝政，太平初定。然则一年，深得民心，天王恐惧，又起杀念，翼王闻讯，心寒不已，出走天京，不再回头。

天国乱事，迷眼昏人。英雄静养，收悉局势，苦笑不已，家亦无家，国亦无国，王不知将，将不知兵，兵不知民，世事乱矣。江淮焦土，春来吐绿，遍地野草，无人问津。好一个难。好一个乱。好一个苦。三十六湖，打鱼捕虾，清闲度日，苦也作乐，有美相伴，有娘在侧，偶尔拌嘴，偶尔挨训，却也无忧。海国图志，好大一书，几十大本，一一读来，换了脑袋，大清不大，世界不小，国外有海，海外有国，西风东渐,而民不知,而官不知,而帝不知,谁来睁眼?还是假寐?半睁半闭?醒来难睡!

府第成灰,惊闻莫诧,观音月英,愧对祖宗,愧对英霸,幸走珠湖,进寨保安,乱世为民,实难苟全。珠湖水寨,立有耿庙,辟出一间,供奉观音,月英入驻,早晚三念,菩萨保佑,菩萨赎罪,菩萨渡人。

"国已不国,家亦无家,何去何从?"仨小唠叨,这么待着,也不是事,世界多大,也该看看。

魏源闻言,不禁泣然,著书立传,海国图志,字字纸上,终觉有限,英雄远行,解却遗憾,可惜年迈,时日不多,昼夜不分,速速写完。咸丰七年,三月初一,魏源病殁,托书英雄,完其遗愿,印刊广传,启世明智,倡导实践,为民为国,百官恪责,四海升平,万民幸福。但愿祝愿,中华大地,"风气日开,智慧日开,方见东海之民,犹西海之民"。

格格明珠,却也欣然。家已四分,族也五裂,唯有英雄,是其所依。王妃秀娥,英雄一个,多一人分,好生不愿,再说再说。好在英雄,心无旁骛,火热秀娥,清淡明珠,左拥右礼,倒也无赖。额娘月英,俩丫都喜,谁能生娃,谁就是媳,英雄伤愈,还不赶快,啰啰唆唆,天下大事,有后为大。有了娘令,格格明珠,更是来劲,我是先来,你是后到,你虽拜堂,我亦换贴,英雄莫跑,敢做敢当,娥皇女英,便宜你了。闹来闹去,其乐融融,无奈无奈,乱世要活,娃娃要生,生就生呗,一生两女,二生两子,高邮湖上,逍遥自在。

同治三年六月十六,太平天国天京失陷,湘军势大蜂拥而入,太平军士无一降者,聚众自焚万死不悔。

是夜月黑,珠湖水寨,突起光火,有敌来袭。毛大率众,紧锁寨门,灯火通明,三十六湖,次第来援。英雄梦乡,温柔梦里,惊出而起,美人且睡,娃娃且睡,宝剑出鞘,卫我小家。家兵家丁,尚存八十,人人扛枪，迅速出击。

"来犯何人？！"毛大呼喊，"再不回话，乱箭齐发！"

"慢、慢、慢！我等借路，快放我等。"

"尔等何人？"

"毛大毛大，可认得我？"

"尔太平军，何至于此？！想攻我寨，绝无可能！"

"莫急莫打，天京已失，忠王我等，护送幼王，但请借道，江湖友情，来日相报！"

"尔等猖狂，也有今日，高邮之仇，至今未报，来得正好，一起报了！"水寨上下，义愤填膺，跃跃欲试，弓箭开弦，即即待发。

"啪"一声，一名水手，一不小心，支撑不住，放出一箭。瞬间"嗖嗖"，万箭齐发，迎面痛击，丢盔弃甲，仓皇而逃。毛大英雄，见此情形，亦是投射，死伤无数。太平乱军，两眼漆黑，慌不择路，四散逃生。是夜湖上，喊杀震天，太平乱军，东突西走，十余一二，忠王护主，突围而去。

翌日凌晨，湘军赶至，悔之莫及。领军大将，曾国荃也，见过英雄，祭过魏源，了解始末，亦追而去。

"王爷英雄，太平既平，时局将定，不若回邮，重建府第，收拢万民，安置生民。"额娘月英，业已年迈，久居湖上，亦感不适，亦忧其民，亦忧其城。

"国外有海，海外有国，我等识短，需去看看。不若如此，毛大诸位，你们上岸，复建高邮，静待朝廷。"英雄既言，请过额娘，王府既无，不必重建，民生疾苦，民生优先，高邮至此，再无王爷。

秀娥再三，思忖良久，还是留下，陪着额娘，陪着老爹，陪着四小。英雄明珠，有见有识，能文能武，出去转转，开开眼界，盼盼早回。

"大话王、小骗子,此去万里,一路小心,看看而已,不要逞强,见有所闻,学有所成,早日回来。"秀娥不舍,但却也知,世界之大,莫能想象,时事之变,莫能想象,人生之路,莫能想象。国无振兴,家无安宁,但放英雄,四海寻方,来日无憾。读万卷书,行万里路,阅人无数,社会民生,个体人生,才有出路。念佛行善,观音菩萨,救苦救难,一家可矣,三家可矣,五家可矣,万家难矣。

"额娘万安。妹子万福。我与英雄,此去无他,历游各国,学学西学,学学西技,学学西法,如能有用,大清可期,万民可期,中华可期。家家国国,有国有家。"明珠格格,却也聪慧,乱世巾帼,不让英雄。

"我与明珠,虽将出海,但也不及,先安百姓,恢复生机,但走无妨。"英雄思虑,久久而言,此去不易,家里家外,城里城外,诸多琐事,料理周全,准备万全,方可成行。

是曰:"父母在,不远游,游必有方。"

英雄回城,数众景从,出力出工,高邮古城,焕发青春。

城毁忽忽,城建徐徐。同治帝曰:高邮州府,英王世居,复其爵位,嘉其卓功,但请安民,大定四方。

英雄领旨,潜心四年,高邮州府,终又繁华。

同治十一年,百姓捐修高邮名宦祠,万民敬奉魏源入祀。

王爷英雄,万辞不就,潜居潜心,远游四海,高邮王爷,青史无字,野史有传,民间口碑。

奈何斯水,如逝已无。英雄明珠,出游十年,再归高邮,义和拳乱,交战各国,军阀四起,国之四乱,民也受乱,物是人非,王府不再,额娘既去,毛大远遁,寻至湖上,及见秀娥,及见四小,一家七人,再度出海,了无踪迹。高邮自此,再无王爷。

后 记

2016年，古城高邮，通过国家历史文化名城评审。高邮南门，高邮北门，高邮市河，高邮中山路，是为"十里古街"。

古街尤甚，十里之北，北门大街、多宝楼路，北市口也。人烟最密，生意最火，号"小上海"。现今街区，王万丰酱醋坊、恒兴酱醋店家宅、杨氏宅戴氏宅……老店旧宅，保存较好，风格依旧。至今更有，古井桥梁、古树名木，留存多处。

专家评语：古城高邮，至今留存"唐宋元明清、从古看到今"的城市格局，其主要历史文化街区长十里，历史风貌完整性较高，是江淮文明发展史的活化石。

宋有帝诏："惟彼高邮，古称大邑。舟车交会，水陆要冲。宜建军名，以雄地望"。及至元代，升高邮路，设高邮府。元末四起，张士诚部，建都称王，历时两年。明代改州，至清末年。明末清初，有王永吉，修葺蝶园，与魁星阁，互融交映。道光年间，知州太守，修后乐园，今存遗迹。顺治年间，荷兰使者，舟经高邮，日记赞曰："人口众多，几处郊区也人烟稠密，商业繁荣，景色优美。"

古城高邮，历朝历代，首要河工，束水攻沙，蓄清刷黄，悬湖悬河。有水为患，有水为利。康乾二帝，数度南巡，步御码头，驻跸高邮，督察河工，视察灾情。

清代高邮，重教兴文，学院众多，珠湖书院、致用书院、淮海学堂、义学十处，有三百四十三者、留著七百零七部。

1912年，高邮置县。

1949年1月，高邮解放。

1991年2月，撤县建市。

不管多少年岁月沧桑，高邮姓"高"，高邮名"邮"。

历史记载，高邮并无王爷潜居。

船娘虹姐

向往美好生活,人的基本追求。

——题记

引 子

"三十六湖秋水阔,苍烟一指点高邮。"

高邮湖,位于高邮城西,是全国第六大淡水湖、江苏省内第三大淡水湖。这片总面积近780平方公里的水域,由众多小的湖泊慢慢汇聚而成,北魏晚期郦道元《水经注》中称樊梁湖,千百年来民间流传着"新开、姜里、甓社、七里、平阿、珠湖、武安、张良、塘下、鹅儿白、石臼湖"等三十六个湖的名称。

大运河是高邮人的母亲河,与长城、坎儿井并称为中国古代的三项伟大工程。2014年6月22日,中国大运河项目成功入选世界文化遗产名录,成为中国第46个世界遗产项目。大运河高邮段,南北共43.6公里,也是至今保存最宽最完整的一段。高邮解放前运河平均三年就发生一次水灾，1956年大运河拓宽改道，切去高邮城西一角，形成"一湖二河三堤"。

大运河与高邮湖，以其独特的方式，把高邮人一东一西分成两大类：运东人、湖西人。

湖西人悬湖悬河，风雨飘摇，朝不保夕。运东人堤防圩坝，旱涝保收，小康生活。每次发大水，湖西人首当其冲，淹田、淹屋、颗粒无收。运东人的日子要安生点，决堤之灾百年难遇。湖西人羡慕运东人很久了。运东人安居乐业，世代相传，人丁兴旺。湖西人来自四面八方，逐水而居，落草结屋，高处不胜寒，渔船就是家。

湖西人与运东人的感情，好起来了掏心窝子，气恼坏了也老死不相往来。因为每每发完大水，湖西人不得不到运东人家里来讨口饭吃。在高邮，水利工程大如天。不懂水利，不修水利，地方官是不合格的。从南到北，高邮仍然可见车逻坝、南门大街、镇国寺、平津堰、杨家坞、石纤柱、万家塘、御码头、马棚湾铁牛、界首大码头等多处历朝历代的水工遗迹。高邮解放以后，人民政府为人民，每年都要组织运东人到湖西地区挑大圩固大堤。

1972年初，水利工程建设热火朝天，运河之西、新民滩之东，一道宽敞平坦的保安圩拔地而起。运东人上千民工奋战在湖西与运东之间的狭长地带——湖滨乡：由圩顶上一个个小村落组成。水漫湖西，先漫湖滨。湖滨是运东与湖西防洪的一道天然屏障。湖滨人也是湖西人最特别的一类，各村人口以渔民为主，来自五湖四海，管理之难超出想象。县里的头头脑脑们灵机一动，运东人的组织性、纪律性较强，于是大力引导和鼓励运东人与湖西人形成一个大队和一个大队的结对共建，特别提倡临城片几个乡率先与湖滨乡一家一户结亲互助……

一、结亲

茫茫的湖水，不时地拍击着堤岸。

风开始大起来。一卷、一卷，掀起更大的浪花，从远处不断地累积着、堆积着，"哗哗哗"地冲向岸边。足足四五人高的态势，狠狠地砸向岸边的人们。

刚刚压实的大堤，还没有长出青草，就迎来了一次意外严峻的考验。土还有点松。人们争先恐后地打着木桩。加固、加固、再加固。不远处的树木早已全部砍光，一个个木桩一排排堆放在堤顶，不断地扎入迎水坡。石块早已经用光。一打打蒲包装满泥土，压在木桩与堤脚之间。

人站在水里已经不能待上一袋烟的工夫。水的拍击、水的砸撞，让人们跌跌撞撞，不时地需要上岸歇口气，喝口生姜茶。

"这狗日的天气！"

"这发疯的大雨！"

"这要命的湖水！"

人们无不在诅咒着。去年冬天好不容易挑成功的大圩，安全渡过了春汛，却没想到夏天狂风暴雨之下变得岌岌可危。没有人愿意服输。也输不起。

天忽然变白。

老一辈人儿吓得脸更白。

"白一寸、涨一丈，亮一亮、黑到亮。"

果然，雨更大、风更大。

一片白色中一柱黑烟直奔而来。

从湖中心，直奔而来。从空而降，从天而降。黑烟接上了水面，更大更浓，一路狂奔。擦着堤岸，扫了过去。打桩的人们目瞪口呆。岸上没有来得及打下去的木桩已经飞走了。转瞬而过。突然，天地间安静下来。雨停、风止。

"看，彩虹！"

"看，空中出现了人影！"

"看，还有车水马龙！"

"看，怎么没有了？！"

从闷热，到暴躁，到异象，到宁静，高邮湖再次向人们展示了她无端无常的一面。

"钱二，你家刚刚生了个丫头啦……"

"张三，你家老婆早产了啦，带把的，赶紧去看看，能活不……"

一时间，人们从震惊的迷茫，转入了新生的喜悦中。

虹姐早俺两小时出生。叫钱彩虹。俺早了一个半月出生。叫张雨娃。后来，俺自己改了名字，叫张宇凹。

俺家是运东八里大队红旗小队的。距高邮城八里路，南关洞南，车逻闸北，与湖滨乡隔河相望。过了大运河，就是湖滨乡。

虹姐家是湖滨乡下河大队五一小队的。与俺们家直线相对。每年挑河工，红旗小队就住在虹姐家，十来个民工打地铺，俺妈与虹姐妈负责烧饭。在哪家住宿、烧饭，是不可多得的荣誉。一是这家家风好，干净卫生。二是这家有地位，说一不二。三是这家条件好，不会苛民工的伙食，有时还会倒贴一些荤菜。不是一年两年，而是年年如此。

虹姐爸是五一小队的小队长。干了三五年了。俺爸也是小队长。两家因为水利工程成了世交。这年两家主妇都身怀六甲，不方便烧饭，但是民工们都乐意，不愿挪窝，只好叫了两个帮工。

俺妈也不用上工程。但是姊妹身孕，住一起有个照应。一住就从冬天住到了春天，雨水不停，又住到了夏天，两个娃一起闹着出来了。

虹姐总是敲俺脑壳子，说俺想抢在她前面出生，一辈子甭想得逞，叫"姐"！

俺给整憋屈了。一出生，就给整了个管家婆。

同性为兄弟姊妹。异性为夫妻。

娃娃亲。陋习。新风。

红旗小队与五一小队的人们乐翻了天。一连喝了三天酒。过年没舍得杀的肥猪，当天就宰了。郑重其事地祭祖、结亲、换帖子。先叫干妈干爸。

虹姐长得结实健壮。俺赢弱得很。俺妈奶水也不足。俺不得不与虹姐抢。

干妈长得黑。但是劲头足。胸脯饱满。两个小娃娃吃得饱。

俺妈长得俏。却没力气。生了俺，就病恹恹的。都怪俺不安分，折腾的。

俺爸妈水退后回家种田，俺却留了下来、抢奶喝。

虹姐吃得多、长得快，本来就比我块头大，越长越出格。

俺吃得少、吸收差，本来一副小身板，越长越秀气。

干妈心疼俺，只给虹姐喂个半饱奶，就给她喝鱼汤当奶。

可是，俺看见虹姐喝鱼汤都是那么的香香甜甜，俺也想喝。

可惜，俺被干妈喂饱了奶，只能望汤兴叹。

一断奶，俺就闹着喝鱼汤。

鱼汤真的鲜美！

高邮湖水产丰富，仅鱼的品种就有青、白、黑、鲫、鳊、鲤、鳗、鲂、赤眼鳟、翘嘴红鲌等，共六十三种之多。黑鱼、鲫鱼烧汤味最鲜。鳊鱼、鳗鱼红烧味最美。白鱼清蒸味最嫩。青鱼做鱼圆上上选。鲤鱼，高邮人基本上不怎么吃。鲤鱼跳龙门嘛。是神物,用来祭祀得多。每年一月到五月,五个月时间,高邮湖禁捕。湖滨人基本上是以捕鱼为生。禁捕期,有休息天天喝老酒的,有忙碌天天渡船到运东打短工的,也有悄悄捕一两网卖上大价钱的。

干妈为了养活俩小的,常常自己撑着一个小船,到不起眼的湖荡里捕上一两网,小杂鱼用来煨汤,大一点的卖了,换些大米、猪肉。

干爸是小队长,不能下湖,也不能天天喝老酒,只得到运东找事做,养家糊口。

干妈总是把俺扎在胸口挂着,后来大了点就背着。虹姐搁在小船仓里。虹姐不安生,总是爬到船头上来,笨手笨脚地玩丝网。

我后来读了书,不再称自己俺了。但是,总是在梦里看见一大片水和一大片柳树。妈妈说,我是从渔船上抱来的。我一直相信。

原来,我真是在渔船上度过了大半个童年。

我是小丈夫、张雨娃。有个大媳妇、钱彩虹。

虹姐打小就不认可我这个小丈夫。嫌我太瘦小。她的丈夫应当是大丈夫、大英雄。逢山开路,遇水架桥,上树能摘桃,下湖能摸虾。捉野兔、抓野鸡、逮野猪、掏獾子、捕水蛇、捅马蜂窝……我都不会,也不敢。

三四岁的样子,我闯了大祸。虹姐也耿耿于怀。但我一直认为是我的错。不怪虹姐恨我。

干妈像从前一样子带着我俩去捕鱼。我在船上玩水。虹姐帮妈顺丝网。

清明刚过。天气已经闷热。一阵阵闷雷滚滚而来。我们正准备拉一网上来,一个炸雷打过来,吓死了。刚巧,抓偷鱼的渔政快艇赶上来,斗大的雨点砸下来,一大片一大片,旋起一个大浪花,我掉水里了。

"嗵"的一声。

我只记得"嗵"的一声。

醒来时，我已在运东的家里。虹姐也在。红着眼。恶狠狠地盯着我。

很多年以后，我才知道，干妈跳下水捞我，给丝网缠着了。把我托到船里，就给大水冲走了。天哗啦啦地下着大暴雨。

虹姐也跳到水里找妈妈。渔政船员捞起了虹姐，没捞着干妈。大家怎么也没想到，干妈会给水没了。

都怪我不会水。怎么学也不会。

文不能下水。武不能扛锹。

我只得认真读书。

我总是在梦里看见一大片水和一大片柳树。

二、上学

茅屋为秋风所破歌。

这年秋天，红旗小队全体帮我家砌新屋。因为，虹姐要住我家。

很难想象，我家的房子比渔民的房子还要破旧。土坯墙、稻草顶，推倒了全是一堆烂泥。

要砌新屋，先要在生产队的小窑里烧一窑青砖。

烧砖，首先要掼砖坯。得选上好的黏土，用水和烂、脚踩匀，起了黏劲儿，一砖一砖掼出来。阴干。装窑。还得备足柴火。柴火是大家一起备。每年只够一家烧一窑。所以得轮着来。

我家让了好几年，今年不得不砌新屋。

一般，砌新屋的人家，这年要养三头猪。掼坯烧砖，杀一头。破土动工，杀一头。支锅进宅，杀一头。我家没准备好，只得能跟队里人家借猪。梁木也不够。只能五架梁。没法七架梁。三大间，东卧室、西卧室、中堂屋。外加两间小厢房，一厨房、一杂物。原本，虹姐一人一间。我和爸妈一间。可是，我不喜欢爸妈，我黏虹姐，没虹姐睡不着。打小，就是虹姐带我睡的。干爸说："小孩子，算了，随他们吧。"

其实，我和虹姐都觉得，只有我们俩是亲人。其他人都陌生得紧。而且，干妈一直叫虹姐带着我、让着我、哄着我。虹姐觉得，她必须完成妈妈的任务。虽然，我依然是那么地惹她讨厌、不胎嗨。没有妈妈，虹姐就是妈。

因为我在湖滨时间待得长，回到运东以后生活上有很多的不适应。小朋友们也不带我们玩。

"大丈夫、小媳妇，羞、羞、羞……"

每到这个时候，我就拼了命去打，打得头破血流。

虹姐捻着我耳朵，往家里拖："跟他们闹什么。打得过就打是英雄，打不过还打是狗熊。"

还有不识相的，跟着上来继续起哄。

虹姐二话不说，上去一脚一个，个个狗吃屎。

七岁，可以上学了。我不肯去。因为他们老欺负我。

八岁，不得不上学了。我要和虹姐一起去。爸找了校长，勉强收下。

"我们一起上学啰……"我开心地告诉虹姐。

虹姐其实并不开心。在运东过的日子，没有湖滨自由自在。女孩子们一个个文文静静的。男孩子们一个个坏里坏水的。我们俩不合群。是个异数。

虹姐也不喜欢我妈。我妈总是教这个规矩那个规矩的，让虹姐浑身不舒服，要不是因为我，早就回湖滨了。

看着我开心的样子,虹姐高兴地答应我也去上学。

我心里其实也知道,虹姐还是想着划船捕鱼的日子,想着妈妈的渔家小调。

只要与虹姐在一起,我就很开心。我要读个状元郎,让虹姐开心。

运东人经常看唱戏。虹姐最喜欢《女驸马》的一段:

> 中状元着红袍,
>
> 帽插宫花好哇,
>
> 好新鲜哪!
>
> 我也曾赴过琼林宴,
>
> 我也曾打马御街前,
>
> 人人夸我潘安貌,
>
> 原来纱帽照哇,
>
> 照婵娟哪!
>
> 我中状元不为把名显,
>
> 我中状元不为做高官,
>
> 为了多情的李公子,
>
> 夫妻恩爱花儿好月儿圆哪!

我要中状元,也不为出大名,也不为做高官,只为了虹姐不再说我不争气,只为了不再让虹姐出手又出脚。

学校是个八里大队旧仓库改的。两个大教室。一二年级一个教室,三四年级一个教室。我和虹姐上学来,还是遇上了那一帮讨厌鬼。好在我学得快,一二年级作业都会做,不麻烦他们瞧不起我们。动武,更谈不上了,虹姐一人打一大片。

> 池塘的水满了雨也停了
>
> 田边的稀泥里到处是泥鳅

> 天天我等着你等着你捉泥鳅
>
> 大哥哥好不好咱们去捉泥鳅
>
> 小妞的哥哥带着他捉泥鳅
>
> 大哥哥好不好咱们去捉泥鳅

一上课,虹姐就开始睡觉。放学后,虹姐最喜欢带我去秧田水沟旁捉鱼摸虾。走一路还喜欢哼一路。采采小野花,扎扎花花帽,扔扔小花朵。中午在学校里啃块冷饭团。晚上回家,带着鱼虾烧一锅好汤,吃口热饭。虹姐烧饭,我写作业。穷人的孩子早当家。我的虹姐更早。生火做饭,刮鱼拣菜,样样能。

妈一边嘴上说野丫头、赛小伙、疯姑娘,一边还是扯最好的花布、买最好的发夹打扮虹姐。

我到10岁还穿开裆裤呢。虹姐的衣服却很多,又好看。虹姐舍不得穿。常常新衣服放旧了。旧衣服补了几个补丁,实在穿不了了再穿已经放旧的新衣服。

10岁时,虹姐给我扯了套新衣服。真不知道,她是怎么来的钱。她只是说,要我拿"三好生"奖状来换。我年年拿"三好生"。每次考试门门一百分。没想到,真换来了一身不开裆的新衣服,像个小大人了!

我好开心!

> 小呀嘛小二郎
>
> 背着那书包上学堂
>
> 不怕太阳晒
>
> 也不怕那风雨狂
>
> 只怕先生骂我懒
>
> 没有学问无颜见爹娘

小呀嘛小二郎

背着那书包上学堂

不是为做官

也不是为面子管

只为穷人要翻身

不受人欺负

哎不做牛和羊

上学是最开心的事。虹姐一路上教我唱会了这首歌。一辈子忘不掉。

四年级结束，我们要到武安乡小学上五年级。离家更远了。

庄上不少小朋友都不上学了。

虹姐也不想去上了。但是她舍不得我一个人走那么远的路。送我去。陪我去。就是不进教室。开始，她哄我是不同的教室。一天、两天……看我逐渐适应了大学校，认得了路，能照顾自己，虹姐便回湖滨了。

后来，我才知道，干爸娶了二娘，生了儿子，要虹姐回去帮着带弟弟。干爸到我家几次都说："孩子大了，不好再在一起吃、一起住的，以后再大点再说吧。"

我不懂。

后来，懂了。也迟了。

三、辍学

虹姐骗我说，她回湖滨上学去了。放假了。她还带我到湖滨乡中心小学去看。在保安圩内的一大片空地上，一座座瓦房拔地而起。其中，一处大空地上，三排教室，一座小楼。门口，高邮县湖滨乡中心小学，鲜亮的牌子，让我好羡慕。这里的教学条件比运东一般小学好多了！

虹姐还给我看她的新书包。城里人捐的。她说，那天来了好多人，她作为学生代表上台领取书包，还有一大堆书。虹姐把她的新书包送给我。书包里还有一本新书——《格林童话》。

"可惜，一大堆书没有全留下来。给学校收回去了。这本还是藏在肚兜里的，你好好看。今后，你也要写本书，给我看。"

许多年以后，我到湖滨小学做教书先生，才知道，那时，学校根本没有几个学生。虹姐也是临时给叫去凑数的。虹姐回到湖滨一天学也没上过。但是在学校的电视资料片里，我还真看到了虹姐幸福的笑脸，捧着一大堆书，背着新书包，扎着可爱的大辫子，大眼睛一闪一闪的。

打小，我都是虹姐照料。洗脚。洗澡。穿衣服。

回湖滨的前一晚，虹姐紧紧地抱着我。抱得我好紧、好疼。

"姐，你掉眼泪水了啰。"

"姐，你身子好烫啊。"

"姐，你生病了吧？！"

我身子向来冷。向来骨头得紧。

虹姐紧紧地抱着我。

"雨娃，好好读书。"

"雨娃，等姐回来。"

"雨娃，万事别逞能。"

虹姐长得最好看。比妈好看。虹姐最能干，和干妈一样能干。我的虹姐，谁也抢不走。我的虹姐，一辈子的虹姐。我可以不听爸妈的话。必须听虹姐的话。我相信，虹姐是回湖滨上学了。学校那么好！比武安乡中心小学还好！

小学毕业，一放暑假，我就忙不停地渡船到湖滨找虹姐。我拿了"高邮县三好生"大奖状。我马上要到城里上高邮县中学了。我得意地笑呀。

在一大片的番茄地里，找着了红啪啪的虹姐。红红的番茄，也没虹姐红得好看。虹姐满头大汗，辫子乱了。看到我，她慌里慌张一番。笑得我前仰后翻。

怎么也晒不黑的虹姐，在烈日下，就是有一点脸色发红。

我也长个子了嘛。但是还是比虹姐矮一头。看到虹姐还有一大片番茄没摘。我二话不说，一起帮着摘。

"姐，俺长大了，能做活的！"

"姐，我体育是优噢，德智体全面发展啊！"

"姐，我们一起上中学吧！"

"姐，我的学名改了，宇宙的宇，凹凸的凹。"

"再怎么改，也是雨娃。"

"今天不干了。走，我们去看看妈！"

"彩虹，哪去歪，还有一趟田番茄要摘呐！"

"不摘了！你们摘吧。我和雨娃有事一趟。"

"雨娃来啦！好吧、好吧，快去快回，早点回家烧饭。记得到圩上打肉。"

每年夏天，我们都去看妈。虹姐后妈大名叫何香菱。山东微山湖人。虹姐爸钱二，没大名，安徽巢湖人。他们在高邮湖落户成家。渔民的生活就像吉卜赛人一样。

路上，虹姐唱了着新歌给我听。好听极了。后来，我才知道是流浪者《拉兹之歌》。

阿爸拉姑阿爸拉姑
命运伴我奔向远方

船娘虹姐

127

奔向远方

阿爸拉姑阿爸拉姑

我没约会也没有人等我前往

到处流浪

孤苦伶仃

露宿街巷

我看这世界像沙漠

我看这世界像沙漠

唻唻唻唻唻唻唻唻唻唻唻

我和任何人都没来往

都没来往

活在人间举目无亲

任何人都没来往

好比星辰迷茫在那黑暗当中

到处流浪

命运虽如此凄惨

但我并没有一点悲伤

一点也不值得悲伤

我忍受心中痛苦事幸福地来歌唱

有谁能禁止我来歌唱

唻唻唻唻唻唻唻唻唻唻唻

命运啊

我的命运啊我的星辰

请回答我

为什么这样残酷作弄我

阿爸拉姑阿爸拉姑

　　命运伴我奔向远方

　　奔向远方

　　阿爸拉姑阿爸拉姑

　　我没约会也没有人等我前往

　　阿爸拉姑阿爸拉姑

　　哈……啊……

　　在一大汪湖荡，转了好几个弯。我们闭着眼也能走到的，那一大片水、一大片柳树。

　　虹姐把我的大奖状放在那棵柳树桠上。一堆黄土。一丛青草。一片野花。我们安安静静地跪着。

　　虹姐的手有些粗糙。但是辫子已经扎得顺溜了。捧了一汪湖水洗了脸，依旧白白净净的，白里透红。

　　我的记忆里，干妈的脸是有些黑的，可是看着虹姐，又不敢相信，是不是我记错了，干妈应该是一样白里透红的白呢。

　　"妈，雨娃要上中学了，将来一定当状元郎。"

　　"妈，姐对我好着呢，我一定好好读书。"

　　我想住在虹姐一整个暑假。我陪着虹姐宝贝弟弟睡，教他写作业，可是他一点儿也不听、不写。

　　虹姐天天下地。我也要去。虹姐不准。

　　刚刚住了一星期，虹姐就把我送回去了。

　　"到城里上学不一般，赶紧温温功课，抓紧多读一些书。"

　　"嗯。"

　　"长大了，不要惹事，安稳读书。"

　　"嗯。"

船娘虹姐

"记得回来看看妈，有出息了别忘了姐。"

"嗯。"

回去的路太短。虹姐送我上渡船，就挥手再见了。

四、唱戏

虹姐打小就喜欢唱戏。黄梅戏、越剧、淮剧都能唱上一两段。声音特好听，虽不大。却能传很远，字正腔圆。奇怪的是，我也能哼上一两句。

原来，妈妈们会唱戏。我妈能唱一些，但主要是听戏多。听干妈唱。干妈最会唱戏，香菱就是她的戏名。从小，香菱就随微山湖戏班子四处跑。后来，听说香菱给一恶霸看上了，钱二路过挺身而出，怒杀之，携香菱出奔，入户高邮湖。

有好长时间，香菱都不敢唱出声来。许多人不知道她会唱。她安安分分地捕鱼捉虾。越晒越黑。唯独嗓子一样好。为了哄我睡觉，干妈常常哼戏给我听，听得我妈崇拜得不要不要的。原来我妈还反对我和虹姐的娃娃亲，听了两遍香菱戏，就把儿子雨娃出卖了。

每次我从湖滨回来，妈都要反复问："彩虹现在咋样了啊？"

"虹姐没上学。她骗我上学的，还给我新书包和《格林童话》。"

"虹姐在家里累呢，又要下地，又要烧饭，又要带弟。"

"妈，让虹姐回我们家吧……"

"傻孩子！好好读你的书。吃尽苦中苦，方为人上人。命啊……"

什么是命？我常常想着想着就出了神。

一命二运三风水，四积阴德五读书。

我花了很长很长时间才弄明白：命由天定，运由自变，如风似水，厚德载物，读书致知。

人生要淡定。命里有时终须有，命里无时莫强求。

没多久，就听说，虹姐跟戏班子走了。干爸钱二愧疚不已，跪在香菱坟旁三天三夜。许多人都要干爸钱二去找找，能找着的，走不远。

干爸钱二一下老了许多。脾气也缓和多了。特地到高邮中学找我，说："娃，你姐蛮好的，过些年就会回来，你好好读书。"

我弱弱地问："爸，姐带钱了吧，带衣服了吧……"

"带了，都带了，我去看过了，你放心！"

"在哪块儿？"

"四处跑，你安心好好读书吧。姐要你中状元呢，嘿嘿嘿……"

没事，我就到高邮大剧院听戏。也许，虹姐会在这儿唱。

高邮北门大街口头，有百花书场，有歌舞厅，有电影院，最大的就是高邮大剧院。每年县里开全县规模的大会，也在高邮大剧院开。我第一次到高邮大剧院，是文教局表彰县级三好生和中考动员大会。那时，我才知道，还有中考。中考前几名才能报考高邮师范，农村户口变成城市户口，吃"皇粮"拿工资。故老百姓称中考为县试，好比过去秀才及第，也称为乡下状元。

在高邮大剧院，我第一次明白了我到这个世上是来干啥的。虹姐要我考状元，指的就是这个。初中三年，不长不短。我要加油加油再加油了。每次我考了一个满分，我就奖励自己到高邮大剧院听戏。没钱进不了场，就听墙脚。没戏可听，就到百花书场听说书。

北门大街，是高邮人最休闲最热闹的地方。不远就有华清池、三星池两个有名的大浴室。挑子剃发的、磨剪戗刀的、卖菜打肉的、爆米花儿的、摆熏烧摊的……杂七杂八，人声鼎沸。最有秩序的时候，就是大剧院有戏班来的时候。人们都不由自主地把声音放低，谁大点声都不好意思。大剧院一般到开场半小时后，就把大喇叭开下来，让外面的人也都能听上。有的人本来犹豫、舍不得的，后悔得要命，赶紧把买菜钱拿来买戏票。听完戏，得意扬扬地哼着刚刚听到的桥段，没两步，就给家里人揪着耳朵，问中饭菜呢？！听一场戏，喝三天粥。

后来，我知道了，虹姐就在城里的扬戏团。天天趁早贪黑练功夫吊嗓门。班主姓张，也是一个名角。早晚练功，平日里四乡八里地赶集送戏，到了农村，搭一个草台子就开唱。俗话说的草台班子，就是这样来的。高邮扬戏团，本来不出名。虹姐成了台柱子，就出大名了。唱戏场次更多。一年三百六十五天，高邮扬戏团大戏小戏七百多场次，一下子跃上扬州头牌地方剧团。

高邮号称"小扬州"。文风鼎盛，人才辈出。

"我找钱彩虹。"我七拐八问，在北门大街复兴巷里头，找到了戏班城里的落脚点。

"啥？"看门的老头警惕地盯着我。

"我姐，钱彩虹！"

"不在。"

"什么时候在？"

"没数。"

"哦。"

"那我能托您带个东西给姐么？"

"一个奖状，一本书，五块钱，一封信。"

"拿来！"

老头不客气地翻了又翻。

"真是你姐？"

"嗯。大爷！"

"进来。"

"往里。"

"到头左拐,你自己喊。"

"谢谢大爷!"

我飞了过去。

"虹姐……"

"啊!?雨娃……"

虹姐正在试妆。傻了我眼。太好看了。柳叶眉、桃花脸、樱桃嘴、凝脂鼻、香葱指……

她一把,把我搂进怀里。

窒息。窒息。窒息。

熟悉的香气。熟悉的体温。熟悉的蛮腰。

我一下子大哭。姐俩哭在了一起。慌了一大帮人。什么情况?老半天,我俩安静下来,人都散了。

"我又拿了扬州市级三好生。中考可以加十分。还有一个月就中考了。我一定能考上状元。"

都是我一个人在一个劲儿地说。虹姐傻傻地看着我。

临走分别,虹姐没收我钱,还给了我五十,叠得整整齐齐,攒了好些时候了。

"多吃肉,长个子,长脑子。"

"别省。姐能挣钱。"

"考过试再来,啊,好好读书!"

嗯!我一定好好读书。中状元。

五、退亲

"轰隆隆……轰隆隆……"

"咔嚓嚓……咔嚓嚓……"

漫天的瓢泼大雨、响彻大地的雷声……成为1991年我的又一次深刻的记忆。

1991年,高邮连续发生两件大事。撤县建市把牌换。百年未遇大洪涝。告急、告急,全线告急!高邮湖告急。里下河告急。无处不告急。

全民动员。

83万高邮人民,不分男女老少,人人上圩上堤。扛沙包、打木桩、堵渗漏、挡决口……能用得上的木桩、沙包、石块,全部往迎水坡上垒。

风大雨急!没日没夜!

刚刚师范毕业的我,也义无反顾地赶上湖滨大坝。渴了喝口浊水。累了啃口馒头。小身板也爆发出大干劲。

身边全是人啊!没有人后退一步。后面就是家。后面就是家人。

坚持、坚持、再坚持。

加高、加高、再加高。

处处都是水。还在不停地涨。

高邮湖、大运河本来河床就高,与高邮城三层小楼齐高,悬湖悬河悬在头顶上。一丝不能大意。

1931年,江淮水灾遍及全国16个省。灾情最重的长江中下游及淮河流域湘、鄂、赣、浙、苏、鲁、豫、皖8省,农田受淹面积973万公顷,受灾人口5127万人,占当时8省人口总数的1/4,死亡22万多人。

今天,水位一直在攀升:8米,9米,9.1、9.2、9.3、9.5、10米……

11.69米！

秧田全都浸在水里了。圩内圩内全是水。路早已没有。出门靠船。没船靠澡盆。

我在医院里撞着了虹姐。

虚脱的我昏迷不醒，躺在高邮人民医院的过道上。已经没有病床可用了。来人只能躺在过道上。有一床被盖就不错了。我还是干爸和几个村民苦苦哀求才被允许躺在过道上，算是收下救治，送完我后，他们几人又匆匆回去上大堤了。

我醒来的第一眼竟然看到了虹姐。和我一样躺在过道里。腿断了。怎么可能？！

"姐、姐、姐……"我一下子站起来，跪在姐旁。

"娃、娃、娃……"

"没事。"

"戏团没了。"

"房子全塌了。"

"戏台也塌了。"

"我跑了出来。"

"想救团长，可是救不了，还给砸了腿……"

一帮唱戏的，正在赶排大戏，向撤县建市献礼。领导们都催了好几次。可是、可是、可是……天灾不由人啊！

湖滨人民抗洪的任务最艰巨！

上级命令下了：炸坝分洪。

圩外是高邮湖。圩内是湖滨家。上游水还在涨。下游水还在顶。无处可去的大洪水，必须泄往一处。

"你们这里本来就是泄洪区！"

"必须炸!"

保安大圩上,人们全都跪下了来。

无力。无助。无情。无泪。

"嘣嘣嘣嘣嘣……"

瞬间。瞬间。瞬间。

大水淹没了一切。天突然亮了起来。

雨停了。

水止了。

水退了。

江淮地区。

风停雨住。

晴日当空。

烈日当空。

酷日当空。

刚刚出梅,江淮地区全线改换酷暑频道。地干。干得开始开裂。水稻补了也没用。这一季,绝收。

湖滨人恨死了运东人。再坚持一天,水就退了。为什么非要炸坝?!

钱二与张三恼了。

炸坝那一刻,钱二与张三干上了。大打出手。张三代表组织上与钱二通知,马上炸坝。红旗小队与五一小队的人们,立马打成了一团。

摁住。摁住。摁住。

我爸摁住干爸。不让他去爆破点干傻事。那里全是武警。来一个抓一个。

"去你的!别想彩虹做你媳妇了!咱们恼了!去它的娃娃亲!还

我香菱！你家雨娃是香菱换了一条命……"钱二彻底爆发了。反摁住张三。左右开弓。号啕大哭。

红旗小队与五一小队的人们傻傻地站着、坐着、睡着。

友谊的小船，说翻就翻！事不在人身上，不知什么滋味啊。

一句轻飘飘的"炸"，炸碎了湖滨人对运东人的感情，炸醒了湖滨人独立自强的觉悟。

运东划出了一块金三角地块给湖滨人居住。淹没了的工厂全部搬迁到金三角。但是还有许多湖滨人不肯到运东来住。全市农民总动员。再一次挑大圩。挑一个更大更高的保安圩。湖滨人一点也不承情。家家漫天要价。补偿。补偿。补偿。谈了一年又一年。

虹姐出院，领了救济补助金，独立自主重办戏团。

我出院，不顾家里反对，申请分配到湖滨小学教书。

虽然，钱二与张三退了亲。虽然，虹姐不再是我干姐。我不再是小丈夫。虹姐也不再是我的大媳妇。但是，我们相爱了。

真的。突然，从姐弟之情，忽然间变成了男女爱情。虽然我们不能再相见。但是，我们很幸福。

见与不见，钱二说了不算，张三说了不算。见与不见，我爱着、我想着、我陪着……

六、办厂

金三角，说白了是一大块臭水塘。位于运河东岸，淮江路改道不走运河堤的南段，形成的夹角。长期没人问，四处是挖的水塘，长的茂密幽深的杂草，是一个鬼也不去的地方。

小时候，有一次去过。是村里的老牛没活头了，辛苦耕田一辈子，最后一次为村里做贡献。我不知道发生了什么事,一村老小们都跟着去看,我便也跟去了。等我钻进人群里一看,便直接晕倒了。

老牛,我放养过,我和它睡过,我给它喂过冬草,我给它洗过夏澡,它认识我。

它那双眼睛,含满了泪水。时而浑浊。时而清澈。我记不清了。反正,它认得我。它在感谢我。它心满意足地倒下了。牛刀手,"扑哧"一声,放倒了老牛。我也晕倒了。

后来,金三角成了村里的忌讳之地。再也没人去过。无论发生什么,也没有人愿意耕种这一块废地。

湖滨人兴冲冲地说:"我们在运东也有地盘了!"

到了一看,全都傻了眼。

有人骂。有人哭。有人闹。

钱二,不骂不哭不闹,说:"跟我干!这里就是金三角。我们的了!"

除草。填土。分块。划界。

这个夏天到冬天又到来年春天。湖滨人化悲痛为力量,化愤怒为干劲,化腐朽为神奇。一排排、一幢幢,大厂房、居民楼、小别墅、学校、医院、邮局,一样一样地竖起来。

湖滨人分成了两拨。一拨仍在运西保安圩,一拨搬到运东金三角。1999年,湖滨乡撤销,并至高邮镇。但是,湖滨人还是这样子,渔民的吉卜赛性格。敢闯敢试。

钱二趁搬迁之机,把草绳厂办成了电缆厂。他说,一样子搅线成绳,铜丝线包个塑料外套,就能卖大价钱。扬州市香菱电缆厂彩虹牌电缆"一缆天下"。名气大着呢!

虹姐本来是回团重整戏班的。可是领导们又不喜欢看戏了。喜欢歌舞团。戏班的补偿款,挪作组建新时代歌舞团。戏班人马整建制划归歌舞团。虹姐没编制。可以留下来打杂工。上不了台。新进一批莺歌燕舞。虹姐不吭声。团里经费紧张，同志们一致投票，开除没编制的杂工。虹姐不吭声。她到高邮师范偷偷看我，说："娃，好好读书，好好教书。""爸叫我回去帮他办厂呢。也好，我天天跟他晃晃，哪天口松了，就叫你回去。"

我没在意："嗯。"

我不敢多看虹姐一眼。生怕心里闪出什么来。呼呼呼的。不应该。不道德。可是，我就始终记得，好看的虹姐那模样。

柳叶眉、桃花脸、樱桃嘴、凝脂鼻、香葱指……

熟悉的香气、熟悉的体温、熟悉的蛮腰……

虹姐到厂里发挥了大作用。当上了销售部经理。走到哪唱到哪，彩虹牌电缆形象代言人。看了彩虹买电缆，合同订单满天飞。钱二乐啊，更宝贝着彩虹了。舍得花钱，把彩虹打扮得像彩虹一样美。专门安排小车。彩虹到哪都是车接车送。出入大酒店，登堂大衙门。扬州市香菱电缆厂没两年就更名为江苏省香菱电缆有限公司，彩虹牌电缆国家驰名商标。

新时代歌舞团那个恨啊。团长给领导尅了好几次。放着现成的大牌不用，专挑环肥燕瘦有啥用。没演几场新时代歌舞，就解散了。领导说是改制。市场化改革。有门路的，转到文化馆。没门路的，领一两万，自主创业。一下子，高邮大街小巷冒出许多歌舞厅、录像厅、咖啡厅。新时代不兴看戏，哼哼呀呀老半天，听不懂看不明白，文文绉绉没得劲儿；兴跳舞，肩搂肩，腰搂腰，有情调，又调情；更兴唱唱歌，人人能参与，亮嗓一声喊，都是大明星，卡拉真OK。

我毕业后来到湖滨小学教书，到工厂去过几回，难得遇上虹姐。干爸倒是经常在，他抓生产总是在车间。

"读书娃，怎么样，看得明白啊，电缆生产也要讲技术的。技术就是生产力，能挣大钱。"

"瞧，这几台机器，自动搅线，比人工强多了。"

"再看这，检测、质量一点不能搭浆，安全第一。"

"咋还这么瘦啊，家里没钱跟我要嘛！"

"我知道，彩虹贴着你呢，多吃肉啊！"

"跟你说啊，要考大学，那才是真正的状元。你只是个师范生，娃娃王，可惜了。"

"争取上个大学啊，咱厂里好几个大学生呢！像你这样的，文不高武不就，有啥用。"

"别像你爸，不会动脑子挣钱，一亩三分田守穷啊。"

每次去，都要听干爸训话。我只能"嗯嗯嗯"。没见着虹姐，一秒钟我也待不下去。干爸简直就是有了点暴发户的感觉。湖滨人瞧不起运东人了。

金三角成了湖滨人的乐园。分界线划得大大的红红的。就连行车道都用隔离墩，不让运东人抄近路进高邮城。大办小事请客，磨不开面子，运东人请湖滨人，都得借债办高档次的。湖滨人还能特别能喝，热乎热乎似的，搂着运东人喝，喝得运东人又要拉一屁股债。喝不过湖滨人。先醉的都是运东人。一碰话题就请客，湖滨人就这德性，吆五吆六，运东人不去还不行，好在不收人情，酒尽喝，菜管吃，先醉的还是运东人。日子差距也太大了，运东人开始到湖滨人厂子里打工，也挣些外快贴补家用还些债款。

"光读书，是没用的。傻雨娃。"虹姐见到我说，"现在时代不一样了，改革开放这么多年，我们已经很落后了，高邮穷啊，跟外面不能比。"

"姐，我知道，唱首歌给你听吧。"我轻轻地哼起来：

在很久很久以前

你拥有我

我拥有你

在很久很久以前

你离开我

去远空翱翔

外面的世界很精彩

外面的世界很无奈

当你觉得外面的世界很精彩

我会在这里衷心的祝福你

每当夕阳西沉的时候

我总是在这里盼望你

天空中虽然飘着雨

我依然等待你的归期

在很久很久以前

你拥有我

我拥有你

在很久很久以前

你离开我

去远空翱翔

外面的世界很精彩

外面的世界很无奈

当你觉得外面的世界很无奈

船娘虹姐

我还在这里耐心地等着你

　　每当夕阳西沉的时候

　　我总是在这里盼望你

　　天空中虽然飘着雨

　　我依然等待你的归期

　　外面的世界很精彩

　　外面的世界很无奈

　　当你觉得外面的世界很无奈

　　我还在这里耐心地等着你

　　每当夕阳西沉的时候

　　我总是在这里盼望你

　　天空中虽然飘着雨

　　我依然等待你的归期

　　我依然等待你的归期

　　听我会唱歌了，虹姐突然静了下来，慢慢地慢慢地，紧绷的身子松软下来，睡着了。在这个豪华的办公室，虹姐像个小孩子睡在了沙发上。还是那么好看。

　　柳叶眉、桃花脸、樱桃嘴、凝脂鼻、香葱指……

　　熟悉的香气、熟悉的体温、熟悉的蛮腰……

七、港商

　　看着虹姐安静地睡着了，我小心翼翼地一动不动，保持着僵硬的姿势。虹姐紧紧地抓着我的腰，枕着我的手。好久、好久、好久。叫我如何不解春风过面暖的感觉。我的心里，暖暖的、暖暖的、暖暖的。虽然，麻木僵硬，但是我高兴这样。以前，都是虹姐哄我睡觉。今天，我也能哄虹姐睡着了。我是男子汉。我是大丈夫。我是状元郎。我要考大学。当上名副其实的状元郎。不让人看扁。不让姐失望。不让姐累着。

我悄悄地、慢慢地腾出一个手来，把刚刚想起的诗句写下来，一字一划，很小心、很小心、很小心。

"咣当！"

一声巨响，门开了。钱二进来。

"怎么回事，半天没声音。"

原来，他听了老半天。没动静，不放心。有动静，更不放心。总之，钱二现在讨厌我呢。家里金凤凰，你这穷小子，念念旧情可以，别的就不用多想了吧。

"爸……你乍呼啥呐？！"

虹姐突然惊醒，白了钱二一眼。

"这不，怕你吃亏上当嘛。"

"什么跟什么啊！好容易睡个好觉。"虹姐嗔怒着，煞是好看，"咦，娃，你写的诗啊！"

"嗯。"

"啥？诗？他这臭小子会写诗？正经书不好好读，写什么诗，有什么用嘛！"

"爸，你真是没文化，不懂别瞎讲，以后你也要多读书，不能光数钱。"

"哦。正好，雨娃也在。说个事，彩虹，今天刚刚申请到香港户口了，马上跟我去飞机场，到香港办理后续手续。"

"娃，你今后可得称我港商啦，你姐也是香港人呐，说不定还能参加香港小姐大赛哟！哈哈哈……"

这个差距拉得，有点大了去。湖滨人不仅有钱，还有身份！钱二说，这厂子马上也要改成港商投资企业，享受税收优惠呢，一年省下好几百万。年底，钱二将要作为政协委员参加大会，说不定还能当个政协常委、政协副主席什么的。牛气。服气。

我的夜
不懂你的黑
你的白
不是我的天

瞬间，我又迸出两句诗来。"姐，我想妈了。"

"嗯，走，我们去看看妈。"

"哎，说事呐，上飞机场啊！"

"我不要什么香港户口。要办，你们去办。"

"说什么话呢！回来、回来、回来！"

虹姐拉着我就走。"这事都是二妈整的。就让他们仨称心如意吧。我也不要什么，什么都可以不要。我要陪着妈。"

柳树湾。青草地。野花开。红的、紫的、白的、黄的、青的……一丛丛、一簇簇，静悄悄地开，静悄悄地谢。

"不要怪他们。他们也是穷怕了。有了钱，不知道怎么回事，不知道怎么用了。处处显摆。天天折腾。"

"现在文采不错嘛！有点意思。小脑袋瓜子，想啥呢？"

"姐。你真不要香港户口啊？那多可惜。不会是为了我吧。不要担心我。你到香港去，我支持的。"

"有机会，我一定考大学。"

"你也不要这么累，这么拼啊。这个厂子，最后又不是你的，当当大小姐得了。"

"现在和过去真的不一样了，变化太大了。处处都是三年一小变，五年一大变，十年大大变。"

"是啊，雨娃，人心也变多了。坏人多呢，你要长心眼。遇事别吭声。藏着、掖着，保护好自己。"

"上什么大学，当个小学教师也蛮好嘛。就你这个头，只能骗骗小学生。跟我读：a、a、a、o、o、o、e、e、e，哈哈哈哈……"

在妈面前，虹姐挽着我的手笑得东倒西歪。突然，虹姐妩然一回首，兰花指一起，唱起来了：

  苏三离了洪洞县

  将身来在大街前

  未曾开言我心内惨

  过往的君子听我言

  哪一位去往南京转

  与我那三郎把信传

  言说苏三把命断

  来生变犬马我当报还

不一会，虹姐又换了一个"秦香莲寻夫"：

观只见两旁站的本是宫娥太监，千呼后拥甚威严，皇姑就在辇上坐，好一个美貌女婵娟，看看她来再看看我，我们二人不一般。她好比一轮明月圆又亮，我好比乌云遮月缺半边；她好比三春牡丹鲜又艳，我好比雪里的梅花耐霜寒；她在皇宫享尽人间的福，我跋山涉水受尽艰难。她倚仗着是皇姑权势大，她这威武喝吓不住我秦香莲！

我就静静地坐在草地上，看虹姐唱，看虹姐舞。

钱二找来了，坐在一旁，也看呆了。

"娃，你姐是块玉啊，不能浪费在高邮这小地方。"

"嗯，爸，我劝劝姐。听你的。没有哪个爸亏待子女的。放心，我支持的。"

唱累了。虹姐又睡着了。我们轻轻搬上车。慢慢抽开我的手。交给爸，上机场，去香港。

这年头，有钱的，都弄个啥在身上当光环。经济实惠，还能挣更多的钱。不干，傻子。干，咱老百姓甭想。说实在的，俺家还在为我每月的零花钱犯愁呢。一会儿这个班费，一会儿那个材料费，就连考试都要收考试费。再穷不能穷教育。运东人苦死老命也要让孩子读书。再多少人发大财，运东人说：君子爱财，取之有道。不读书，不成君子。不君子，不成人。

外商来了，在高邮本土人眼里，就是一群骗子。自己能干的事，为什么不能自己干？自己不能干的事，为什么就允许外人干？看不懂啊。钱二也是不得已而为之。有了港商这个帽子，不仅省钱，还省许多麻烦。就连虹姐，也能少些骚扰。

洋装虽然穿在身

我心依然是中国心

我的祖先早已把我的一切

烙上中国印

长江长城

黄山黄河

在我心中重千斤

无论何时无论何地

心中一样清

流在心里的血

澎湃着中华的声音

就算生在他乡也改变不了

我的中国心

钱二最喜欢唱这首歌。他说："我是湖滨人。"

八、出走

香港是个光怪陆离的世界。钱二一家四人，除了虹姐无所谓外，个个异常兴奋。"Yes，sir！""Yes，sir！""Yes，sir！"钱二就会这一句，还反复地说。好在香港人也会说说普通话。钱二大名就叫钱多多，看得工作人员直翻白眼。

浅水湾。太平山。钱二买了两户别墅。真是暴发户。

"爸，什么时候回家？"

"不急。这里就是家。"

"爸，不要太横了啊，钱再多经不起花啊。"

"没事。这里，有我的铁哥们。有生意谈呢。"

"钱差不多就够了，赚再多没意思。"

"彩虹呀，你不懂。有钱才是大爷。有钱才安全。"

"可是，干吗非要做香港人呐，听说香港再过几年就回归中国了，我们这么花钱有意义吗？"

"有。我们闷头发财就行。"

"可是，我想回去。"

"回去干啥。忘掉那个雨娃。穷小子。臭书生。一点不懂赚钱。拿什么养活你。"

"够吃够穿就好嘛，现在日子这么好，可以了。雨娃也工作了。我们的事，可以考虑考虑了呀，爸、爸、爸、爸……"

"没门！想都别想。癞蛤蟆想吃天鹅肉。你这么漂亮，这么能唱，去竞选香港小姐一定行！说不定，给哪家公子看上，就真正草鸡变凤凰了！"

"不。"

"我已经找人签约了，这两天就来，你抓紧准备。"

"咣当"一声，虹姐被关在屋里。

香港那么远。虹姐，你在那里，好吗？自从虹姐上了车，我就没了魂。张宇凹。诗人。教师。一人教十个娃。原本天天开开心心地讲故事唱唱歌，和孩子们做游戏写作业，天天很充实的。现在，我提不起劲儿，老是出神说错话，还写错字。十个小孩子以为教师生病了，纷纷从家里带来好吃的，有野鸭，有野兔，有野鸡，有各种鱼虾。我一一婉谢。实在退不了，就掏钱买下。不收钱的，便给他们送文具送书。

这个暑假，我哪也不想去。我就在湖滨小学宿舍待着。天天练字。天天读书。准备报考大学。

"天将降大任于斯人也，必先苦其心志，劳其筋骨，饿其体肤，空乏其身，行拂乱其所为，所以动心忍性，曾益其所不能。"

    人生若初见

   何须叹秋风落叶

    我在这里

    你在哪里

     起点

     终点

    终究回到

原点

我想飞

飞得更高

飞得更远

可是

我的翅膀太小

我的臂膀太弱

我的目光太浅

你有多远

心有多远

路有多远

回来

回来

回来

我大声地在宿舍里狂啸:"虹姐!回不回来啊,到底给个信啊!"仰天长叹。百无一用是书生。

"我在。雨娃。"

什么声音?聊斋志异啊。

"是我,雨娃,开开门。"

真有人。是虹姐?不可能。

"谁?"

"我。姐。"

"姐!"哗一下,我打开破门,门板都给掀歪了。

一路风尘仆仆的样子,发丝都乱了,发卡都歪了。

柳叶眉、桃花脸、樱桃嘴、凝脂鼻、香葱指……

熟悉的香气、熟悉的体温、熟悉的蛮腰……

我一把紧紧地抱着。

关门。熄灯。抱着。一声雷乍然响起，滚滚而去。大雨随之而至。倾注而下。

"张老师！张老师！张老师！"

门外，"啪啪啪"地声音响起。

开不开？俩人抱得那么紧。没手开。就不开。

"也许，张老师回家去了。"

"不对，下午还看到他在的。"

"再敲敲看？"

"算了。赶紧到下一户去看看。这雨有点邪门。每一家都要跑一下。不能出一点问题。"

谢天谢地。

继续、继续、继续……

柳叶眉、桃花脸、樱桃嘴、凝脂鼻、香葱指……

熟悉的香气、熟悉的体温、熟悉的蛮腰……

一夜无事。天亮了。也不起床。继续、继续、继续……

过了晌午，肚子咕噜咕噜叫了。起来，找出方便面，先将就将就。天一擦黑，我们出门，上高邮，下馆子，大吃一顿。

这是个难忘的夏天。这是个难忘的暑假。这是个难忘的夜晚。

许多年以后，终于听到这么一首歌：

这不是偶然

也不是祝愿

这是上天对重逢的安排

不相信眼泪

不相信改变

可是坚信彼此的情结

我应该如何

如何回到你的心田

我应该怎样

怎样才能走进你的梦

我想呀想盼呀盼

盼望回到我们的初恋

我望呀望看呀看

再次重逢你的笑颜

那一夜你没有拒绝我

那一夜我伤害了你

那一夜你满脸泪水

那一夜你为我喝醉

那一夜我与你分手

那一夜我伤害了你

那一夜我举起酒杯

那一夜我心儿已碎

那一夜我不堪回味

在高邮菜馆，我们正吃得开心，钱二"咣当"一脚跌开门。进来四五个彪形大汉，个个恨不得吃人。一路赶来，吃了不少苦头，身上还有泥巴呢。

"就知道，你们在一起。"

"臭小子，胆子大了是吧！"

"爸，你说啥呢！"

"跟我回香港去，人家公司看中你了，必须回去签约，不然你老爸就得破产了。"

原来，经纪公司把虹姐卖了个好价钱，把钱多多套进去了，不签约履约就要面临巨额赔偿，而且会得罪大老板。

显摆的下场。吹牛皮的坑。

也难怪，虹姐确实是块演艺料，稍稍包装一下，肯定能大红大紫。是一棵不可多得的摇钱树。

香港经纪人眼睛毒啊。下招更狠。一签就是终身契。而且找准了暴发户的心理，扣死了钱二的命脉。不得不回啊。

"再不回，我就告状去，说张宇凹拐骗，把他关进大牢里去。"钱二色厉内荏、声嘶力竭地说道。

幸亏昨晚的雷暴雨，阻碍了钱二的一天行程，现在才找到我们。

虹姐无助地望着我，看来真是没有办法了。

"娃，等我回来。"

"嗯。"

手尖从我身边滑过。发丝从我身边滑过。气息从我身边滑过。

还没来得及欢喜，还没来得及说话，还没来得及畅想……

没多久，钱多多以港商身份回到高邮，以合资的名义，把工厂股份卖了大价钱，回香港不问高邮的工厂事了，在香港可以赚钱的生意太多了。而且，不能回来，不能让穷小子沾边，彩虹在香港演艺圈已经开始小有名气了。

后来，有不少同学来问我，也有介绍对象的。我都避而不见、不谈，只是考大学的事也给钱二黄了。忧郁、忧郁、忧郁的我，会写许多情诗，更会唱很多情歌。

九、船娘

我喜欢卡拉 OK。

一般,同学们聚会,最后压轴大戏就是听我唱歌。

声音嘶哑。有磁性。有感情。有韵味。

每次看到新歌,我听一遍就能唱。所以,一般,到了歌厅,前面十首二十首歌都让同学们先唱,后面的该干吗干吗去,比如与女同学叙旧、与男同学拼酒,剩下的歌我包了。唱到最后,包厢里人人有意见,啥歌都唱得那么好听,美眉们都看着你,望着陪你一人唱,还让人 OK 不 OK 了。

《小芳》这首歌刚刚出来走红的时候,我一学就会。人人都以为我在湖滨有个小芳,所以一直在湖滨待着,多少次机会进城都不去。虽不中,亦不远矣。

虹姐走后三个月,来了一封信。

宇凹:

见信安好。

爸的安排也算好啦,我现在读书长知识呢。香港人倒也办事地道,没乱来,一字一板地教我补上文化课,还学习最新的音乐知识。把我的戏文也都记下来了。偶尔也练练戏。主要是学怎么唱流行歌曲。有许多学问呢。

告诉你个事,有了。爸气得直跳脚。我拼命也要保孩子。公司要求严格保密。这些日子,就是边学习边长肚子了哟,大概明年四月里。

公司说了,明年下半年必须上台演唱呢。我的功课紧着呢,可能没时间联系你。记着了,至多二十年,我就可以解约。那时孩子也大了,让他回去认你。

照顾好自己。

如果有相好的，娶了做媳妇，我没意见。不能照顾你，妈有意见的，代我跟妈多说说话。

想你。

祝安好！

你的彩虹

1992 年 10 月 12 日

幸福来得太突然。人生就是一场没有准备的旅行。谁也不知道，路途中会遇到什么，会怎么办。一切都不可能让你准备的完美了、充足了、满意了，才降临。

没有干妈香菱，就没有我的存在。

没有虹姐陪伴，就没有生命的意义。

而我，不知不觉中，居然要当爸爸了，还不能说。

我傻了。我呆了。我蒙了。

少年不知愁滋味，为赋新诗强作愁。不管怎么说，我又充满了人生活力。

上课的声音蹦蹦脆。

走路的步伐蹭蹭响。

唱歌的自信得得意。

笑容。笑容。笑容。

我的脸上充满了笑容。

考不上大学，也能上大学。自学也是一条路。

上天总是会给人们开一扇通向幸福彼岸的窗户或大门。

条条大道通罗马。处处他乡是迦南。

翻看来信，辗转无眠。人生的差距，不在于天，不在于地，在于人自己怎么想、怎么办。钱二不过是个渔民，拼搏奋斗成香港人，是他的选择与机遇。从来就没有天上掉馅饼的好事，不靠自己的努力想获得美好幸福的生活，德之不配，福之难受。其实，是我错了。我不应该犯下那夜的错误。爱，不是为了占有。爱，是为了让对方幸福。我什么都给不了，拿什么谈情说爱。干爸说得不错。干爸做得不错。我对不起干妈。我的命是干妈给的。应该是我为姐付出。而不是我自认为应该得到。读书读到茅厕里去了啊！

人生无时不需要反省。最得意时更需要冷静。最焦虑时更需要检讨自身。三个月来的反复煎熬，一封信彻底震醒了我。我害了虹姐的幸福生活。我有罪过啊。非礼勿视。非礼勿行。读书，我需要继续读书。真正的读书。不为学历。不为文凭。不为门面。只为赎罪。只为明理。只为追赶。我拿什么面对二十年后的孩子和虹姐？！

1992年，全国各地都在大发展中。高邮更是喊出了"走出运河、跨过长江、融入苏南、迈向全球"的发展口号。新技术革命的浪潮同时袭向我们每一个人，BP机、大哥大、电脑、互联网、笔记本、手机、QQ、微信……生活全都变了样。

我也成了江苏省特级教师。自考研究生学历。全国著名诗人。最有名的一首诗就是《船娘》。

> 你是
>
> 船
>
> 你是
>
> 娘

你是
我的船娘
我生于船
我生于娘
船
是生命的船
娘
是生命的娘
船娘
我的船娘
你
现在何方
船娘
我的船娘
你
现在好吗
轻轻地
摇
摇啊摇
摇到外婆桥
看看
我的船娘
轻轻地
摇
摇啊摇

> 摇到你身旁
>
> 看看
>
> 我的船娘

《船娘》小诗一经发表，顿时红遍网络，红遍微信。虹姐也打来电话，笑得呵呵呵的。说："我呢，是娘还是姐？"

我说："你是娘。你是姐。"

于是，我写小说《船娘虹姐》。

后　记

高邮有一个美丽的传说——露筋晓月。大概的故事是这样的：叔嫂二人夜月赶路。高邮湖畔，新民滩上，有一小屋。嫂让叔进屋休息。结果，嫂在外一夜给蚊虫咬死。月是下半弦。叔是书呆子。后，叔进士及第，中状元。写下此文。皇帝大悦。赐高邮"江左名区、淮扬名胜"。

我的理解是，这只能是一个寓言故事。现实中，没人会被蚊虫咬死。特别是新时代，更不可能，叔嫂不同屋。但是，我特别能理解，嫂之心情：再多苦难，一人承担，一定要让叔读书中状元。

我愧疚。我让虹姐失望了。我只中了秀才：初中毕业，读了中等师范。当了教师，来到湖滨。一待一辈子。我是书呆子。死读书。读死书。不明礼。不担当。我要娶虹姐为妻。可惜，虹姐不在湖滨。在哪？地球人都知道的。喜欢唱歌的更明白。我不能说。

> 夜是月的白
>
> 星是泪的光
>
> 我知道
>
> 你知道

我们天天在相望

我们天天在一起

我们天天在祝福

我是个穷书生，当好老师是本分。所以，我要尽心尽力地教好湖滨的每一个读书的孩子。不让一个辍学。我的工资可以不要，全给孩子们交学杂费。我的伙食可以自理，我能下湖捕鱼捉虾。我是湖滨人。

人们都说我是个单身主义者。

可是，呵呵，我知道，我有个未进门的妻：船娘虹姐；我有个儿子：张佳仁……

见与不见，我都在这里。

我记得，那年的约定：

美丽的高邮湖畔，

二十年后再相逢、再相见、再相认……

搓背王

小时候，我最开心的一件事就是洗澡。到高邮城里的中市口向阳浴室去洗澡，是我一年中最高档的享受。一般要到快过年的时节，腊月二十四以后才有可能去。一年就这一次可以到向阳浴室。也只有这个时候，老爸才会舍得让我这个小毛孩子也享受一下搓背。平时都是老爸帮我搓，或者干脆让我自己瞎折腾。这个时候，向阳浴室老师傅的手艺给我带来一年最快乐的十分钟。

我坐在大板凳上，半躺在老师傅的怀里，感受到老师傅浑身的热气和汗水。动作极柔，不重不轻，满身的污垢唰唰地掉下来，一年的疲惫与灰尘都去除得干干净净。老师傅一边搓，一边说："小兔仔子，泥猴似的，亏得是我才给你搓，个子怎么还不见长啊，瘦骨嶙峋的，过年多吃肉，再爬爬门楼子。"老爸就在一旁候着，他把一年一次的搓背机会给了我，答应着老师傅的话茬："今年庄上杀了两头猪呢，家家都有十斤，年能过了。三十早上杀馋肉管够。嘿嘿……"老师傅高兴起来，还会在搓结束的时候，给我顺带捶两下捏两下，每寸骨头都松动了有劲了。

向阳浴室是高邮城浴室的大哥大，能到向阳浴室洗澡是高邮人一年最美好的期愿。村子里谁到向阳浴室洗过澡了，回来都要嘚瑟好几天呢。

"闻闻，看我身上香不？向阳浴室的洋皂赞不？"

"摸摸，看我身上滑溜不？向阳浴室的搓背杠杠的！"

而我能嘚瑟一年呢。因为村子里没人享受过向阳浴室老师傅的手艺，一般都是小徒弟搓搓就不错了，老师傅忙呢，许多人排不上号，一样的价钱不一样的享受啊。我老爸人脸混得熟，高邮人称自来熟的王大嘴，能说会道嘴皮子溜，一搭上话茬那可就是东三省的火车跑得没边了，最会跟老师傅侃大山，年轻的时候就与老师傅攀上了交情，每年能给我老爸插个队，排的特殊号噢！当然也只能插一个号。所以，老爸能舍得让我搓，真是太伟大了！我必须嘚瑟一年。

向阳浴室是老高邮最大一个浴室。门前有一座小桥，桥下有水流过。这水就是流了不知多少年的市河水，养育了一代又一代的高邮人。从南门口琵琶洞到南水关，一路向北，沿着西后街，曲曲折折、弯弯绕绕、婀婀娜娜，一直穿城而过。像小家碧玉，像渔家小丫，像七仙女下凡，坠落人间的都是美好的。市河水是运河水，运河水是长江水，长江水是高原水，高原水是雪山水，雪山水是天上水，天上水是……这一说，还真是仙气十足、灵气韵动、神气活现。沿着这条市河，老高邮城中心地带一路上布满了大小浴室，说得上名字，有江湖地位，值得文人墨客留下一两句写下一两字的就有：明星浴室、四德泉浴室、向阳浴室、三星池浴室、华清池浴室……中华人民共和国成立后，公私合营，大办工业，工厂也办了不少浴室，如马棚巷浴室、草巷口浴室、窑家巷浴室、水泵厂浴室、造纸厂浴室、石油机械厂浴室、布厂浴室、缫丝厂浴室、染化厂浴室……总之，高邮人真会洗澡，真爱洗澡，真能洗澡。就因为这个，老妈打小就天天跟我念叨："修得三世才能修到高邮城边上的一条狗。小青子啊，一定要好好读书，十年寒窗苦方为人上人。若是能够天天洗澡，那日子就是神仙过的。"

确实是神仙过的日子。

老妈也爱洗澡。但是过去女浴室不多。后来也只有向阳浴室有女宾，再后来才又有了几家浴室增添了女宾。好像记忆中老妈到向阳浴室女宾室洗澡，也是我第一次享受老师傅搓背的时候。老妈大字不识得一个，但是人称七仙女呢，因为长得好看嘛。七仙女就是为了到人间洗澡，才给牛郎逮着机会的。老妈每天劳作一身泥汗回家，第一件事不是烧饭，而是烧一大锅开水洗澡。原来七仙女不是白叫的。洗得清清爽爽的，才来忙饭。饭很少有的吃，大多煮个粥，也就是一锅水里看得见米的稀饭。吃不饱啊。老妈总是让老爸先吃饱了，再轮到老哥和我，最后是她自己。有时不够了，她总说吃过了，烧的时候就吃过了。我特别想吃饱。可是总是老爸先吃饱。后来老哥能干活了，也是他第二个吃饱。轮到我就只能喝米汤。我怀疑老妈是不是真的烧的时候就吃过了，哼，偷吃的大馋猫，一个字认不得的大文盲。

我上学，从来不让老妈送，即使下雨，下瓢泼大雨，也不准老妈到学校送伞来。我觉得大字不识一个的老妈让我没面子。有次，老妈浑身淋湿了，站在教室外等我放学，给我打伞。我没理她，头也不回地冲进雨幕里。真是丢人。

我爱洗澡。可是高邮城老远老远的。没大人带，不敢去。老哥胆子大，不过也更坏，有好几次一个人上高邮洗澡不告诉我。只有一次，他实在没钱，叫我去到邻居家的鸡窝里掏几个鸡蛋，他去供销社换了五毛角角，带我到明星浴室洗了一把。老哥吹牛皮说："跟我混，包你把高邮城的浴室都洗个遍。"后来，老哥到城里的印刷厂打临工，打了一年半，我估计他肯定实现了这个牛皮。我要读书，考上个大状元。天天洗澡，次次搓背，又捶又捏。我要过神仙的日子。万般皆下品，唯有读书高。村子里就有读书人，文质彬彬、秀气高贵。是一对上海知青，在村子好几年了。生了个女娃，也读书。他们家里就是书多，也喜欢洗澡。天冷时，他们居然用覆地的塑料布做成了一个浴帐，热腾腾地、气冒冒地。唉。读书人真会洗澡。往往这时候，我经常来偷书看。偷偷就成常客了。一边看书，一边眼珠子乱转。呵呵。小女娃子总是刮我的鼻尖子："羞、羞、羞不羞，不准乱看，好好看书，再不认真，以后就不给你书看了。"乖乖隆的咚。玩大了。认真看书吧。我要做有品位的读书人。我要做会洗澡的读书人。

可是这样的好日子不长。我又将没书可看了。也没窥可偷了。"王青。我们走了。"女娃子说话的声音可好听了。她可不像村子里的人大声小声、有一声没一声地叫我"小青子"，一听就是没文化没水准。还是读书人的姑娘声音好听。

"走了？什么是走了。"

"也就是搬家了。以后再也不在村子里了。"

"哪里去？"

"回上海。"

"上海在哪？"

"上海在大城市。"

"上海在大城市。"这是我一辈子听到的最迷茫的话。还有比高邮大的城市呀！？那将是会个什么样子的城市。有洗澡的地方么？肯定会比高邮有更多洗澡的地方！

女娃子叫黄娟。村子里人都叫她小娟子。家家都把最好的东西给她。老母鸡刚下的鸡蛋，还有着热气就送到小娟子手上。说："长身体，多吃点鸡蛋。"我也要长身体啊，怎么没人给我吃鸡蛋。大伯家养了头羊，有羊奶第一时间送给小娟子喝，小娟子家还用小锅热一下才喝。还需要人看着热，不能潽了锅。我经常帮忙看着。闻着好闻的羊奶味，纳闷了好多年。后来才知道，为啥黄娟身上味道好闻，因为她天天喝羊奶，天天吃鸡蛋。长得不好看才怪呢。要是我也能吃这些，肯定能长一米八。好不容易长到一米六，人家居然说我三等残废。唉。人比人，气死人。

"王青。这些书就都给你了吧。"这是我一辈子听到最开心的话。黄娟家书多，特别是小人书，三国、孙猴子、林妹妹、武工队、红灯照、娘子军，一大摞子，一套一套的。可是，我不喜欢小人书。小人书都是陪着小女娃子看着玩的。我最想要的是那些大的、厚的、看不懂的、一大本一大本的书。每次来看书我都偷偷地抽出一两本翻翻。总是看得正起劲，就给小女娃子抢着，说："这是大人看的。陪我看小人书。"我就是大人嘛。不为了看大书，我凭啥陪你这个小女娃子看小人书。头发长，见识短。没办法。每次总是陪小女娃子看上一两本小人书，还要我讲给她听。这也不懂，那也不懂，问得我好烦。讲两本小人书的时间，我可以看一本大书了。

说变不变。友情的小船，说翻就翻，一翻就没影子了。故人西辞黄鹤楼。黄鹤楼上故人游。此去万里不复返。青黄不接饿悠悠。

好在，黄娟一家走前，真的把所有的小人书和一部分翻得很旧的大部头给了我。村子里其他人家，只分到饼干、瓜子、牛奶瓶子什么的。小女娃子还悄悄给了我一个蝴蝶结。她以前经常要我帮忙扎辫子，一会儿要扎一个马尾巴，一会儿要扎两根羊角辫，有时居然要扎十根以上。我不是你保姆唉。我也不会扎辫子。真是逗。笑死了。给小女娃子折腾的，我居然真的会扎辫子了，而且一次扎得比一次好。每次扎辫子，她都开心地唱歌。"天上星星亮晶晶。小娟子眼睛闪着晶。青青哥扎辫子。一扎就扎一辈子。"好多年后，我才想起黄娟唱的歌词。在梦里想起的，我惊醒了，爬起来，将歌词一字一字记下来。后来问人家，都说没这首歌，是瞎编的，没这个曲。可是为啥就是那么好听，我真的听过，一不留神就能钻进梦里。女人头发真是麻烦。洗澡最浪费水。一遍。两遍。有时，还要三遍。皂角还不用。用香皂。浪费钱。编好辫子。上午一个样。下午又要一个样。有橡皮筋就不错了。还花钱买蝴蝶结。一个蝴蝶结。两个蝴蝶结。三个蝴蝶结……真是没法子说了。卖货郎最喜欢小姑娘。一大堆花里胡哨。还不如敲一块糖给我尝尝。

  走了。走了。没了。没了。村子里再也没意思了。无趣啊。就连学校里的老师也走了三五个。只剩下像个老农民的大老王，上课尽是喊，全是一个调，像杀猪似的。再也没有莺声燕语。再也没有婀娜舞姿。这个学，不上也好，也罢。我天天上课，埋头读书。看不懂的大书。很旧。很烂。一直读到破。读破万卷书，定为人上人。班上同学最怕写作文。我替同学写作文，挣鸡蛋，挣羊奶。我要长大。我要去上海。可是，不是每回都能挣得到。也得做雷锋。家家都不容易。个个都长不大。不费吹灰之力，分分钟一篇又一篇。篇篇八十五分。篇篇打个优。大老王最后干脆把作文课让我上。整天读我的作文，他都脸红了。居然还有他不认识的字，不懂的话。讲不通，不合理。

  村子里走了一个小仙女。村子里出了一个读书虫。

  读书是好事。家家都想让孩子去读书。可是，不是什么人家都能坚持让孩子读下去的。先上识字班，相当于幼儿班启蒙。啊、哦、鹅……地瞎念一气。课桌是用几块土坯搭的小方块，一块小土坯坐，黑板是坏了一角的大桌子面刷的锅灰黑乎乎地掉灰，最宝贵的就是白粉笔，彩粉笔难得有两支。作业纸是麻粪纸，一开始都是糙得要紧，后来才有光滑的给我们瞎写。铅笔质量也各不相同。一分钱的铅笔写的经常断芯,三分钱的太硬,五分钱的正好,可是五分钱可以吃一碗面了。我只能写一分钱的,一点不敢下劲儿,直接写不好看字,像个病恹恹的人。字如人形。第一次听到老师说的成语就是这个。我也是吃不饱,五六岁时差点夭折,能活着就不易了,病恹恹的样子面黄肌瘦,像发不大的馒头、长不高的小麦。正因为长期体弱多病,家里一直没让我参加劳动,就让我到村子里小学堂混日子,指望我混得出人头地,不再扛扁担,不再踩大锹,不再背巴斗。

八岁的孩子大抵都能够下地帮忙干活了。男孩子能提篮子,女孩子能捡麦穗。十岁左右就能在家烧饭。十二三岁就能像大人一样劳动。个个同情我,让我费钱读书。一分钱的铅笔要写一个月,一本麻粪纸要写一学期。不够咋办?我只好一般不用。经常在地上画上格子,用树枝写。练得差不多了,再到纸上写。我的作业最工整。从来不用橡皮。橡皮贵,一块要两分钱,不合算。哪有这样浪费钱的。不能写错一个字。

黄娟上学时,我已经二年级。我们还是一个仓库。两三个老师、两三个班,合在一起上课的多。这小女娃子有雪白的纸做作业本。就跟老师讲的白雪公主一样。没有人能够摸得到她的作业本。只有我,每个月能够有一张。这是我讲小人书故事的奖励,是我帮她写作业的奖励。一年积攒下来才十二张,我对折一下订个小本本,用来写作文。老师说,作文就是要用我手写我心。我写得好开心。只给小娟子看。没办法,她也叫我小青子叫得起劲,我只得叫她小娟子了。

小娟子十岁,我想要送的生日礼物还没准备好,他们一家子就搬走了。我攒了六分钱,还差两分钱,就可以买一个好看的蝴蝶结送给她。没买成,没送成。反倒自己手里多了一个蝴蝶结。捏在手里,疼在心里。就是这感觉。过了很多年,我都记得这感觉。

从村子里出去，向城里要走八里路，到了城里才有大汽车。坐上大汽车，就可以到大城市上海。我十二了，个子也不高，谁也没注意到我早早跑到城里车站看大汽车。我也没告诉任何人。我第一次逃了学。一天没上课。老师以为我病倒了。爸妈以为我留校了。我在车站的垃圾堆里捡到了许多又烂又旧的大部头。许多人上车前把行李顺了又顺，带不上的大书都扔了。捡到天黑，捡到五十来本没看过的书。我用身上的破衣服裹结实了，一路拖回家。到家已经半夜。走不快。快了书就要散。一步。一步。一步。不止一万步。读破万卷书。不如走过一万步。这是我第一次一个人进城。幸好我还记得回家的路。家住八里松。沿着松树往南走，到了茂密的松树林就是我的家。到了家就累倒在门口。松一口气，松一身劲。老妈给我洗了澡、搓了背、喂了粥。第二天早上醒来，我咬了口硬锅巴、喝了碗热水，挎上旧衣服拼凑成的小书包上学去。我要读书。

没多久村子里的小学堂合并到大队去，要走一小时，中午还不得回来吃饭。一下子，同学就少了十来个。村子里就我两三个小朋友继续到大队去上学。虽然不用交学费，但是作业本子得买，铅笔得买，削笔小刀得买，中午饭得自带。感谢老妈坚持让我去读书。要不然，老爸说让去学剃头，跟着流鼻涕的癞头皮胡三学剃头。恶心人啊。我才不去呢。我要学真正的头顶功夫。人上人。读书。老妈把自己的花衣裳当了，换来五块钱。再把家里的两只老母鸡卖了，凑足十元，先让我读一年再说。我只要一回家，就一路上给家里拾柴火。柴火多了，老妈才好意思烧一大锅水高高兴兴地洗澡。

大学堂就是好。老师多。有课桌。有黑板。有皮球。还有补助金。还有奖学金。一学年，五元补助金，五元奖学金。老师看我瘦得很，中午只吃个冷馒头，提前给了我五元补助金。学年结束，除了体育勉强及格，文化科目科科满分，学校一开始不同意再给我五元奖学金，还是多亏老师说不给我不合理，第二名学生语文、数学、历史、地理四科差我一百分。学校最后只好妥协，但也交代第二年肯定一分钱也不给我了。不管，反正有了这十块钱，我就可以再上一年，小学就能毕业了。没想到五年制小学，到了我，改成六年制了，差一点没能毕业。幸好我有一篇作文给老师推荐到县里，在文教局作文报《萌芽》创刊号发表了，稿费五元。校长一高兴，在操场上激动地宣布学校再配套奖励五元。勉勉强强、跌跌撞撞，我的小学毕业了。

我最开心的事，不是小学毕业，是到向阳浴室搓背。校长在操场上当着全校师生的面，把我的作文大声读了一遍，并声情并茂地说："这王青是我们八里松大队的骄傲！我们八里松大队要出状元啦！"打此后，我再也不愁铅笔，再也不愁作业本，再也不愁没饭吃。学校全包了。饭还轮不到学校，八里松大队家家请我吃！我到哪家吃，比老师去派饭还吃得好！我的十元省了下来，我兜里有钱了！老哥总是变着法儿骗我钱。他都到高邮街上当工人了，还跟我说没钱吃饭。我当真了，一松口："给五块钱，吃点肉，家里靠你呢！"后来不到一学期，第二次跟我要，我才醒悟过来，哥哥是骗我钱去洗澡搓背，可我还是当不知道，又给了五块钱。说："我真的没了！"我能挣钱的，但我没有告诉任何人。我的作文不是白代写的，我有稿费的。按照县文教局《萌芽》的标准，我打了个折，一次一元，友情价、感情价。收钱也要排排队。我要读书，哪有闲空啊。一个学期只代写十篇作文。篇篇精彩。后来学校同学在《萌芽》上发表了三篇。文教局来人研究八里松大队学校现象。一研究才发现，都是我写的。出了我的大名，却断了我的财路。再也没同学敢要我代写作文了，也没这个脸皮。没办法，总要挣钱，我开始代写书信。还跟村里代写书信的大伯说，我只要一封一元，一年挣够学费十元，就不再多写一封。大伯无可奈何地答应了。后来，他后悔无比。

　　说这么多，我还是先洗洗澡搓搓背吧。不然，有人会说我不是搓背王了。读书虫而已。我有钱了，我可以自己去向阳浴室洗澡搓背了。当然，我要带着老爸、老哥，还有老妈，一起去。小学毕业第二天，我请家里人去洗澡！我要感谢老妈让我去读书，虽然我还是觉得不识字的老妈经常说些丢份的话。我要感谢老爸一年一次的搓背机会让给我，虽然我恨他差点儿不让我读书。我要感谢老哥带我到高邮街上去洗澡，虽然他总是骗我钱。我们是一家人。我们在一起。我们有一辈子。

　　老师傅快要搓不动了。听说我们一家子来洗澡，就把这天当最后一天，第二天就回家养老。我们规规矩矩地买了筹子，排着号，老爸二十五、老哥二十六、我二十七，赶紧下池泡。洗澡，讲究个泡。整个身子沉下去，睡在池子里，露出个头，用毛巾蒙上脸，泡得舒舒服服，整个人儿泡得软软的，出了一身又一身汗，中途吃不消的可以上去喝杯水。等到叫号，去搓背，去捶背。这天老师傅放了五十个号，每个号一丝不苟十分钟，五百分钟，中途吃两顿饭，小睡一会儿，从早到晚十个小时，满满的。浴室一般十二点开门，十点钟刷池。一年如一日。十年如一日。五十年如一日。老师傅十五岁就在向阳浴室搓背，二十岁出徒，多干了十年，整整七十岁才退出江湖岁月。这天赶得巧，老师傅七十岁生日。本来徒子徒孙说歇工办大寿。本来家里人街坊邻居要祝大寿。老师傅不肯。说："将士马革裹尸还，锅碗瓢盆桌上碎，擦澡搓背一辈子，让我再搓最后一天！"

　　我叫搓背王，不是白叫的，也不是自封的，更不是吹牛的。自从第一次老师傅带我搓背、捶背后，我就记得搓搓的每个细节，天天做梦都能感受到那滋味道儿、那舒服劲儿。小孩子们常常在大河里洗澡，钻猛子、打水仗、踩荷藕、摘菱角、捉长鱼、掏螃蟹、抓水蛇……无所不玩、无所不乐。没人带我玩。没力气。没个子。没胆量。没人跟我玩。不读书。不写字。不背书。都是些不学无术的坏蛋。我是读书人。小娟子走了后，我寂寞，我孤单，我郁闷，只好眼巴巴地看着小伙伴儿们热热闹闹的。于是，我给第一个上岸的搓背，说："这可真是向阳浴室老师傅的手艺，不传之秘，难得之求。"一开始，他们没一个人相信。第一个吃螃蟹的，真是英雄好汉！我给搓的，真是很到位，很舒服，很多垢。有了第一个，就有第二个。前三个免费。后面一个一分钱。一年涨一次价。到小学毕业，已经涨到五毛角角一个啦。第一年搓一次排队二三十个。后来为了不影响读书，为了更有钱读书，五毛角角只搓五个。也只有五个，付得起五毛角角。我姓王。小伙伴儿们就叫起我来"搓背王"。一语双关，恰如其分。

老师傅笑着说："小兔仔子，听说你是搓背王啊！个子没长多少，胆子长得肥嘛，还说是我的关门大弟子哟……今天你先给我搓搓。"

吓死宝宝了。

这，他也知道。

肯定是大嘴王漏的风。哼，我是读书虫，搓背王是别人叫的好不好，有这样坑儿子的吗。

大嘴王老爸尽想着让我拜老师傅为师，学得好手艺，吃遍天下鲜，才能长个子。

我要读书唉。我要上大学哎。

我要去大城市。我要去大上海。

搓背，第一招，要会扎毛巾。简简单单地一绕，整条毛巾妥妥帖帖的附在手上，不松、不紧，搓起来柔而有劲儿。

老师傅看在眼里，颔首颔首……舒舒服服地闭上眼睛，睡在大板凳上，随便我折腾了。

还多亏给小伙伴儿们搓滴多，练下基本功，班门弄斧不过如此。汗。汗。汗。不是累的。紧张。紧张。紧张。迷迷糊糊模模糊糊马马虎虎……折腾了二十多分钟，后面有人说话了："咋了，怎么着，感情是你这个小青子来出师的啊，老爷子您藏得紧嘛，啥时候收的徒吖……"

"今天。"

"王青，今天我认你这个徒弟，好不好？"

幸福来得太突然……

我还没说话，大嘴王老爸啪啪啪，把我推到跪下，光着身子拜师傅。

真是有辱斯文。一点不上家数。

一大群光身子看热闹。瞎起哄。

"下面的号，我不搓了，交给我关门徒弟练练手。拜托各位。今天不收搓背钱，我出了。"

一个个还真当真。耐心地等。一个。一个。又一个。直到晚上十点半。老师傅回家喝酒。大嘴王老爸也去喝。老妈、老哥回家收菜籽。辛苦我一人，幸福一大家。

中途，老师傅送来半角熏烧老鹅、两片猪头肉，一碗鸡汤，一大碗饭。这是我一辈子吃得最香的饭。那味道。那心情。满足啊。我差一点点，就答应老爸小学毕业就在向阳浴室混了。

富贵不能淫，威武不能屈，行拂乱其所为。心之所向，行之所动。

我一个一个地搓揉，一遍一遍地默念。

老师傅说："不管你来不来，向阳浴室的搓背工里有你的名字，什么时候来都可以，只是来了就要从学徒做起，一步一步来，不能乱规矩，不能假我名。切记搓背三不问，不问人身份，不问人长短，不问人是非。十分钟。认认真真搓。谨守本分。做人做事问心无愧。"

我认认真真、规规矩矩地，穿好衣服，端正衣领，一跪、三拜。"师傅！我要读书。"

"好！读书好！到我这来，我送你到赞化学堂读中学、考大学、当状元！"

"我们搓背工也能出状元了！"

"读书要读出名堂，搓背手艺也不能落下。"

真的感谢我人生路上遇到的所有人！

我要到高邮城里读赞化学堂啦……

老爸夜里带着我回家，酒多话多，还要我扶。

高兴之后，没一天时间，发愁三天三夜。

缩衣节食。开源节流。加班加点。

这个暑假，是我经历过的最开心的暑假，最发愁的暑假，最辛苦的暑假。

我有了两身滴滴刮刮的新衣服。一洗一换。自己洗、自己叠。老妈手把手地教。一句一句地说。原来老妈也是真能干，七仙女不是白叫的。我学会了洗衣服。学会了烧饭洗碗。学会了扫地抹桌。

我兜里有了整整五十元。一大堆毛角角。一口袋塞满。也不知道到供销社换成整票子。老爸后来说，是怕我丢了钱，怕我乱花钱。

还有一套行李。住校读书。老师傅已经很帮忙了，能把我塞进赞化学堂不容易啊。不能再麻烦老人家。做人要知足，要知好，要知报。

老哥也让我大吃一惊，大感意外。他瞒着爸妈，悄悄塞给我整整五十元大钞票。我一下子感到老哥个子真的好高，一米八，帅气十足！

老哥原来不是不喜欢读书。

老哥原来比我更喜欢读书。

老哥原来攒了好多好多钱。

"有力气，能挣。有文化，能行。"

这是我听到最有智慧的一句话。

我要读书。我要读好书。我读更多的书。将来，我要写书，让人读，让所有人都能读。将来，我要做事，让爸妈享福，让老哥无忧无虑，让更多的人读上书。

赞化学堂，是老百姓的俗称。其实就是高邮县中学。早在宋代就设有赞化书院。清光绪三十一年（1905年），正式创立赞化学堂。1923年定名为"高邮县初级中学"，1955年增办高中，更名为"高邮县中学"。1966年改校名为"东方红中学"，1968年复改名为"高邮县中学"。1991年初，随着高邮撤县设市，学校因之更名为"高邮市中学"，2005年经江苏省教育厅批准，学校更名为"江苏省高邮中学"。

说远了。还是说我到高邮县中学报到吧。巧了，同班同学也有一个叫王青的，大我一个月，个子也不高，但是长得结实霸道。"今后，我叫大王，你叫小青！就这么定了！老师学生都一样子叫！"他在班上大声跟老师同学说。老师也没意见，还夸："大王真聪明，老师的难题一下子解决了。"我笑着说："好的。谢谢老师。谢谢大王。老师好！同学们好！今后请多赐教！"从此，我的作业本、学校试卷什么的，只要是写名字，就写"小青"。发表在校报、校刊上的文章也是"小青"。小青初长成，雏凤试啼声，赞化有学堂，书山独自往。

这个暑假过得真是充满希望。一是上了中学能继续读书，二是我写书信联系到了黄娟。

我在为村子乡里乡亲代写书信生意火得一塌糊涂。特别是听说我要到城里读书，特别是听说我是老师傅的关门弟子。人人都来看看我，变着法子花样来看看我，看我代写书信，字那么工整秀气，词那么斯文雅致，有面子有里子。纷纷找各种理由来要我写。有个大爷，来说，家里添孙子，给上海亲戚报个信。从来没有听说他有个什么上海亲戚。平时总是说上海人六亲不认，吃饭也只有小碗小碟，气都气饱了，一头猪换不来一顿饱饭。那肯定是他自己受了气。平时不来往。家里添丁，是大事，得通报一下子。好吧。大爷随便我写，在一旁抽着老水烟，咕噜一下呼噜一下。

阿妹：

近好。

侄儿侄女都工作了吧，啥时候婚嫁告诉俺一下，家里现在允许多养几头猪几只鸡几鸭几只鹅了，还有一个大鱼塘。想吃啥说下子。螃蟹也快上市了，要不要送十来斤，中不？

今年中秋啊回来看看老妈？岁数大了，没几天活，天天念叨阿妹。总说不该让你到外面吃苦。家里没法子养活你啊，只好送人了。早点回来看看老妈吧。老爸春上走了。你也不回来。老妈天天念叨。

俺添孙子了！带把子的。呵呵呵呵。大孙女、二孙女，俺也金贵着呢，肯定会送她们上学堂的。俺知道你聪明着呢，日子过得好得很。俺也不拖累你。不管你气不气，俺是你哥。永远是你哥。孙子先生起名字了：王正道。

好了，不啰唆了。

哥王伯仲
1985年仲夏

吹了一下毛笔尖。我落了口气。慢慢读给大爷听。"好！"大爷眼泪水都掉下来了，"读书好啊！小先生，谢谢你给俺孙子起名了。

做人就是要走正道！这回，我看妹娃子回不回来！"

大爷给了两块钱。一块代写书信钱，一块起名字钱。还约我去吃满月酒。坐上岗子。首座。

还真神了！满月酒，阿妹奶奶带着一大家子回来了。村子里热闹啊那个说不出来形容了。王家庄三十多户人家，家家一份大白兔奶糖一大盒子，还有上海饼干一罐。许多人把上海饼干罐留着存钱用，满满的就可以砌新房，再满满的就可以带媳妇。上海饼干罐子，成了王家庄独有的骄傲。

代写书信，阅无数人生故事，得无限人生感悟。钱是小事，情是大事。亲情友情爱情，情情深深意重。

小青子，没什么人叫了。村里村外都叫：小先生。

顺带，我遇到一个给黄娟爸妈写信的好事。心情大好！有地址：上海市陆家嘴117信箱转235。偷偷记在心里，丢不掉、磨不灭。

可是，我每每想提笔写些什么，怎么也不知道说什么，一下子难以找到写信的理由。在赞化学堂待了足足三个月，看了图书馆里上百本书，我才有勇气写下人生第一封书信。

黄娟：

你好！

我是小青子。小青子是一种高邮独有的青菜。长得矮巴巴的。但是吃起来特别甜。大白菜之前，家家就靠小青子青菜下饭吃，可炒可汤。日子好的人家，还可以煮青菜饭，香喷喷的。你吃过的，还记得吧。

感谢你爸妈给我那么多书。我都读了。捐给学校图书室了。我已经在县中学念中学了，初一(2)班。学校有个大图书馆。我刚刚读了一百本。真的很想有机会再讲故事给你听。

你现在上五年级了没有？学校咋样？学了些啥？你爸妈工作在钢铁厂，辛苦不？要乖，好好读书，天天向上。

此致

敬礼！

王青

1985年11月23日于赞化学堂

我为啥叫小青子？老妈说我生下来就羸弱。长不大的样子。更为关键的是，老妈得了病，不能喂奶。我是喝青菜汁、粥阴汤长大的。特别危险的时候，不得不吃了二姨娘几天奶。所以一般人叫二姨娘，我得叫二姨妈。名字就这样叫了。小青子。叫得小，养得大。所以，老妈最疼我。让我读书，不挑担子，不拿大锹，不下田地。

我满怀期待的等待回信。每天收发信的时间都到传达室去问。在我几乎失望绝望准备放寒假回家的时候，突然闹出了一场不大不小的风波。大王在顺东西放假时，跟同学们摆显："看、看、看，我在上海有女学生追求我呢，青哥哥，叫得多肉麻啊，咋样……服了我大王吧！"我当场热血沸腾热血澎湃热血喷涌！那是我的信。我的小娟子给我的回信！这家伙太欺负人了！我上去就把信抢在怀里，死也不丢。任凭大王发威发怒发火。蜷缩在地上，任他拳打脚踢。"出人命了啦……老师快来！"同学们反应过来已经没办法拉开大王。老师来了，问清情况，让大王消消气回家，而我却给关禁闭反思，叫家长来领人。

在漆黑的小屋子里，我透着月光看信。

第一封

青哥哥：

好。

好开心收到你的信。青哥哥就是神通广大。我在上海也能找得到我。大上海上千万人呐，人山人海，人海茫茫。我还以为再也见不到你了呢。

你的字真好看。读书这么用功啊。不要急，慢慢读。想读什么书告诉我，大上海啥书都有。

考状元一定要到上海大学吖。我爸我妈已经不在钢铁厂工作了，回到复旦大学教书了，我爷爷是个大学问家，等你来上大学告诉你。

好吧，努力读书，青哥哥，加油哦！

祝好！

小娟子

1985 年 12 月 12 日于复旦小学

光亮。鲜亮。敞亮。

我浑身是伤是疼是痛，却心满意足地睡着了。我要好好睡。明天还要好好读书。

老爸跟老师反复道歉，还要我检讨，深刻检讨。最后，老师大人大量地说："小青同学，一贯表现总体上是好的，这次期末考试除了英语差一点点，各科都是满分，综合得分全校第一。寒假要把英语补补，争取把丢掉的十分找回来。好好吸取教训，不能死读书、读死书，以后与同学相处要融洽，将来才能有大作为。"

确实。我不爱搭理大王一帮少爷小姐。整天不好好读书。成天瑶来瑶去。神经。大条。也不好好说话。整天说话就是我好好、很、非常喜欢你。穿奇装异服、喇叭裤、飞机头、扭屁股,把学校当音乐厅,当歌舞厅,当咖啡屋。老师还不说他们,还要我们帮助他们学习,替他们写作业。美其名曰:互助学习小组。我得写两份作业。

回家前,我把回信写了、寄了。

小娟子:

好!

很抱歉现在才回信。个中周折,不说也罢。

我一定努力读书。记住了复旦大学。

如有可能,帮我找找英语提高的办法,多找些英语读物就可,多找些英语试卷也可。

如有回信,请寄高邮向阳浴室。

过年好!我们又长大一岁了。

祝好。

小青子

1986年1月31日

回家休息了两天,身体好了,赶紧到向阳浴室做搓背工学徒。寒冬腊月,正是一年浴室最忙的时候。本来就打算放假就到浴室做学徒挣点学费。耽误了三天,损失了六块工钱。腊月三十早上开门,下午四点刷池。一边搓背、一边背书。闲的空当,一目十行、一目百行读书。小先生的名声在浴室也传开了。没人点我的号,还可以在浴室代客写信。腊月三十个个排队要给老师傅搓背。老师傅说:"今后我就让小搓背王搓。"得。我又把大小师傅们得罪了。免费给他们写信、写春联。

过年在家一星期,把作业写完了。我早早回到学校,还没正式上课,也到向阳浴室混一天挣一天钱。

巧得很,大王来搓背。"哎哟,你这家伙在这猫着呐,来、来、来,给我搓搓!"

"买号。"

"我从来不买号!"

"没号,找别人。"

"就你!"

"买号。"

"没号。"

"买号。"

这边有一声没一声、高一声低一声,惊动了领班大师傅。"哎哟……哟,大王来巡山啦!我来、我来搓,包大王您满意。"

"就他!"

"好。"大师傅一个劲儿使眼色给我,"大王眼睛尖,这家伙是我师傅关门弟子唉,老师傅心疼得紧,他刚刚给老师傅搓过。小青啊,坚持一下,好好搓!"

搓就搓呗。跟谁有仇,跟钱没仇。"大师傅,号钱你出啊。""我出、我出。"

谁能巴结上大王,还差钱么。

十分钟。"加钟。捶捶。"

十分钟。"舒服啊。小子,看不出来,有两下子嘛!大王我走眼啦……哎,信的事,我不地道,全是看门的拍马屁,乱点鸳鸯谱。大王我失礼了!今后咱们是好兄弟。谁叫咱都是一个名字呢!缘分啊……"

这家伙，真是无语。我只好说："好兄弟，不记仇。"

"好！大王我就喜欢你这劲儿。有出息。大丈夫，能屈能伸。今后我罩着你了！"

他还真说到做到。开课了，大王强烈要求老师让我做班长，谁不服揍谁。谁不听班长话，揍谁。我的妈呀，还真给他搞定了！咱二班成了年级学习氛围最好、班纪班风最好的班级。成绩噌噌地往上涨。后来高考，咱班考得最好，五十个人四十个上了大学，放了老大一个卫星，班主任立马提拔副校长。这是后话，不多说了。

通过与大王相处，我看得出他的无奈。他本来也是想好好学习。可是拍马屁的太多，什么事都不用他烦神，只要他想到什么就有人给他做好了，久而久之也就随大流听之任之了，当起大王的感觉也是不错的。人人想大王，所以大王不得不当。大王我来巡山啦，小鬼们快快打旗撑伞，开道、开道！这是我兄弟！也叫王青！

那时的高邮城不大。赞化学堂过去就建在东门边上，再向东就是一片农田了。校门口对着府前街，府前街4号。2号是高邮镇供销社。供销社在城边上，方便农民进城换东西。县衙位于府前街中段，62号，古朴厚重的门楼，巍巍然森森然。小小衙门八字开，有理没钱莫进来。衙门对面有一照壁。照壁后面就是机关幼儿园。每个星期六放假的下晚上，大王经常带我去衙门口溜达，吹牛说这里可老有历史了，过去上面有一匾额"高邮州署"。我回学堂图书馆一查，还真是的，有历史，有底蕴。高邮州署衙门始建于明洪武元年，包括鼎鼎大名的魏源在内，约有二十多位知州曾在里面办公。州署衙门前后有六进，包括门厅、后堂、正衙、后楼等，现在只剩下了门楼，称为门厅，也叫头门，附带八字墙、石碑、古钉门、方砖、石狮子一系列老古董。府前街一溜边都是机关部门。沿着运河堤脚往东，有卫生局、水利局、物资局、劳动局、公安局、司法局、检察院、法院、科技局、烟草局，州署衙门里还有一大堆政府核心部门。大王就是威风八面。他往衙门口一站，不一会儿就有站岗的公安来点头哈腰，进出衙门的人们也多多少少地上前凑热闹，没多大工夫，手里就多了八九块零花钱。我们一大帮同学，三五成群的狐朋狗友们欢呼雀跃地直奔向阳浴室，洗洗澡搓搓背，舒服了，躺在条椅上，叫跑堂的一人叫一碗阳春面，大王多一碗馄饨，给我一碗馄饨面。一到休息天，我就得在向阳浴室带个小班，下晚上到收摊刷池，运气好可以搓二十来个背，帮忙刷池也可以算半个小工，一天能挣五六块钱。俺累成狗，也不如大王那一站刻把钟。算他有良心，每逢零花钱多的可以买熏烧，都给我带上两片猪头肉，我星期六的晚饭、夜宵都巴望大王了。我挣的钱，一半交学费，一半半寄回家，一半半买书。学校里也有奖学金、补助金。可是，能到赞化学堂念书的农村孩子，大都品学兼优、家境至贫，大都吃不饱、穿不暖。我是班长，学校的钱都让班上更困难的同学拿，我自己能搓背挣钱呢。

向阳浴室在中山路头上，中市口百货商店隔壁。中市口，是府前街与中山路的交叉口，这个十字路口是老高邮最繁华的地段。一转边，有大百货小商店，有照相馆理发馆，有五一食堂五一书场，车水马龙、热闹非凡。街面路面都不宽，两边却栽的一崭齐梧桐树，郁郁葱葱、枝枝丫丫。这边油炸臭豆腐干，那边一整条街都能闻得到。自从一次好奇地买上一块尝尝，吃臭豆腐干成了我又一大享受。当然，我还是喜欢阳春面、小馄饨。够鲜。够味。够饱。面汤可以多加几次，不要钱。肚量大的，还可以要老板多抓一把面，还是五分钱一碗。小馄饨要一角钱。馄饨面七分钱。各是各味。各有千秋。传说，一碗阳春面能救活一家子。有年有次，安徽佬子一家三口到高邮城来逃荒要饭，要了一天还没吃上。那时高邮人也吃不饱。一家三口，路过面摊。男的豁出去，准备吃顿霸王餐，也不多要，要了一碗阳春面，给小囡囡吃，空钱袋子石头子滥竽充数，很响亮很有力气似的扔在桌上。结果，阳春面太好吃了，小囡囡半碗就吃饱，男的女的分着吃半碗，就着喝面汤，一口气喝了两三碗。喝得不过意了。男的开口说："没钱，咋办？"老板早知道他们一家三口肯定饿慌了，老早看到他们仨在大街小巷转悠，一看就知道是干啥的。安徽侉子到高邮逃荒要饭不是第一天了，也不是第一家了。"咋办！留下来给我干活。看摊子。刷面碗。抹桌子。晚上你们就睡在摊子下面。什么时候想走就走。"

高邮是个鱼米之乡、物产丰富、民风淳朴，也是隔壁邻居安徽人逃荒要饭的首选之乡。只要是遇上灾年减收绝收，高邮城里乡下处处可见安徽老侉。有的跑熟了，还与高邮人结了亲，在高邮扎了根。所以高邮的方言很奇怪，南门与北门就不同口音，同样说"二"，南门卷舌头，北门直通通。然而，我小时候最纳闷的事是，明明家里种了十亩地，每亩都有好收成，好的年景能够多收三五斗，为什么我就吃不饱呢？上了赞化学堂才知道，城里人不种地，有粮票。学生是32斤，普通成年人是24斤。凭粮票，城里人能不种地吃上饱饭。原来是我吃的粮食，给大王这些人吃了，还不给钱。城里人原来是这样，不稼不穑，不狩不猎，丰衣足食，饱暖思欲。也难怪老妈常念叨，三世修得城边狗。

改革开放了。这些年，肉票没用了，粮票也没用了，布票更没用了，城里的物价天天涨，城里人见啥买啥，供销社都给抢空了。大王不烦神，手表都戴上了，香烟也抽上了。我已经没法子劝他了。他说："现在一切向钱看。要让一部分人先富起来。我就是那一部分人，站在那里钱就到手心里了，不先富起来是不可能的。再过十几年，我们就是四个现代化，不会跳迪斯科我们会落伍的。什么叫文明，你懂么？

书呆子啊。"没办法，搓背工钱也得涨。从一角涨到两角，我觉得已经够了。但是大小师傅们家里日子还是比较难过，继续涨。涨到一块、两块。还有的师傅玩起了滑头，直接跟客人收钱，不再从号上走账了。最后管浴室的饮服公司决定，下放浴室管理权，承包出去，公司收个管理费，再简单收点承包费意思意思。层层级级搞承包。领导们也悄悄拿红包。大家伙儿都想着法子挣钱。这样一搞，人人觉得钱来得快，涨价是个好东西。最后，我也得交份子钱。每天得交十元。剩下的属于自己的。能挣多少是多少，手艺不好，不要怨人抢你生意。我不忍心。每天自己挣够十元就下班了。早点回去读书。后来，我干脆直接涨价。每天只要到向阳浴室干一小会儿。我是读书人。不能跟大小师傅们抢饭吃。再说，这口饭也是从他们嘴里夺来的。要不是老师傅威望还在，他们早把我赶走了。就这样，我向阳浴室与赞化学堂之间两边跑，可是初中本来两年也给改成了三年，高中两年又给改成了三年。六年光景，从十三岁读到十九岁。村子里同龄人早就结婚了，有的都生了小孩子。而我从小先生读成了大秀才，个个巴望我中状元。高中毕业考试，我得了全校第一名。也是全县第一名。迎接高考，信心百倍，斗志昂扬。

　　六年青春岁月。小娟子一学期一封信。我攒了七八封。轻柔柔沉甸甸地压在箱子底上。真没想到，许多年以后，有了BP机、大哥大、QQ、微信……这些书信成了老古董，再也没人找我代写书信了。我也不再写书信了。有事随时随地联系，秒秒钟结束。总之。一切都在快速的变化中，一个字"快"，两个字"飞快"，三个字"没影子"。快得让人们都失去了很多很多。

第二封

青哥哥：

你好。

今天是元宵节。想起你扎的兔子灯了。

上次你问我学了啥？可多着呢。一点闲空都没有。有钢琴，有芭蕾舞，有美声唱法，这些你都不懂哟。等我会了，我教你。呵呵。

功课还好，我也是全优噢。学校已经定下来直接上复旦大学依附属中学了。爸妈说将来还要安排我出国留学呢。真不知道你在乡下能学到什么。妈说，你要是能考到复旦来就好了。加油吧！青哥哥。

元宵佳节闹花灯赏圆月。这里处处霓虹灯闪烁，没有拖兔子灯的乐趣，也没有松树梢上的月亮好看。

不说了，做功课啦。

哦，对了，妈只允许我一学期写一封信给你哟……

小娟子

1986年2月23日

小娟子：

收到来信，为你高兴。

我在努力多读书。英语已经找到感觉，天天背词汇，经常看原文。呵呵。一定会学得更好的。

今天我入团了。这学期还当了班长。

现在想学习的人不多。特别是城里孩子，不大愿意吃苦。班上农村孩子最用功，却经常吃不饱。你能学那么多，真是幸福。人们的生活水平是在不断提高，可是相互间总是开始差了点什么。还记得王伯仲王大爷么？他的两个孙女也都去上海打工去了，听说挣了不少钱，村里的娃娃亲都吹了，要去找大款什么的。气得王大爷差点不认阿妹，说是把大囡小囡都带坏了。

好的生活还是要靠自己去创造。我们要做新时代的有为青年。

好好珍惜，一起加油哦！

小青子
1986 年 5 月 4 日

第三封

青哥哥：

中秋好。

我也中学了。共青团员。向我的团书记青哥哥报到。

唱首团歌给你听：

我们是五月的花海

用青春拥抱时代

我们是初升的太阳

用生命点燃未来

五四的火炬

唤起了民族的觉醒

壮丽的事业

激励着我们继往开来

光荣啊中国共青团

光荣啊中国共青团

母亲用共产主义为我们命名

我们开创新的世界

我在学校团的活动上领唱呢。你一定也会唱吧。

加油！

小娟子
1986 年 9 月 18 日

小娟子：

新年好。

最近看到一些新的诗歌。这首席慕容的《青春》很有味道：

所有的结局都已写好

所有的泪水也都已启程

却忽然忘了是怎么样的一个开始

在那个古老的不再回来的夏日

无论我如何地追索

年轻的你只如云影掠过

而你微笑的面容极浅极淡

逐渐隐没在日落后的群岚

遂翻开那发黄的扉页

命运将它装订得极为拙劣

含着泪我一读再读却不得不承认

青春是一本太仓促的书

真是一日不读书，落后一万年啊。时代变化真的很快。我得抓紧赶上时代的列车。一起同行吧！

小青子
1987 年 1 月 1 日

第四封

青哥哥：

今天小雪，也是哥生日。祝你生日快乐。

我唱首歌给你听吧：

轻轻的我将离开你

请将眼角的泪拭去

漫漫长夜里未来日子里

亲爱的你别为我哭泣

前方的路虽然太凄迷

请在笑容里为我祝福

虽然迎着风虽然下着雨

我在风雨之中念着你

没有你的日子里

我会更加珍惜自己

没有我的岁月里

你要保重你自己

你问我何时归故里

我在风雨之中念着你

没有你的日子里

我会更加珍惜自己

没有我的岁月里

你要保重你自己

你问我何时归故里

我也轻声地问自己

不是在此时不知在何时

我想大约会是在冬季

呵呵。是齐秦唱的哟。嘻嘻。

小娟子

1987 年 11 月 23 日

小娟子：

又是一年了。你的歌声真好听。我也送你一首吧：

明天的太阳明天的太阳

吹开了人们的笑脸

带着灼热的心去迎接

明天的太阳

明天的太阳明天的太阳

激情荡漾在心间

带着新的希望去打扮

那明天的太阳

真诚和友情传达在我们中间

汗水已化作晚霞映天边

春风啊吹绿了原野山冈

尽管明天还会有雨

雨过后天空更晴朗

快快编织生活的旋律

送给你明天的太阳太阳

明天的太阳太阳

让我们拥抱明天的太阳吧！明天一定会更好。

小青子

1988 年 2 月 19 日

第五封

青哥哥：

又是九月九，你在登高么。

你长多高了啊？别给我比下去哟。

给你读首舒婷的《致橡树》：

我如果爱你——

绝不像攀援的凌霄花，

借你的高枝炫耀自己；

我如果爱你——

绝不学痴情的鸟儿，

为绿荫重复单调的歌曲；

也不止像泉源,

常年送来清凉的慰藉;

也不止像险峰,

增加你的高度,衬托你的威仪。

甚至日光,

甚至春雨。

不,这些都还不够!

我必须是你近旁的一株木棉,

作为树的形象和你站在一起。

根,紧握在地下;

叶,相触在云里。

每一阵风过,

我们都互相致意,

但没有人,

听懂我们的言语。

你有你的铜枝铁干,

像刀,像剑,也像戟;

我有我红硕的花朵,

像沉重的叹息,

又像英勇的火炬。

我们分担寒潮、风雷、霹雳;

我们共享雾霭、流岚、虹霓。

仿佛永远分离,

却又终身相依。

这才是伟大的爱情,

坚贞就在这里：

爱——

不仅爱你伟岸的身躯，

也爱你坚持的位置，

足下的土地。

呆得了吧。是诗歌，你懂不懂啊？书呆子。好好读书吧。

小娟子

1988 年 10 月 19 日

小娟子：

今天小年。给你又是歌又是诗的，砸晕了。不读点杂书，还跟不上你的节奏呢。认真读功课，别瞎胡闹。

你胡闹惯了。我也整一首自己写的：

风从哪里来

风从东方来

风中有海的气息

也有你的味道

风从哪里来

风从西方来

风中有山的骄傲

也有我的无奈

风从哪里来

风从南方来

风中有春的消息

也有花的声音

风从哪里来

风从北方来

风中有冬的约定

也有爱的承诺

风从心中来

小青子

1989 年 1 月 30 日

第六封

青哥哥：

　　近来可好。

　　书要认真读，不要四处乱跑。

　　你写的《风从哪里来》，写得太好了！爸妈给你在上海《少年文艺》发表了，爷爷也说你是不错的男娃子哟。加油！

　　以后有时间多写写，我来给你发表。

　　当然，还是要把功课读好。

　　相信你。

小娟子

1989 年 7 月 1 日

小娟子：

可好？

近来社会上有点乱。你爸妈在复旦大学没什么事吧。

有首诗写得好：

黑夜给了我黑色的眼睛

我却用它寻找光明

不管再有多少不平之事，我们一定要坦然面对，不能瞎折腾。放心，我一定安心读书的。

小青子

1989年8月8日

第七封

青哥哥：

给你拜年啦。

今天大年初一。你收到回信刚好过完年。

还是给你唱首歌吧，猜猜看是谁的歌：

甜蜜蜜你笑得甜蜜蜜

好像花儿开在春风里

开在春风里

在哪里在哪里见过你

你的笑容这样熟悉

我一时想不起

啊~~在梦里

梦里梦里见过你

甜蜜笑得多甜蜜

是你是你梦见的就是你

你不要太严肃哟。上封信吓人呢，笑一下，开心点。我最想看到你笑了。给你寄张我照片，让我看看你的傻笑样。

呵呵。

小娟子
1990 年 1 月 27 日

小娟子：

春光灿烂百花开，不如杜娟一声笑。你这个调皮鬼。拍照片还做鬼脸。这张不算。重寄一张淑女点的。

再写首新诗，你看看：

天有多高

我不知道啊

可是

我的心已经飞翔在天空

地有多广

我也不知道

可是

我的脚步从来没有停留

痛有多久

我仍不知道

可是

我的眼泪始终掉不下来

我在

我在飞翔

我在赶路

我在执着

你在远方

生活就在远方

你在心里

幸福就满心房

祝好！

小青子

1990 年 2 月 14 日

第八封

青哥哥：

今天小雪。你的生日。祝你生日快乐。

你的诗真的很好。我的眼泪都给你骗走了，大坏蛋！

你写给谁的嘛？哼哼哼

我唱首新歌你听听：

遥远的夜空

有一个弯弯的月亮

弯弯的月亮下面

是那弯弯的小桥

小桥的旁边

有一条弯弯的小船

弯弯的小船悠悠

是那童年的你我

呜——

你我摇着船

唱着那古老的歌谣

歌声随风飘扬

飘到我的脸上

脸上淌着泪

像那条弯弯的河水

弯弯的河水流呀

流进我的心上

呜——

我的心充满惆怅

为那弯弯的月亮

只为那今天的村庄

还唱着过去的歌谣

喔——

故乡的月亮

你那弯弯的忧伤

穿透了我的胸膛

呜——

遥远的夜空

有一个弯弯的月

亮弯弯的月亮下面

是那弯弯的小桥

小桥的旁边

有一条弯弯的小船

弯弯的小船悠悠

是那童年的阿娇

告诉你，是刘欢老师唱的，我还有他的签名呢。

哼。可要当心，阿娇，哟。

小娟子
1990 年 11 月 23 日

小娟子：

　　快要高考了。可是老天爷下大雨一个劲儿不停，处处在抗洪排涝。大运河堤告急。湖西四乡镇告急。运东一大片告急。处处都是水，一片汪洋。学校也是水。我们团员、班干前两天也参加了排涝。为顺顺当当地如期高考，也出一把力气。

今天我有点感冒发热，在班上休息温书。给你写封信报下平安，也给自己打个气鼓个劲儿。一定。且须珍重少年时，不负云和月。

不多说了，共同祈祷吧。

小青子
1991 年 7 月 1 日

最后几天备考，我实在烦得很，总有一股不安的感觉，却说不出哪里有问题，或者不对。只是感觉自从毕业考得了全市第一后，同学们开始离我远远的了，老师也怪怪地看我。只有在翻翻这些七八封书信，才能安静一些。我终于可以在试卷上写上自己的全名：王青。

三天。整整三天。

雨后，高温。

闷气。气闷。累死我了。

最后一场出来，我就倒下了，发起了高烧。幸亏老爸来接我。原来家里人一直在看着我。原来老妈也来了。原来老哥也来了。我都不记得了。醒来后就在村子里，养身子。还是体弱啊。营养不良。血糖低闹的。

我的一九九一。黑色的七月。当我觉得挺过来的时候，却没想到更大的打击随之而来。整整一个暑假结束了，大学开学了，我都没收到录取通知书。就连向阳浴室的大师傅，也派人捎信说，浴室生意淡，又改制了，我不是正式工，也不是临时工，今后也就不用来搓背了。读书与搓背，两项，我一直以来最重要的生存根本，没了。

我到学校去问。老师们都摇头不知道。我找大王。大王已经到大学报到了。老师傅也在我养病期间去世了，听说是给什么人气死的。他这么一个和蔼的人怎么会生气呢。不会是生我的气吧。大师傅安慰我说，人生道路条条通罗马，不要想不开，喝酒，醉一下，醒了就没事了。大师傅介绍我去四川重庆一个师兄弟开的浴室混混吧。搓背，也不丢人，而且能挣大钱，有钱什么还不解决了。书中自有颜如玉。书中自有黄金屋。不过如此。

家里也没余钱找关系供我重读了，确实找了关系也没有人愿意同意。而且老爸老妈也老了，重活不能干。老哥已经结婚。新嫂子总闹着分家分田。我把自己关在小屋子里三天三夜。想通了。十九二十岁也该自立生活了。开门。去四川重庆。搓背去。

从此一入江湖岁月催。四川重庆，我搓背王来了。小娟子，青哥哥是打不垮的孙猴子。不过，我也没脸皮子去找你，你还是出你的国留你的学吧，再见了青春读书梦，再见就不用再见了。

二十岁

我爬出青春的沼泽

像一把伤痕累累的二胡琴

喑哑在飘荡的主题里

没有远方

我就是远方

没有希望

我就是希望

一切刚好

我自独行走天涯

幸福啥滋味

什么是幸福？幸福就是没滋没味，就是吃饱了撑着，没事找事，没碴找碴，叽叽歪歪，身在福中不知福。

——王老五宣言

A

一说男的幸福样子，都说钻石王老五就是。可是谁又知道，钻石王老五手指头上的三颗大钻，全是假的。可是，小妹妹们就是喜欢这调调，被骗上当还是死活不认输，人家可是传说中的钻石王老五，哪天发达了再追可就没影子了，没你啥事的，赶快趁这个钻石王老五还处于落魄之中，下手、下手，倒贴、倒贴，不要到时候想贴也不会有人要的。幸福嘛？！就是雪中送炭，就是你被需要。各位大爷、大伯、大哥、大兄弟，你们说说呢，钻石王老五幸福不幸福？！

很小的时候，王老五就经常做一个梦。梦见金鱼姑娘。老太公讲过故事说："小五啊，看到河里有彩色的金鱼，你可别捉她，即使钓着了也要放了。"从前呐，有个渔夫撒网打鱼，听到一个传说：如果一天六网都打不到一条鱼，那千万别撒第七网，即使一不小心撒网了，也别收，把网扔了，以后肯定能天天网到鱼。所以，正常一般打鱼的，一天只撒五网，五网即回，不管多少，哪怕一条鱼没有。这天，这个渔夫突然觉得如果打七网会怎么样，传说中的事情是真是假？于是，他真的撒下第七网，网着了七条小金鱼。这很奇怪！从来没有见过这么漂亮的鱼儿。他就带回家养起来。每天晚上，他都梦见不同的美女姑娘。每天早上，家里的鱼池都是满满的鱼儿。自此，他再也不用天天出湖打鱼了。久而久之，这渔夫成了大富翁。

一日，大富翁去高邮湖仙女庙烧香，仙女托梦放了七条金鱼。大富翁准备放生的时候，祷告说："放一条，给我一船鱼。"果真，放了一条，湖边上就堆满了一船鱼。放第二条时，他又祷告说："放一条，给我一船虾。"果然，一船虾挤到湖边。就这样，一船铁、一船铜、一船银、一船金……等到第七条小金鱼时，大富翁忽然后悔祷告的东西太少太简单了，握住第七条小金鱼舍不得放，说："我要高邮湖里全部的财富！"结果，湖水大怒，狂风骇浪，一股龙卷风卷走了六船鱼、虾、铁、铜、银、金，卷走了第七条小金鱼。等到他失魂落魄地回到家里，家里也全恢复了原样，仍然是穷困潦倒的渔夫一个，而且他在高邮湖里再也打不到鱼了……

王老五最喜欢听老太公讲这个故事。他也真梦见了金鱼姑娘。七条小金鱼，就是住在高邮湖里的七仙女。天上一年，人间一世。每一年每一世，都会有七仙女到高邮湖里洗澡，一不小心就会给人网着了，最后还是最小的小七留在人间。牛郎遇到过，董永遇到过，王老五也遇到过！他经常讲，他真的遇到过七仙女。王老五与女同学们说："我真的是来人间找七仙女的，你们赶紧告诉我谁是，我找着了七仙女就能幸福一辈子！"他还吹嘘说，他上辈子做过牛郎，当过董永，这辈子就是当钻石王老五，负责找回七仙女再续前缘的！女同学们听了个个笑的前仰后翻，哈哈哈哈，就是没有人说自己是七仙女中的一个。

王老五就是王老五，从来就没有什么钻石，后来戴的真是假的，也没有什么宿命的七仙女。他说，大家都说我是钻石王老五，不戴个钻石对不起大家，特别是对不起对我好的美眉们。一不小心，说不定哪个美眉就是七仙女呢！我要让美眉们涨脸，就是倒贴，我也是买的潜力股！王老五是高邮城南古镇车逻上官庄人，家有四个姐姐，就他一个独种，自小惯得很，吃得，好吃得多，身高个大，就是没文化。不是上不起学，是上学没工夫认字写字，天天忙着逃课乱转悠，混到高中毕业就顶替老子到乡农机厂上班。没文化，胆子大。干的是倒垃圾的活，废铁废钢废丝全归他处理，每天要从早拖到晚。用什么拖？一开始是板车。拖了两天，太苦。直接用拖拉机拖，没有学过开拖拉机，他就敢上去就开，什么事都不烦。王老五说，这是聪明的脑袋瓜子，关键是种什么种子发什么芽，破书本没劲儿读，不如拖拉机开的好玩。

B

车逻是古镇，相传当年秦始皇南巡御驾幸临此地而得名。改革开放以来，车逻人创业精神迸发，过去在集体干活的技术工人都在家里面摆上一台机床，加工小五金，有直接给农机厂配套供货的，也有的干脆自己找到农机厂的产品买家自己谈销售，一时间大的小的加工点如雨后春笋。车逻也美其名曰：中国五金之乡。加工五金的小厂多，废料也多。王老五发财了！农机厂的废料给厂长王云飞的小舅爷杨三爷包了卖，王老五只能眼巴巴地看着自己拖的垃圾变成钞票，进了杨三爷的口袋，一琢磨就起早带晚把大老板看不上的小加工点废料承包了，还付钱，不像农机厂一分钱没有。王老五说："赚钱，就是要大家一起赚，我赚一元必须拿出六毛与大家分。"他这么说也这么做，迅速占领了全乡废料市场，连乡农机厂也不得不改变策略。

王老五一个拖垃圾的也想发大财？杨三爷不干了！杨三爷找到姐夫王云飞打小报告："有人扰乱市场秩序，挑战你的车逻工业老大！"

王云飞一听，这还得了！车逻工业十有八九靠农机厂吃饭的，一个个小加工点哪个不买他的账，每年不动身，来的孝敬就比厂里的工资高上好几倍。不能乱了规矩。

于是，第二天天不亮，车逻工商、公安半路堵住了王老五。

"干吗呢！"王老五也不熄火，苗头不对嘛，大声吆喝。

"停车检查！"

"检查个屁！"王老五贼精，哪能停啊，王老五左右摇摆拖拉机，冲了出去，一直冲到大运河里，人跳进水里，闷在水里游出老远老远才悄悄躲开上岸。

这群"大盖帽"傻眼了！说好的人赃俱获呢……什么都没有抓着。回去怎么交代？车子都开到河里去了！报警吧。让交警来处理。

交警来了，奇了怪，拖拉机开到大运河里还是第一次，先组织捞吧，人只要没事就好……

王云飞那个气啊！王老五也是远房侄子，亲远一点也是亲啊，你杨三爷不带这么坑人的，早说是王老五，家里人说说就好啦，动静这么大，怎么收场，让上官庄上的人们怎么说我嘛……

这边王云飞、杨三爷忙得团团转，那边王老五却不慌不忙得很。上了岸，王老五也不换衣服，拧拧干继续穿，三步两步搭上顺便车，赶到师伙村师小师家的加工点。今天早上是约了到师小师家拖废渣的，就他俩知道，肯定是师小师出卖了他。

"小师小子，出来！"一脚踢开师小师家。师小师还没起床呢。

"啊！"师小师傻了眼。按道理，今天王老五要被捉起来的，厂里的废渣已经悄悄处理给杨三爷了。杨三爷发了话，莫敢不从啊，而且杨三爷对天发誓保证让王老五消失的。

"你是人嘛！出卖弟兄，眼睛不眨一下！这事出了，你看咋办？厂子要不要开了！"王老五一点儿不含糊。人没文化不要紧，吃了亏一定要讨回来的。

师小师最怕王老五耍愣，心又虚，"扑通"跪下，讨饶说："大兄弟唉，我也是被逼的啊，不关我事、不关我事……"

"再不说老实话，看打！"王老五佯作挥拳出脚。

师小师的婆娘闻声出来了，连忙拉住，说："大兄弟啊，不要怪小师不地道，人家权大，你的拳头不管用，再说这一年多咱家可没少你的，有的赚就行了，大家一起混日子。"

"好！也罢。不拿你出气。这样吧，你今天先赔我一车子货钱，再把陈年账结了，多的不要，凑个整数两万吧。"

"哪有这么多啊！你杀了我算了。"

"那我真动手杀了？！大妹子，可是小师兄弟说的，要钱没有，要命一条。反正我今天已经栽到大运河里死过一次了，拖你个垫背也好！"

"别、别、别！小师你是傻啊，钱是小事，没了再赚，再说杨三爷不是昨天给你两万定金的嘛，你给王兄弟算了，让他们自己算账去。"

婆娘就是靠不住。一时心急，全说漏嘴了。

师小师没有办法，本来准备用这两万元进个新机床的，泡汤了。给就给了，本来就来得容易。人都说，钱来得快，肯定去得也快。这不，还没焐热呢,做了一下隔夜财神。出卖人的代价啊,良心钱。

"好!还是大妹子明事理。这样吧,听我的话,今天我来的事一句也别说,过些天保证让你师小师再赚一笔大的!如果走漏了风声,别怪我让你倒厂子关门。"

在师小师家换了身新衣服,王老五很是骚包地搭车上高邮去了。留下师小师两口子面面相觑,打落门牙咽下去。

很快,杨三爷电话就摇了过来。这时电话刚刚普及,还有摇式的呢,师小师特地装了个。

"喂、喂、喂,小师嘛?"

"唉……是……"师小师有气无力地回应着。

"你还没睡醒啊!出大事了,王老五栽到大运河里去了。我们的事可别对人说一个字啊。让人知道,咱们可就不能在车逻混了。"

"什么!"师小师不得不装一下惊讶。

"你不知道就算了。我们的事,暂时先停一下,不要声张啊!"杨三爷有些乱了,急于撇清自己,如果真出了人命就麻烦了,要背一辈子骂名的。

全车逻的人都在找王老五。

王老五一个人在高邮快活呢。

有钱就是大爷。

高邮东门外,臭水沟边上,一条边,政府正在集资建商业街。集资点上,门可罗雀。

八千元一间门面,楼上楼下共三层。

王老五"啪"地一下,扔出两万。

"数数,能买多少!"

"哎哟,好咧。"工作人员可高兴了,今天的任务总算能完成了,

"两万，不多不少，买两户一万六，买三户差四千。"

"能不能优惠一下，三户！"

"已经很优惠了。如果五户一起买的话，可以将这两万作定金，余款一年内结清就行！"工作人员可激动了，遇上土豹子，有钱！要知道，这时一个月工资才一百不到，人家一掏就是两万，能没有钱！再说，定金一交，还怕他不再来！

"好！五户就五户。"王老五心想，我是老五，买个五户正好吉祥数嘛，给姐姐们一家一户也不错。钱赚的来，就是要花的，大家一起花才开心。还差两万，小意思，肯定有办法。

交了定金，签了合同。妥妥帖帖。

王老五身上一分没有了。

哪也没去。就猫在集资点看门道。

半天，没什么人来。有的人来，还嚷着要退钱。

这是一块好地方啊。乡下人进城，第一站，必经之地，建成商业街肯定能火。不行，这里面有商机，比拖废渣来钱快。没人肯来买，里面肯定有弯弯绕。不管了，王老五脚一蹬，再次走进集资点。

"哎哟！您又来啦！"工作人员可热情了。

"商量个事。我看你这半天也没什么人来定房子，会不会是假的，我要退！"

"哎呀，哪能是假的，我们是正儿八经的政府工程，叫政府出政策，建设迈大步，百姓能致富！"

"别瞎扯了，我看你们就是忽悠我们老百姓的。这钱来得不容易，我退了吧！"

"哎，这可不行，白纸黑字，你签的，我们又没逼你骗你。不能退！"

"不退啊……不能退啊……"王老五故作犹豫，"我吃亏了，今天还有趟生意没钱做,你们多少退一些给我吧!"

"不大好办。要不你跟我们主任说去。"

"好的,麻烦你们主任一下。"

肥头大耳的主任出来了,"嗯"了一声又进去里面办公室。王老五顺势挤了进去,套上近乎。

俩人在里屋嘀咕了半天,到了中午,又是一起出去喝上两杯。

成了!

王老五拿到了商业街高邮乡下南片的代理推销权。

不仅没任何风险,还拿了五十元工作经费,今后卖出一户提成一百,卖的多提成越多。

这个方法,也让集资办主任眼睛一亮,谁说卖不掉啊,办法总比困难多,高手在民间啊,这个办法要推广,把高邮分成几大片,一片一片包出去推销,还能赚钱。王老五说了,提成一百,至少给主任上交四十个人。这个办法行得通。必须推广。

好吧。车逻人还在为王老五是生是死犯愁,他却做成了一笔大生意。杨三爷还在为废渣能不能全垄断下来伤神,人家王老五早就跳出这个小圈圈了。王云飞还在为不能出安全事故影响组织部门正在进行的考察生闷气,钻石王老五已经迈上了致富的康庄大道。

到了晚上,王老五才回到家里,一家子正在哭,看见他都呆住了。

"你死哪去了啊!人都说你出事了!真是淘气鬼,从小就不让人省心……"爸爸上前就要揪耳朵,妈妈赶紧拉住不准动手。

"孩子辛苦,受人欺负,你不出头就算了,以后不准说孩子,快,来,吃过了没有?"世上只有妈妈好,有妈的孩子就是宝。

王老五身上还有酒气呢。四个姐姐看的哭笑不得。

"没事、没事,给你们看看,这是啥?"王老五一晃手中的合同,

"大姐、二姐、三姐、四姐，你们一家一户！"

"什么啊？"姐姐们拿过去一看，又呆得了，"啊！城里门面房子啊！"

都说王老五顶替上班，姐姐们个个有意见说不出，偏心男孩子是乡风，今天看来算是没白疼小五。

王老五爸，看了，也无话可说，这孩子打小就是喜欢瞎闹腾，一点也不安分，好好班不认真上，倒腾什么废渣，这又买上了城里的门面房子，一买还是五户呢，糟蹋钱，算了，人没事就好。

"先收起来。财不露白。你们一个个回去都不要说。这是你们兄弟拼命挣来的。今天这事还没完。五子，你要想想怎么办？这班还上不上了？跟厂里怎么谈？"

"好咧，呆爹，你放心，我有法儿再赚他一笔，哼，许他初一不许我十五啊，这回没那么简单！"

王老五回家睡了个安稳觉，一觉到天亮。

王云飞、杨三爷一夜没睡着，交警们指挥下怎么也没捞着人影子，拖拉机和废渣倒是一两不差。那个心，揪着的啊！怎么办？怎么报？怎么说？

"王老五没事，王老五没事，早上看见他在家打拳呢！"消息灵通人士报的比警察快。

人没事，一切都好办，一切都好报，一切都好说。

这是一起普通的交通事故。不要听信谣言，不要乱传乱说，要相信政府、相信组织。

所有与此相关的部门单位、大小干部都喘了口气：没事了。先回床上，补上一觉，有事再说吧。

"你是王老五的带班班长，你赶紧上门打个招呼，大事化小，小事化了，不要计较什么了，现在我正是关键时期，不要再给我添乱子。"王云飞立马叫来杨三爷，这个小舅子真是太聪明、过头了，尽干些假传圣旨的事。

"好、好、好，姐夫，你放心，大不了，出点钱，让这小子不要瞎说。"杨三爷心疼啊，这年月跟谁别扭就是别碰二愣子，不按常理出牌，不听组织招呼，不服从领导安排，还尽给人添堵，磣得慌。

上官庄，王姓是大姓。其实，王姓就是上官姓改的。王云飞的爷爷是族长，那个枪毙掉的上官大人其实也是个族长。王族长是革命后上台的族长，上官族长是被革命后死活不肯离家背祖的要饭花子邋遢鬼，半疯半傻。王老五一脉，其实是上官族长留下的一脉。这个关系，隐藏的太深，要不是出了王老五栽到大运河里这趟子事，王族长就不会深夜叫来王云飞说了。"本是同根生，相煎何太急！"王族长语重心长、痛心疾首地说，"过去造的孽，不说了，现在我们无论如何也不能再造孽了！""飞儿啊，你好好处理这事，让我眼睛闭上，能安心地见大哥去。"王族长说的眼泪直流，"我只能照顾你们到这里了，以后的路你们自己走好啊！"

"小五啊，你看这事儿折腾的，你说咋整吧……"王云飞不得不亲自找到王老五谈一谈，指望杨三还不知道事情会砸成什么样儿呢。

"厂长啊，这可不能怨我啊，谁知道哪个小子瞎折腾，要不是我机灵，咱厂子就出大丑了！"

"嘿，你小子有理了呢！出了这事，你是不能在厂里了，你说怎么办吧？"

"唉，哪有这样的，我凭什么不能在厂里啊！"

"你是知道的，这事情闹大了，没有人搪塞不行的。你说吧，开除你有什么条件，咱们都是一个王家的，一家人不说两家话，处理了你，我对哪都好交代。"

"这样啊，我得好好想想。"王老五看蒙混不过去，眼珠子直转，"你得给点我找个新工作，你是厂长，门路广，俺听你的。还有就是我这摊子生意可以转给别人，但得算我一份。再有就是，我手上有20户高邮街上的门面任务，你得包了。"

"就这三个？"王云飞听着，暗暗想到没想到这个王老五外面看不出有啥本事，原来里头玩意儿大呢，难怪杨三栽的不冤枉。

"当然，再贴一两万慰问费更好！"

嘿，这小子杆子有多高就爬多高，不能再多说了。

"这样吧，我们自家人，痛快点，你给我到上海的一个配套厂去混吧，车逻的废渣生意交给杨三，算你三成股，高邮街上的门面房我来处理，算你的任务，另外再补助你五千元，早点走早好，近期不要露面了。"

"好！我相信你！"王老五乐在心里，"这事叔公已经跟我说了，俺听你的。"

"唉，对了，这高邮街上的门面房记住是一万一户，过一个月必须再涨两千，交给集资办的还是八千一户，不开收据，爱买不买，多的钱除了垫付我的五户两万余款外，还得给两千给集资办主任，再有多的你看着办吧。"

人才啊！赶走这样的经营人才，王云飞忽然有种不真实的感觉。

C

20世纪80年代末的大上海，还处在一种说不清的迷茫中。以南京路为标志的市中心四周堵得硂慌，压抑的人群无处可逃，成天快来快走，早饭都吃不上一口，午饭更是简单凑合，晚上到夜里纸醉金迷得不知归路。

许多人都以为高楼林立是大上海的形象所在，其实真正的上海人从不把高楼放在眼里，他们羡慕的是高楼之下的小庭院小别墅。"阿拉住的是鸽子笼、火柴盒、空中楼，大有钱的都住在地上呢。"没钱的、没势的，住在地上的小房子老宅子，全都陆续拆了，建成了高楼，"阿拉不是上海人，是上楼人。"

市中心有一处比较大的人民公园，有湖有树，有草坪有球场。在公园开阔地块，阳光四面充足的地方，有一栋小三层老楼，外带一个院子，四周长满了植物，一不留神，还真发现不了。因为这处地方，没有什么人愿意停留，高攀不起啊，差距不是一般的大。如果有外地游客好奇地打听路人，多数摇头不语，这户人家不是普通人能够说的。本地上海人对这户人家有种长久以来的尊崇，久而久之四周老居民拆得搬得差不多了，尊崇渐渐变成了陌生和忌讳。尽管这栋老楼摇摇欲坠，但是从来没有人提议来拆掉，有关部门还得上门探询要不要帮助修缮，每次都给婉言谢绝，老就老着，旧就旧着，破就破着。这才是上海真正的形象所在——青红阁。

青红阁里的住家，一直都姓黄。这一辈，住着的，只有黄依依一人，其他人都各奔四方了，全球各地都有，偶尔一年回来聚一次。黄依依按说也不可以住在这里，刚刚结婚就发生了火拼，自己侥幸逃回了青红阁，丈夫却不幸中了流弹，或者说是替她挡了流弹。黄依依回到青红阁，就不再出去了。

能进青红阁的人不多。自从只有黄依依一人留守后，来拜访的人更少了。安静、宁静、寂静的青红阁，是大上海最神秘的一个地方。在别处再怎么嚣张，在这里也得低下头来快快走开。有次，一个年轻同志，冒失鬼，外地刚刚调入上海的，后台比较硬的，放言要拆了青红阁。牛皮话才说过，第二天就调回老家去了，老领导还痛心疾首地跟他说："给你连累死了，这次换届我也要回老家陪你休息。"这个段子，民间流传，谁也不知真假。总之，离远些好。

别人不敢进，王老五敢！

机遇啊！

王老五来到上海，七拐八绕，只给安排了一个煤气瓶搬运工的活，有力气，人又是苏北的，江北佬，好欺负。

谁都有事没事踩上王老五一脚。这个活，没人做，王老五上。那个活，没人做，王老五上。一来二去，王老五居然把煤气公司的大小活计都干过了。傻蛋一个！

好吧，青红阁的活，也是你去。

去就去，干活会死人啊。王老五无所谓，再苦再累，也要在大上海混出名堂来。虽说事情做得多了些，可是本领全学会了啊。他一边干活，一边琢磨，什么时候自己开家煤气公司，换换气发发财。

年方二十五，血气方刚。浓眉大眼，壮腰大个，走路倍儿有劲。说话满脸憨笑。谁也不知道，王老五在老家已经是个小富翁了，都以为一样是没得混来上海的。确实也是没得混，来上海换个混法。

"丁零零……"

王老五肩扛着煤气瓶，摁响了青红阁的院门铃。

"谁呀……"一个轻声慢语飘过来。

"阿姨好，来换煤气的。"王老五还是蛮懂礼貌的，出工的衣服也是干干净净的，不像其他人脏古邋遢。

"哦。"声音好像有些失望，又好像变得懒散起来，"进来吧，快点换。"

黄依依几乎没有出现在王老五的视线里。一般来换煤气的，都是按老规矩不抬头直奔厨房，换了就走的。王老五也是的。来之前，王老五就打听到这家换煤气的规矩，老老实实不敢逾越半步，也不抬眼看，听着走着，换好煤气，特地抹了下厨房自己的痕迹，"好了，走了。"

门自动关上了。站在二楼上的黄依依，看着新来的煤气工，突然有点说不出的感觉。等人走了，她下到厨房准备打扫一下，发现居然没一点需要她整理的，早上搁下的一堆垃圾也不见了。这真是个有趣的人。穿得整整齐齐。做得干干净净。说得斯斯文文。不像一般的煤气工。

就这样，一送一换，三四个月下来，俩人都没照面，但是俩人都觉得肯定会照上面的，只是不知道会在什么时候，以什么样的方式。特别是，已经三十五的黄依依，突然对一个小伙子感了兴趣，愈发期待。

说不上哪天。也记不清天气是什么。反正，青红阁长年绿意盎然。

"哎呀！"黄依依站在二楼的一块楼板突然断了，人悬在半空。

正巧在厨房斜上方。王老五头一抬，看见红色一片、白色一片，亮晶晶的高跟鞋在地板上转悠。

"噔、噔、噔……"王老五连忙上了二楼，一把抱住黄依依，将她慢慢拉了上来。

"没事吧，有没有崴着脚……"

黄依依惊魂未定，给王老五抱着的感觉跟当年丈夫挡子弹的感觉好像，安全，心定。

黄依依不放手，王老五有点尴尬了。

真的好美。红的裙子、红的底，白的肌肤、白的腿。

王老五起了反应。

"啊！"黄依依突然惊醒，手一松，猛然又坐在楼板上。

王老五搀也不是，不搀也不是。

"哦哟，谢谢你。"黄依依试图自己起来，可是脚确实给崴了，使不上劲儿。

王老五只好搀起她，扶着她坐到沙发上。

好一阵手忙脚乱。

黄依依恢复了平静。

"你哪里人啊？"

"高邮，车逻。"

"什么地方？"

"秦始皇在那里筑的高台，叫高邮。秦始皇在那里出巡过，叫车逻。"

"怎么来上海的？"

"乡亲们带过来的。"

"怎么不读书啊。"

"家里穷，上不起。"

"喜欢读书不？"

"喜欢。喜欢看闲书。可是没钱买，也没时间看。"

"喜欢，就好。以后，可以在我这借一本，记得下次来还。"

"哦。好的，谢谢，阿姨。"

"扑哧"一声，黄依依笑了起来，"别叫我阿姨，叫姐吧。"

"唉！呵呵，我家有四个姐呢。"

"那算上我一个。我也是你姐了。"

"好吧。姐！"

王老五的名字原本就叫王五子，黄依依听了不满意，过了些日子，说："不若给你重新起个名字，王开，怎么样，开明、开放、开悟、开心！"

"好！姐，听你的，肯定错不了。"王老五也觉得好，"正好有事想说给你听听，说错了别笑话。"

"好啊。"

"我与几个乡亲们商量好了，准备咱们自己开一个煤气充气换气公司，大家手上都有客户资源，就是不知道能不能单干？"

"行啊！想创业了啊，看不出来，怪不得你总是借些商业传记什么的。"黄依依非常好奇这个土包子骨子里野心勃勃，"是不是证照拿不下来吧？我倒是可以帮这个忙，不过你得答应我一样事儿。"

"行！只要公司办得起来，我给你做包身工也行，呵呵。"

"也没这么严重，开了公司，你得补补文化水平，我给你找个夜校读大学去，三年内拿不到文凭，我让你公司怎么开的怎么关！也别在上海待了。"

"行！听姐的。"王老五王开现在怎么看也没有半点吊儿郎当的样子，与在车逻的时候判若两人。

黄依依看来是久静思动，自闭了这么多年，给王老五熏陶的也天马行空想入非非起来。她三两个电话交代了一番，自己出参股一成，王开六成，六个合伙人分三成，又找了三个专业人士担任总经理、副总经理、财务总监等职务。就这样，王老五王开的第一个公司"开开燃气有限公司"办成了，独占上海市中心一块市场，没人吱声，一路绿灯，开张大吉。

王老五一边经营公司，其实是甩手掌柜，基本上是黄依依问的多；一边苦读大学，这就真的憋屈了，王老五年轻人的精力压榨殆尽，日子过得飞快。

为了让王开好好学习，黄依依真的以包身工的名义逼迫王老五住进了青红楼，家务活、苦脏累的全归王老五。后来，她发现王老五烧菜也有一套，干脆厨房的活也全交给他了，黄依依就吃现成饭，不再自己瞎折腾。王老五痛并快乐着。外面的工友们羡慕嫉妒恨啊，当初那么多人送煤气也没送到这个水平出来啊！不仅开了公司当老板，还住进青红楼做起了权贵大少爷。

王开上的是上海大学成人教育学院的夜校，学市场营销专业。原来黄依依还挂着副院长的职务，就是从来没问过事，深居简出，读书写书，消磨时光，在大上海贵族圈里算是比较特立独行的一个。这些都是王老五后来慢慢知道的，知道得越多他越发小心谨慎、发愤读书、兢兢业业。

D

王云飞来到了大上海，车逻镇分管工业副镇长，前来招商引资。这两三年，王云飞成功地推进了企业改制，顺利地把车逻农机厂转为民营的飞达机械制造有限公司，交给了杨小山杨三爷当家，一些不服气的骨干也都离厂自己创业去了。借助镇政府的资源，王云飞千方百计确保飞达公司业务不减，稳步发展。这次到上海组织开展招商引资活动，杨小山杨三爷也一起随行，怎么着也要给飞达公司寻找更好的合作伙伴，开辟更大的市场空间。

站在东方明珠的最高处，四望高楼林立的大上海，俯瞰黄浦江外滩各式洋派建筑，王云飞十分感慨，这才是生活，这才是城市生活！

"姐夫，这次来花这么多钱值么？"杨三爷有点心疼钱花多了，过去农机厂时怎么花也不管，现在可是他自己兜里的钱。想想这些，他就来气，当年为了摆平王老五多花了不少冤枉钱，虽说后来在高邮商业街购置了20户门面，厂里骨干一人一户，自己还代姐夫王云飞认领了一户，那怎么花也是公家的钱，不心疼，还窃喜，可是也便宜了王老五好几万啊。还好，王老五到上海谋生计，杨三爷使了坏，打招呼让这小子做个煤气工，一辈子别想出头。这有两三年没见王老五回乡，可能是混得惨吧，不好意思回家嘚瑟。杨三爷想想也有点得意呢，在大上海面前他也自卑的很，自己这个小公司算什么，几百万的资产不够人家大老板塞牙缝呢，你王老五到了这儿，是龙也得卧着、是虎也得趴着。小虾米一个，切。

"怎么还是这副小气样，出来就要有样子，你以为那些开着奔驰、宝马的个个有钱啊，说不定还是租的呢，做生意就是要讲派头，不能小气，一小气底就漏了，大生意就谈不起来了。"王云飞说得头头是道，"走，我们去吃海鲜大餐去，带你们开开眼界。"

本来约好介绍去拜访客商的老朋友刘老板突然有事出差去了，王云飞一行只好先在上海玩几天，胡吃海喝好几顿，个个夜店都见识见识，更加坚定了几个同行的小老板们要把生意做大的决心，有钱就是好啊，花钱如流水都是小的了，真如发山洪淌一样，那美女啊美酒啊如仙如梦，没钱的话一分钱憋死你，更别什么投怀送抱了。

"吃也吃了，玩也玩了，乐也乐了，这就回去？"杨三爷还是心疼钱，虽说姐夫说了走一些账到镇里报销，可是到底花了没影子没效果，来一趟大上海什么生意没谈着，不心甘，眼珠一转，"今天不如去看下王老五，慰问慰问，多少也带他玩一下，再怎么着也是乡里乡亲的。"

"看他？！"王镇长差点忘了这茬，王老五上海后也没什么消息回来，听说是搬煤气的，也不能怨他没安排好，大上海哪有那么好混，能待下去就不错了，"看他，不会寒碜人吧？！"

"哪能呐，我们出个一千慰问费，算是老厂子来看望下岗职工的嘛，关心关心人之常情。"杨三爷觉得自己的主意非常棒，没事找找乐子也好。

"好，那就打电话让他过来吧，我们去那不合适。"王云飞认为还是不要上门打脸的好，让王老五过来妥当点，于是打了几个电话，才找着人通知王老五过来一趟。

"王老五不在原来的煤气公司上班，还改了名字叫王开，正在读夜校大学呢。"一帮人听着像是故事一样，愈发期待看到王老五，这几年变啥样了。

过了好一会，"呼、呼、呼……"宾馆的门响了。

一开门，进来一青年，穿一双掉色的跑鞋，皱巴巴的灰衬衫，黑青黑青的裤子，要不是脸模子还有点认得，还真不敢相信是当年那个莽汉王老五。

"哈哈哈……士别三日当刮目相看，三年不见癞蛤蟆变成青蛙王子了嘛！"杨三爷上前一把抱，王开微微让了一下，说："抱就抱别那么热情呀，咱们不熟。"

杨三爷不觉得自己过分了一点，搂着王老五的脖子，掏出一千元塞过去，热气冲冲地说："我们都一个厂出来的，现在俺是董事长了，这是慰问金，不要客气啦，拿着拿着。"

王云飞在一旁实在看不下去了，拉了一下杨小山，"别折腾了，说正事呢，小五啊，日子还好吧，我们今天请聚一下,怎么样,想吃什么，上海没吃过的，我们请你。"

"呵呵，听说你们来，还要见我，我真的很高兴，感谢你们当年把我介绍到上海来，我在这里很好，就是有点忙，没得时间回去一下，再过些日子时间多了一定回家看看。"

"知道、知道，你一个人在上海不容易，你家里都蛮好的，现在大家生活水平都提高了,看看你也不像吃过多少苦呀,我们就放心了,回去跟二叔好交代了。"

"是的、是的,现在比过去好多了,上海浦东大开发,也进入了大发展阶段,你们这次来对了,有不少上海的工厂要搬迁,如果有一两个搬到车逻去就不得了了。"王开寒暄过后说,"怎么样,听说你们是来招商引资的,谈了几个客商?"

"哎哟,看不出来,小五现在还是生意精嘛,工作上的事今天不谈,我们就是聚聚,叙叙旧,来,我们请你,你说吧,想吃什么?"杨小山插话说。

一边说,杨三爷就拿起一个大哥大,准备拨打号码。

正拨着,一个音乐声响起,王开从口袋里掏出一个小手机,锃亮锃亮的外壳,小巧的很,滑盖的。

杨三爷像吃了满嘴的苍蝇,吐不出来,昨天在一个大商场里见过,标价二十万,一模一样,不可能是仿制的,昨天营业员特地介绍了怎么看防伪。

"王董,台子订好了,车子已经到宾馆大厅,您什么时候带客人下来?"美妙的女声啊,传说中的嗲嗲地。

"怎么样,今天还是我尽一下地主之谊吧,真的感谢你们把我送到上海来。"王开放下手机,和声道。

"好,看样子,你小子混得不错,今天就让你请,不过回家还得让我请呀!"王云飞当机立断。

下了楼,出了门,传说中的加长林肯,六人一起坐进去,还是很宽敞的。

七转八转,来到郊区的一个庭院,外面很普通,有个不起眼的牌子"蓝山小筑",里面弯弯绕绕,进大厅后处处雪亮的能照镜子,清一色超级模特般的服务员。王云飞悄悄说:"小五啊,别乱花钱。"杨三爷已经傻眼说不出话来,这小子这么有钱?!肯定是猪鼻子栽葱——装象。这都是假的,花钱租的,花钱装的,花钱撑面子。一个煤气工,也变得如此做作,太假了吧。大上海真是大染缸,乡巴佬也能充大款,想骗我们的钱没门。

一帮乡里乡亲的,大家从一开始的局促,随着几杯酒下肚,言语之间慢慢放开了。

"王老五,你说你这是真的假的啊,拉斐、茅台,还原装的呢,我说是假的吧,还真好喝,要说是真的吧,凭你也弄得来?!"杨三爷趁着酒性胡言乱语起来。

"就是,要么就是花了冤枉钱,太浪费了,多不好意思啊,乡里乡亲的,不要这么客气,没人瞧不起你,老五啊,回去俺给你安排一个好工作,怎么样,到政府先混混……"王云飞也不好意思了,以为王老五想求着他再找份好工作呢。

王开王老五,没接话茬,就是一个劲儿敬酒,招呼着。心里想,这帮土豹子,还真当自己是那么一回事。上海啊,大上海啊,哪里有你们的份。

稀里糊涂一宿,第二天,天大亮,王云飞几个人在早餐厅面面相觑,没吱声。今天再见不到什么大客商,这趟回去怎么交差?发票已经有了一大堆。编谎编的好累唉。

吃完早餐,众人悻悻然回到房间开会,研究商议一下怎么办,回去总要有个交代的。

说了半天,一个没有好辙,满房间烟味,还是昨晚王老五送的雪茄,抽得太呛。

正苦闷着,王云飞约的朋友,刘老板终天露面来了。

"哎呀，真不好意思啦，把你们在上海空坐这么多天。"刘老板热情得不得了，真不见外，看到桌上的雪茄迅速抽出一根闻了又闻，"好东西啊，还是你们有门路，阿拉一年抽不到一盒。"

"这有什么好的，要，送你几盒。"杨三爷气不打一处出，就是给你刘老板骗来招商引资的，人影子都见着一个，给王老五蒙了一晚上嘚瑟。

"真的？！侬真是好朋友啊，阿拉就不客气了。"刘老板还真揣了三盒进皮包。

"哎哎哎，你也太不地道了，说好的招商活动一个没搞成，还算不算朋友啊！"王镇长发话了。

"嘿，你们是装吧？"刘老板嘿嘿一笑，"能到那个地方吃饭的，吃了一夜，又吃又带的，还招不到商？"

"怎么回事？你知道我们昨晚在哪吃的？"

"那当然！在那里，蓝山小筑，上海数一数二的会所，有钱也进不了的地方。"

"真有这么讲究？花钱也进不去？有钱也进不去？"

"那当然。嘿嘿嘿，你们认识谁啊，谁请你们的，介绍我一下，兄弟们帮帮忙，有生意大家一起发财！"刘老板原来是为这个赶紧来见面的，没这个估计再有几天也不会露面。

"你吹牛皮吧，是不是跟王老五一起串通好的，想骗我们政府的钱？！"杨三爷忍不住插话。

"王老五？是不是叫，王开？！"

"好像是。我们老家的，都叫他王老五。昨天好像听他说现在名字叫王开。换个名字骗人吧。"

"唉！你们呀，王开可不是什么骗子。你们真不知道王开呀？他可是上海滩最近出了名的钻石王老五，有的不仅仅是钱，更有……不说了，怎么样，还能约到他吧，再约约看，约他谈，你们想招什么商都能招到。"

"真的假的啊？！"王镇长也莫名其妙起来。

弄不好，是真的。王镇长决定打电话约约看。

"对不起，王董正在上课，稍后再回您电话。"电话那头传来美妙的女声。

"他还在上课？"王云飞问刘老板。

"对！那就错不了。王开先生现在读研究生呢。告诉你们可别说是我说的，他呀有人管着呢，昨晚真是很特殊，原来你们是老乡。"

一屋子人在烟雾中，等到电话响。

"呵呵，不好意思，刚刚下课。你们还有什么需要的？"王开终于回电话来了。

王云飞耐着性子，慢慢说："老五啊，你真把我们蒙苦了。我们这次来上海是想招商引资，在车逻兴办一个五金机械工业园的。你熟悉情况，刚刚听说你在上海混的真有名堂，对不住你啊，昨晚我们失礼了，看在一个王家的分上，帮帮乡里吧。"

"好吧。那在商言商。你们如果真招商，我们就好好谈谈。看看我能不能帮到忙。"王开还算是念旧情、念乡情。

刘老板一听，高兴啊，终天有机会见到传说中的钻石王老五了，高低高要王云飞算上他一个，只要王开出面，投资什么的算他一个。

真是士别三日定当刮目相看，一别三年直接天上人间不一样，还真别小瞧任何人。

E

王开王老五的生意做大了，人却实在低调得很，出入青红阁依旧破自行车。不过，招待车逻一帮人确实存了显摆的小心思。为这，这几天规规矩矩地在青红阁拖地、烧饭、背书，耳朵给黄依依揪来揪去的："怎么还改不了土里土气的格调，跟他们摆什么谱子，死要面子活丢丑，这些天给我好好反省反省。"

说老实话，这几年王开给黄依依修理得不紧干呢，身上的小毛小病治得有板有眼，举手投脚开始透出点书香气、贵族气。王老五只有偶尔与几个老工友聚会时放浪一下，豪爽一下，但工友们也不怪他，还尽量给他遮掩遮掩，不能在黄大小姐跟前跌份。

混上海滩，到了王开的份上，大家都羡慕，没有说不好的。类似的故事也多，各种版本的都有，人们也常常好心好意地讲段子给王老五听，生怕他年轻犯冲犯糊涂误了这一场人生好际遇。有在主户家装修，男主人常常不在家，两三个月下来与女主人勾搭起来，结果给打断腿的。也有做家政服务，照顾单亲家庭，时间长了成功与单亲妈妈结合的。也有不清不楚与富婆陪伴着，当干儿子的。像王老五这样得到栽培的不多，上大学，开公司，学礼仪，出入豪门，游走权贵，没栽跟头已经实属难得。

人们也常套王老五的话，凭什么能坚持下来，没被扔进黄浦江，青红阁可不是一般人能混得下去的。王老五只字不说。但也仗义，老工友们谁家有困难，都尽心尽力去帮忙，富贵不忘本啊。

黄依依评价王开，就两字"规矩"。

王老五凭着"规矩"这两字，九死一生。

虽然王老五年轻气盛，心里常常萌动，但是在黄依依面前，始终谨守"姐姐"的规矩，敬重有加，即使亲近，也不敢非分之想，服管服教，每次考试也尽力比上一次考得好一点，一次比一次进步，总算真正学到了一些知识和本领。

这天夜校放学，王老五骑着自行车回青红阁。

"救命！救命……"一处小巷黑咕隆咚地传来一个女的呼喊声。

王老五左右看看，大喝一声："什么情况！"推着自行车进巷子，几个小痞子正在与一个少女纠缠，他一把抡起自行车砸开小痞子们，护住小姑娘。这几个哥俩还想晃悠几下小刀子，却怎么也近不了身，反而给自行车砸的没便宜可讨，几个家伙不得不放下狠话，边战边退，不得不散伙。

小姑娘的衣服已经给扯了不少，王老五脱下外套给披上，一路送回家。惊魂未定的小姑娘一路上黏着王老五不放手，到了家再三要王老五留个姓名或者联系方式。

在以后的日子里，小姑娘却怎么也找不着王老五，不过也没有小痞子来骚扰了。原来，王开留了个假的姓名和联系方式，他也一五一十告诉了姐姐黄依依。黄大小姐当即安排人员把周边的小痞子们治了治，解决小姑娘的后顾之忧。

逢年过节，青红阁都要聚一聚。王开在第一个春节聚会烧了一桌家常菜，馋得老爷子多吃了一碗饭。赞曰："吃出了家乡的味道！"再检校她大半年来的学习情况，老爷子连声说后生努力就好。年初一，老爷子包了个大红包给王开，拉着手说："小伙子，你姐认了你，我们也认，打今往后不能给老黄家丢脸啊！"

独在异乡为异客，每逢佳节倍思亲。王开在上海混的不容易，已经三年没回老家。虽说青红阁接纳了他，但是王开也并不像人们羡慕的那般过上了天上人间的幸福日子，一个人常常夜里醒来反省自己哪里有没有过失，高处不胜寒，豪门无坦途，一不小心就会摔得粉身碎骨，搞不好还会累及家人。过去没用功读书，不是他不聪明；现在用功苦读，也不是他能做主。人生只是单向度，一直往前不能回头，在什么山头唱什么山歌，在什么环境做什么事。王云飞一行的到来，激活了王老五的心思，王开才觉得原来自己也是天不怕地不怕的王老五。

开开燃气有限公司，已经发展成了开开投资控股集团，旗下有地产公司、石化公司、服饰公司、影楼、饭店等等。当然，这么大的经营规模，全是黄依依折腾出来的。青红阁的能量还真是不可小觑，底蕴还是很深厚的，再说黄大小姐闹着玩的业务，谁也得给面子，只不过便宜了煤气工王老五。

"这就想家了？"黄依依看着低着头的王开好笑。当年土得掉渣的毛头小子，现在居然有了点秀气书生样，这些年规规矩矩的，还真是个好孩子。

"有点。"王开局促地说，"家里人常说，金窝窝、银窝窝，不如家里的穷窝窝。再不回去，我都不知道自己是谁了。"

"好。"黄依依也有点不过意，这些年把王老五管教的比较紧实，虽然是为他好，但是他的笑声少了，心思重了，有种说不出来的不好。

王云飞一行在上海又待了三五天，这趟差时间有点长，但是刘老板说了，如果真的跟开开集团攀上关系，回去也好交代。

再次来到蓝山小筑，这回是黄大小姐请客。

杨三爷一帮人已经没有心思享受，只想赶紧谈出个合作项目出来回去交差。

刘老板也蹭着一起混进来，不敢乱说一句。

王云飞看到黄大小姐却出了意外。

"你是……黄小依？！"

黄依依也愣住了。

人生何处不相逢。相逢已是陌路人。

"王——云——飞——？！"

"是啊！"王云飞激动起来，早知道王老五的后台老板是他大学同学多好。当年大学上了一大半，王云飞提前毕业回乡去了。怎么也没想到，黄小依就是黄依依。怎么也没想到，黄依依这么有背景。黄小依结婚时他还做过伴郎，只是后来各奔东西，再也没联系过，王老五真是走了狗屎运。

尘封的记忆一下子打开。黄依依与王云飞到一旁叙旧，投资的事情就交给王开和专家组去与车逻招商团队谈了。

开开集团投资车逻五金机械工业园的事宜谈地十分顺利。车逻方提供1000亩园区用地，占股20%。杨三爷、刘老板作为参股方，各占10%。开开集团出资2000万美元，占股60%，全面负责投资建设。

"真没想到，你认了老五做弟弟，你跟我们王家还真是有缘啊。老五也算是我堂弟。真的感谢你照顾他这些年。他不懂事，胆子大，就得你来收拾收拾。"

"呵呵。这么多年了，你没怎么变啊，还是那么有朝气有想法有干劲。想当年，我们真是什么也不懂，尽瞎起哄。还是静下心来，多读书好。王开在我这很好。进步很大。你放心。我这就让他回去一趟，跟你们把投资的事情弄好。今后你有什么事情，也可以直接找我。"

"好！一家人不说两家话。现在一切向前看。发展才是硬道理。过去的事情不说也罢。今后我肯定会有许多事情要麻烦你了。"

"我也帮不了许多。在商言商。只要你们那投资环境好，一定会有大发展的。王开还是要继续读书的。做生意只是做的玩玩而已，钱再多没文化才可怕。你们也要注意不要太急功近利，现在真商人假商人真投资假投资搞不清的，经济活动是个复杂的事情，你也要继续多读书才好。"

"呵呵。说到读书啊，还真是，现在读书无用论大有市场啊，不少小孩子初中上不了就忙挣钱去了，真是没有办法。"

"那可得注意，你也是镇长了，不能只顾着经济，也要关心关心这些事。多说也没用，你在基层干要多想着老百姓。"

"我也没办法啊。这不，招商引资的担子压死人了，经济不发展一切为零，发展上去了什么都好说。唉。"

王云飞也不知道能再与黄依依谈什么，基层的情况哪那么简单，说说而已，协议签到到手才是真金白银硬实绩，车逻开开五金机械工业园要是真干成了，那可是要放卫星的。原本以为这趟差和以往一样要放空炮做假合同的，现在不仅谈了个实实在在的大项目，而且是美元注册的，再说还与老同学重新联系上了，今后的发展真可谓前途光明无限啊。

咱们小干部啊，今天真高兴……

再见了，大上海！

F

杨三爷终于成了土豪：千金散尽还复来，三爷今天号称杨百万。自从上海回来，最开心的还是杨三爷。什么干部不干部的，钞票是真的，有钱能使磨推鬼。他打心眼里其实瞧不起王云飞，为了一官半职想尽一办法，过得不自在不自由。我就是赚钱的，有钱就是狠。王老五不就是仗着有钱人撑着啊，摆那么大的谱，有什么了不起。这些小心思，杨三爷从来没跟人说过半个字，人人都以为他是草包一个，草包就草包，钱到我口袋就行。王云飞有一部分钱一直留在杨三的名下，这几年已经翻了好几番，他可没告诉王云飞现在到底有多少，反正没差王云飞的用项。现在正好合资，杨三爷趁机又大大地扩充了身家，稳稳当当地成为大富翁。人家都叫他杨百万，他心想有谁知道呢，其实自己已经上千万了，低调低调再低调。当土豪有什么好的，要当就当上海滩大老板。

王老五回来成了大客商，这让杨三极其不高兴，也有些不安。当年，王老五出事那会儿，借着帮忙开脱王老五责任的理由，杨三可没少沾王老五的四姐便宜。这些年，杨三也没断了与四姐的来往，王老五不回来才是真正的好啊。现在咋办？谎话说不圆了。讨的便宜吐不出来。

"四儿，老五快回来了，他在上海混出名堂呢，回来当大老板啦。"杨三一回车逻就赶紧约会四姐，先温存半天，再表功说辞。

"算你有良心。"四姐为了弟弟可是豁出去了，当年心急糊涂给杨三上了身，也没断下来，隔三岔五地便宜了杨三，不就是为了弟弟老五能混出头么。

"那，咱俩的事可别让老五知道，他可是二愣子，还记着我仇呢。"杨三最担心这事见光，毕竟四姐有家有小，老公虽然遇了车祸成了瘫子，但四姐里里外外都是一把好手，四乡八邻都夸四姐长得好看心更善，自己名声不要紧，不能害了四姐。

"你说哪呢……你想咋就咋，今后不来往就是了，我可不会攀着你。"四姐心里一紧，不由滚出泪花来。女人就是命苦。人都说杨三花花肠子花花绕，那是他本事，可他这些年倒也没亏待家里，对她也是尽心的很。断了就断了吧。反正，弟弟老五也混出头了，自己苦就苦吧。

说断，杨三还真舍不得。人前人后杨三爷叫得六六同同，甩女人不是甩杨三爷的脸么，睡得就养得，养得就爱得，况且四姐人这么好，难得这么水灵，难得这么体贴，而且四姐这情况是爷们不可能撒手不管的。

想了老半天，杨三狠狠地搂着四姐说："想哪去了，甭以为老五出息了，就想跟我断，是我一天的女人就是我一辈子的女人。"

只是老五如果听到风声会不会闹幺蛾子？

"不如，我送你到上海去，一家三口都去，给你找份好谋生，也给你男人好好治治，小囡在上海也有好盼头。"杨三爷下了下决心，把四姐送到大上海去，说闲话的也找不着人说了，这年头混得好比什么都强，在家里窝着就是话多。

"行吗？你为难吧……"四姐心里踏实些，杨三总算心里有她。杨三女人千千万，与自己无关，只要对自己好就行。

"不难。放心。赶明儿就给你办，老五能在上海混出头，你也行！"杨三打定主意，让四姐作为他的代理人去上海开拓一番。做生意不会，就学呗，人是自己人就好。

说办就办。杨三爷在谈合资合作往来上海之间，悄悄地自个儿出资组建了一个家装公司，而且公司就归四姐了，刚开始先从组织瓦木工做起，慢慢来，随她做多大生意。

四姐大名，王思婕。名字还是上学时老师给改的，户口本上写的是王四姐，后来老师想了想，学名登记为王思婕。

王思婕初中毕业就回家务农了。其实她的成绩只是比中专差了一分，但是可以考上高中的。王老五的四个姐姐个个有个性，唯独王思婕最聪明，也最孝顺。三个姐姐上学上不好，只好认命早早嫁了人。到了四姐儿，本来大家说什么也要让她继续念下去的，不巧老爸患了场重病，三个嫁出的姐姐家家也有本难念的经，王思婕没说二话就干起了农活。

老五上高中时，王思婕招了个夫婿上门。本来日子过得安安生生的，没想到遇上车祸瘫了。后来，老五又去了上海，家里就靠她一人撑着。现在农活都是机械化的多，种田人都出去忙打工挣钱去了，日子倒也轻松了许多。如今，老五混出名堂，家里也不差钱，四姐的心思也起了：这辈子咋过下去？

去上海，就去上海。为了老公能有更好的治疗，为了小囡能有更好的未来，王思婕决定再豁出去一把，闲话让人说去，日子自己过。

王开王老五终于人模人样地回到了老家车逻，投资办厂搞工业园。这些年一人在外没少吃苦装孙子，回家第一件事就是在镇上买了一大幢别墅，把爸妈和四姐一家接进来住。

"什么？你要去上海？"王开听到王思婕说，感到很奇怪，在家好好的，去什么上海。

"嗯。你回来了，爸妈就交给你，我要出去闯一闯。"王思婕不多说什么。

"想好了，一定要去？！"王开知道这个四姐不简单，从小到大最疼他，本来四姐可以上高中考大学的。

"嗯。"

"好。"王开只好答应，别看四姐外表柔顺，其实骨子里倔，"我来安排，好不好？"

"不了。我已经打算好了。自己干，实在不行再找你。"

"好吧。"王开只好答应。

王开现在自顾不暇。生意上的事好办，有专业团队烦神。问题是，老爸老妈催婚了。二十九岁的小伙子，在大上海还年轻得很，在高邮这个小地方不行，在车逻乡村里儿子都十岁了。王老五真的成了钻石王老五了。听说王老五还没有结婚成家，四乡八底的媒婆跑烂了老王家的门槛。

老王两口子也急啊！

抱孙子嘛。

不管你怎么玩，也得先成家生子，古话说"不孝有三无后为大"，再发多大的财没有子女不行。

"这个……这个，我不急，再等等吧。"王开真的不急。他这个年纪，在高邮，在车逻，是找不到年龄相仿合适的。再说，事业刚刚起步，大上海还有一个干姐黄依依不知道是什么情况呢，属于自己的资金并不是很多，还没到开门立户的程度。

四姐思婕一家走了，两老的唠叨落在王老五一人身上，也真是烦，就连找个保姆也一大堆废话。

上海车逻两边跑，王开觉得有点倒不过来时差似的，厌烦腻味。

杨三对王开也有点过分热心，总是介绍些莺莺燕燕，甚至将自己的女儿也贡献出来。

王开在不断地被相亲过程中，逐渐找到一种钻石王老五的感觉。这些小美女，一个个尽往怀里钻，恨不得谁能先生上一子半女的，让老王两口子看在眼里乐在心里。

时间过得越来越快。

三五年时间，车逻上海五金机械工业园成功投产达产，一下子跻身全市特色工业园前三强。王云飞副市长站在香江双子楼最高处感叹：高处不胜寒，人生得意须尽欢。

开开集团虽然做得很大了，但是黄依依突然觉得索然无味，把公司全都给了王开，自个儿决定移民瑞士，结庐阿尔卑斯山下。

一晃又过了三五年，杨百万说垮就垮，一夜之间，现金流断裂，投资房地产失败，瞬间债台高筑，四债临门，催债催命，十面楚歌，妻离子散。落魄之下，王思婕从上海回来，帮他还清了欠债，带走了杨三。

一子落错满盘皆输。新形势下，功是功，过是过，功不抵过。王云飞竞争市长位置失利，随同杨百万的债务危机爆发，他也被纪委带走了。

此时，车逻镇已经撤了，改称城南经济新区，上官庄也已完全变了模样。送终二老后，王老五真有种找不着回家的感觉。

想了好久，王老五还是决定移民出国，抛却一切顾虑，跪在黄依依面前："嫁给我吧！"

妈妈，我爱你

高邮是个好地方。

好在出美女。

美女是我妈。

妈妈，我爱你。

"妈——我回来啦！"

"妈——我回来啦！"

"妈——我回来啦！"

"妈——我回来啦！"

我们四个孩子每天回家进门第一声就是这句："妈——我回来啦！"

今天，好不容易，定居加拿大的四妹回来了，北京、上海、南京的仨也就一起回来了，一个个进门就是一句："妈——我回来啦！"

本来，我们四个姐妹约好要留一个在高邮陪着妈。我们和妈妈做了个游戏。四人背对背写纸条，交给妈妈。结果，写的都是自己名字。个个抢着争着要留下来。没办法，妈说抽签吧，三个走一个留。可是，妈妈却使了坏，四个纸条都写的"走"。

妈妈说:"你们有多远走多远,有多高飞多高,妈开心!"

老大,张雪梅在北京。

老二,李若兰在上海。

老三,我,赵菁竹,在南京。

老四,王紫菊,最聪明,读了文学博士,在加拿大刚刚结婚。这次回来,带了个洋女婿来上门。

今天的小院子喜气洋洋。大红对联。大红贺乐。大红双喜。大红灯笼。大红新娘。

四妹紫菊,拉着姑爷约翰,规规矩矩跪在门前。

妈妈不让跪。妈妈从来没让我们跪过。

今天,我们要跪。

我们一起跪。

当然,四妹先行跪礼。

我们结婚时也给妈妈行跪礼。

"妈——妈——好——"

洋女婿一声洋腔,让我们本来掉而未掉的眼泪水,一笑,笑出了眼眶。

"好!好!好!"

妈妈连声说,边说边塞红包。厚厚实实。一人一个。

"妈妈!我爱你!"

四妹紫菊性格孤僻,很少多话,不善言辞。今天声音特别大,响亮,绷脆。喊完,就埋在妈怀里哭。

二姐若兰,不乐意了,说:"哭啥,妈最惯你。"

说着,二姐若兰也给四妹一人塞一个红包,给妈一个大的,抹了一把眼泪水。

虽然现在电子汇账很方便，但是我们还是喜欢封成红包给妈妈，每年至少一次。我们说好的，小时候，妈妈给红包我们，现在我们要给红包妈妈。

妈妈家在高邮北门大街小巷深处。是高邮少有的四合院。院外挤挤夹夹，院内别有洞天，院中还有口古井。房客来来去去，有住着不走的，有霸道强占的，也有无处可去的。经过了几十年，终于落实政策，四合院属于妈妈家的了。

妈妈的故事说也说不完。可是妈妈从来不跟我们说。我有记忆时，妈妈就一个人。我只知道妈妈很美，名叫乔宛容。还是我入学时，看到妈妈一笔一画写在家长一栏的。那么清秀。那么飘逸，那么端庄。像妈妈一样好看的字。那天起，我就决心要写一手好字，像妈妈一样好看。

我一直以为妈妈就是我妈妈。可是，终于有一天我知道了，我不是妈妈亲生的，是妈妈路边捡来的。那天，我才跟妈妈分手进了校门，就有好多摄像机对着我，问我这问我那，我什么都不知道，我只知道天塌了：我没有妈妈。妈妈不要我。我不是妈妈的孩子。我是没妈的孩子。我的脑子混乱极了，恍恍惚惚的，放学后不知道往哪回。寒冬腊月，冷风刺骨，我蜷缩在高邮二桥桥洞下，好冷好冷啊，看着滚滚而去的运河水，我不知道要到哪儿去，我不知道我从哪儿来，我是谁？！妈妈，你在哪里？！

"菁竹——菁竹——"

漆黑的夜，寒风中飘来妈妈的呼唤声。

"三儿——三儿——"

姐姐妹妹也在喊着我的小名。

我是天不怕地不怕的"赛小伙"三儿！我是威武不能屈、宁折不弯的赵菁竹！

可是我真的很害怕。你们喊的不是我。妈妈唤的不是我。我是谁？！

电筒光胡乱地照过来，晃过，晃过，定定地照着我了。

是找我么？我是赵菁竹么？我是三儿么？

"傻孩子，快，到妈怀里来。"妈妈一把抱着了我，一点不嫌我身上全是泥浆。我想下河的，可是不敢，害怕，我怕死了也不知道自己是谁。

"妈——"我平生只哭了这么一次，"妈——你是我妈吗？"

"傻孩子，当然是。你是我的三儿。"妈妈紧紧地抱着我，裹着厚厚的羽绒服，让我发麻冰冷的身子热乎起来。

"大姐、二姐，你们是我姐么？"我抽泣着弱弱地问，"四妹，你是我的妹么？"

妈妈再也没想到平时很大条的我，受不了这么个刺激，抱着我睡了好几夜。听说还到学校里吵了一架，把我调到别的学校去了，再也不准什么记者七七八八地来采访。

我们是一家人。

妈妈，我爱你。

看着四妹紫菊抱在妈妈怀里，我也要上去抱着妈妈。

"妈妈，我爱你。"

"三儿，你没事别添乱，不要咋咋呼呼的，快去帮忙。"大姐雪梅经常这样说我，拉我进屋赶紧帮忙张罗张罗。

打小我最喜欢腻味着我妈，成天像个小喜鹊喳喳个不停，也是个闯祸精，不是打翻酱油，就是打翻醋瓶。有次过年三十晚，家里好不容易积攒下来的鸡蛋，我一拉抽屉，拉大了，全部打在地上，满地破碎的鸡蛋。我还咋呼地喊:"妈,鸡蛋碎了,全都碎啦——"害得妈妈哭笑不得,姐妹们个个怪我毛里毛糙不长记性。

雪梅姐,是个好大姐。家里姐妹们,除了听妈的话,最怕大姐雪梅。孩子们的衣服,平常人家都是"新老大,旧老二,补补纳纳给老三"。而我们,大姐总是穿我们的旧衣服拼凑成的百花衣。她总是说:"买你们的衣服,小,省钱。"有好吃的,大姐总是第一口给妹妹吃,先是二姐享受这个待遇,后来是我,再后来是四妹。有了四妹,我可馋了,经常迫不及待地尝上第二口,第三口就没了。于是,二姐经常跟我闹不高兴,大姐千般万样给我们拉架,四妹不说话就也不肯吃第一口了,惹得我里外不是人,闹腾间美味的棒冰都化了。唉,我就是一个淘气鬼、赛小伙。

闹归闹,我们四姐妹可从来没红过脸。我们经常猫在一起咕噜咕噜什么的,不是想法子让妈妈多吃一点,就是给妈妈打扮打扮。我们要给妈妈找个伴,让我们有个爸爸。"爸爸"们来了又去,有恶狠狠的,有软绵绵的,也有不吱声的……就是一个没有成功。

"你、你,你来干什么?!走,给我走!"有次妈妈发起了大火,硬赶着一个很帅很帅的"爸爸"走。

"宛容,我错了,再给我一次机会吧……"高大个子一个劲地说,就差跪了。

高大个子,长得很漂亮。眉清目秀。妈妈你就原谅他嘛,这家伙当个爸爸蛮好的,帅气威风,有知识分子的味道。

"高祝义,我告诉你,不可能!请你不要再打扰我的生活!我现在过得很好!"妈妈难得发脾气。

原来高大个子,叫高祝义。好像在电视里看过。不会是个大干部吧。对了,到我们学校讲过话,是个什么常委,什么部长。肯定是个大干部。那么多校长、那么多老师围着他转，还亲切地问过我："这位同学，冷不冷呀，学校食堂伙食好吧……"那天，我正运动的满头大汗呢，你说我冷不冷啊？不就是衣服穿的单啊，你们是洋大皮衣，我是旧校服而已。哼。我都没爱搭理。一旁的校长老师们好尴尬，说什么我是哑巴，不会说话。他们这群人刚转身，我就大声唱道："明天的太阳、明天的太阳……"寒冬腊月大阴天的，太阳没影子好多日子了，真他的冷！吃饭去。我一溜烟就跑到他们前面去了，上去就插队，只打饭不打菜，在免费汤缸里捞起一点点肉末末菜心心，大口大口地扒饭，呼啦呼啦地喝汤。惬意。我爱学校。饭五毛，管够。汤不要钱，尽喝。但是得抢先，迟了就没了。没想到第二天，学校还给我发了张饭卡，可以打上两素菜一荤菜。校长、班主任还三番两次找我："菁竹——同学，你可以写封感谢信给高部长，你应该写封感谢信给高部长。"烦人呢。我最怕写东西。结果，老师们写好了，要我抄一遍："敬爱的领导，万分感谢您的关心关怀关爱……"敬爱的领导居然回信给我。字好好漂亮。跟妈妈写的差不多。可是拿回家，妈妈看了一眼就扔了。原来妈妈与高大个子有故事啊！听听，再听听，俩在吵什么。

"你走你的阳关道，我走我的独木桥，咱俩不可能再回头。"妈妈斩钉截铁地说。

"当年不是没办法嘛。你家条件不好。我又给家里逼着与你家划清界限，那边厂长又来催，不娶他姑娘我就到老八远的横泾乡里去了。"

"你不是很好嘛，回来干什么。"妈妈真不想多说，直接要关门。

"我现在自由了！我可以补偿你！"

"补偿？有多远滚多远。滚！"妈妈狠狠地关上门。

戛然而止。

高大个子一脸灰尘，跌跌跄跄。

瞥了我们仨一眼，欲言又止。

我们仨面面相觑，吐吐舌头，不敢啰唆。

我们仨从来没有看到妈妈发过那么大的火。

"哦、哦、哦，不哭、不哭，四儿不哭，妈妈抱……"

熟睡中的四妹突然炸哭起来。

四妹紫菊刚刚来到我们家，才三岁，长得特别羸弱，小巴巴的。妈妈最惯她，成天抱在手里，什么好吃的都给她先吃，馋死我了。

"妈，小孩子是从哪来的啊？"我常常问妈。

"当然是妈妈的肚子里啊。"妈妈不厌其烦。

"妈，我从哪来的啊？"我一直很纠结。

"当然是妈妈的肚子里啊。"妈妈不厌其烦。

"你是我妈妈啊？"我总是不自信。

"当然是啊！"妈妈不厌其烦。

时间长了，我也不再问了。

妈妈，是我妈妈。这就够了。

虽然没有爸爸。也没什么要紧。

我们四个，保卫妈妈，爱护妈妈。这就够了。

妈妈家以前开丝绸厂，缫丝、练丝、绎丝……抽丝剥茧，织帛成锦，如绸如缎。妈妈最喜欢手工做蚕丝被。煮茧、剥茧、上套、晒棉兜、破口、齐铺子、撕铺子、铺芯、铺芯检测、上面子、绞口……三五天就能做成一条。

妈妈特地带我们到八里松去看采桑养蚕。

巴金的《春蚕》里说："我们家门口有几株桑树。春天一到，桑树刚发出新芽，母亲就照例拿出几张蚕种来。每张蚕种不过一尺见方，上面布满了比芝麻还小的褐色的蚕卵。等桑叶长到榆钱大小的时候，蚕种上便有许多极小极小的蚕在蠕动。蚕的生命就是这样开始的。"

原来丝绸是这样来的。蚕宝宝刚刚孵化出来时，像蚂蚁那么小，黑点点，难看呢。蚕匾里，铺满了桑叶，不断地"沙沙"响。小蚕子在不停地吃，吃着吃着变胖变大，胀大了就蜕皮，不吃不动，蜕一次皮增加一岁，三天蜕皮一次，四次蜕皮之后，蚕宝宝就开始吐丝结茧，化蛹成蝶。不过绝大多数蚕蛹没有机会破茧而出。雪白蚕茧收购回来加工。妈妈说，做蚕丝被，要挑双宫茧，两蚕一茧，质量最好。双宫茧好就好在一丝三十孔，制成的被子保暖性和透气性都好。难怪我们睡的那么舒服，那么香甜。

工厂给没收充公后，妈妈家就很少做手工蚕丝被了。大多抽成丝就卖到杭州去，赚个零头钱。

妈妈最喜欢穿旗袍。自己做。偷偷穿。好看极了。

妈妈说："等你们出嫁了，妈给你们做。"

我们不要出嫁。也要穿旗袍。

我有记忆的时候，好像爷爷奶奶就不在了，这绝活，就妈妈一人会。妈妈写了一本书，毛笔小楷，清秀工整，自己线装。大姐说她看过，只是给高大个子骗去，再也没回来。许多年后，妈妈说："没了就没了。算了吧。"

大姐雪梅其实只比妈小十来岁。妈有好多故事，她都知道。就是不说。说也三言两语。

1972年的一场雪。妈在雪堆里，听到一阵哭声。是大姐。

那天，妈妈正准备蜡梅树下寻短见。高大个子趁爷爷奶奶刚去世，骗了妈的身子，骗了妈的蚕书。

十七八岁的妈妈，抱着襁褓里的大姐，捡起一枝落梅，回家。第二年，二姐出生。随爷爷姓李，洁爱若兰。

妈妈从来没说过什么亲生的、抱养的，都一样，都是妈的孩子。

我是1976年妈妈在路边捡回去的。那时我一人在街上要饭。大人看高邮地方不错，善心人多，就把我丢下走了。我一人在街上要饭，边哭边要，后来不哭，拦路要饭，敲门讨饭，成了人见人厌。

终于有一天，妈妈看到我，一个脏不拉叽的小女孩，几个月没洗澡，衣服破破绽绽的，走路疯疯傻傻，没来由地心一软，暖暖的手握着我的冻疮手，带进了乔家大院。

我有了家。我有了妈。

四妹紫菊，是扔在福利院门口的。先天性心脏不好。家里人没钱治。又是女娃娃。扔给公家。公家也不敢收。围了一大帮人。妈妈路过。抱了回来。后来了为给四妹落户口，还费了老大神，说什么妈妈不够收养条件。为了四妹，妈妈找到高大个子。高大个子这才知道妈妈这些年过的什么样。

"过去就过去了。"有一年，七老八十的妈妈，老神叨叨地说，"祝义也不容易。"

这一说，让我们所有的恨，都不知道怎么说，有的，只有爱。妈妈，我爱你。

高大个子不知道李若兰是他亲闺女。

二姐若兰也不知道她有个当大干部的爸。

妈妈不准我们说。这是我们家最大的秘密。

还是二姐若兰上高中时患了一场大病，需要输血，正赶上妈妈也患了肝炎不能输血，不得已，妈妈吩咐我和大姐去找高大个子。

"高叔叔好，妈妈叫我们来求你个事。"

"哎呀，快坐快坐。"

"不坐了，妈妈还等您消息呢。"

"啥事？"

"救人。"

"二姐若兰要动手术，需要输血，医院找不到匹配的血型，妈妈说找你试试。"

"我试试？我行吗？"

"你行的。妈妈说行就行。"

"她怎么不来找我。"

"妈妈也病了，肝炎，不能出来。"

"宛容也病了？！"高大个子一听急了，"我去我去。"

说实在的，这个高祝义人真不错，急公好义，有情有意。妈妈要是肯原谅他就好了。若兰手术非常顺利，恢复也很快。妈妈也康复了，但就是不松口。

唉，不说高大个子了，还是说说乔家大院吧。今天的乔家大院格外热闹。借着四妹紫菊回门之喜，"妈妈之家"正式挂牌啦！

什么情况？

你们不知道吧，我们的妈妈自从我们离开高邮之后又收养了三五个留守儿童，当起了市妇联倡导的"社会妈妈"。三五年下来，与妈妈一期的"社会妈妈"又组建了"妈妈之家"志愿者协会，今天正式挂牌。今天来了十多个"社会妈妈"，二三十个孩子今天一起聚顿大餐，乔家大院可忙活了，左一声"妈妈"，右一声"妈妈"，热乎乎的不得了。

四妹紫菊一进门，就给一个"妈妈"拖着左看右看，一会儿笑一会儿眼泪水直流，就是忍住不哭出声来。

这个"妈妈"，叫王春花，我们熟悉，打小就来乔家大院帮忙，算是我们妈妈请的帮工。平时在外面打工，休息就在乔家大院帮忙，对紫菊最为热心。后来，妈妈工厂下岗，开个面店过日子，王春花也来到面店打工，一并搬进乔家大院住，里里外外都是个好帮手，时间长了我们就叫她"二妈"。

"二妈，我也爱你！"四妹紫菊也是春花手心里的宝，打工的钱也都交给妈妈替紫菊看病了。

四妹紫菊能活下来，健康地活着，还真不容易。

约翰说："我爱你！不生孩子也没关系！我爱的是你！"

就凭约翰这一句，四妹紫菊发誓不嫁的堡垒瞬间瓦解了。妈妈也同意，我们更支持。有了约翰的爱，四妹紫菊更开心，人也开朗多了。管他是什么外国人，只要你们相亲相爱，都是地球人，我们一家人。

今天，乔家大院喜气洋洋！

"王春花，你出来！"院外突然一个大喉咙喊啷啷的，吓人一跳。一个大汉，把院门拍得咚咚响。

二妈听到声音，顿时恼火了，拿起拖把就去打。

"你来闹什么？！你还没害我们害够吗？！"打着说着，春花可急了，拼命地赶这个大汉往外走。

"我来看我姑……娘的……"大汉话没给说完，我们也没听得清，春花就拼了命一直把他打出巷头。

这个大汉也真无赖，一把年纪了，胡搅蛮缠。站在巷子口大声喊道："姑娘是我的，我是她老子，别以为嫁了老外，就不认老子！今天不说清楚，没门！"

小巷子一下子围上许多人，七七八八地说三道四。

我一看也火了，上去就理论："你说什么呐！有事早不说，现在才来认姑娘，扔孩子的时候你在哪里！有多远滚多远去！"

妈妈宛容性子耐和，也出来看个究竟："不要吵了。大哥，有事屋里慢慢说。"

"大家都散了吧，今天我们乔家大院有喜事，大家吃喜糖。"妈妈宛容撒出一大圈喜糖，街坊邻居们也都散了。

这个大汉倒好，进了院门居然号啕大哭起来。

"闺女啊，不要怪老子啊，不是要扔你，那时咱没钱给你看啊……"

二妈春花一边停住抽泣，一边讲给我们听。

原来，四妹紫菊是春花的亲闺女，大汉王大明真是她爸。当年的事说起来都是泪。为了闺女，春花与大明闹离了，一人悄悄跑到乔家大院，默默地陪着紫菊长大。

这个剧情有点太复杂，更有点太刺激，四妹紫菊一下子听不过来当场就晕了过去。

那年那日，王大明、王春花夫妇从医院抱着小紫菊出来，已经绝望，先天性心脏病治疗费用至少10万元，这对于种田人来说简直就是天文数字。实在没有办法，看着小脸蛋紫一会青一会，春花几欲与小生命一起跳进大运河。幸好有人说，不如放到福利院门口去，让公家收了，才有活着的希望。从凌晨等到中午，春花看着宛容抱走了孩子，一路跟到乔家大院。打那以后，春花就想方设法靠近乔家大院，融入乔家大院，再也不理睬王大明，最终离婚，一人来到高邮城里打工，默默地一同看着紫菊绝处逢生、健康成长。

"大兄弟，你今天说来认姑娘，是真认还是假认？"宛容妈妈很是冷静地问。

二妈春花连忙插话："别听他瞎闹，别理他，他就是来讹钱的。"

确实，王大明不胎气，离了婚再也没找着老婆，好吃懒做想发财，特别是春花到城里打工后经常来骚扰一两个小钱，醉生梦死。

"真认咋啦！？"王大明还真胡闹上瘾了。

"真认，那就得把这些年的钱结下，不多，就医疗费18万，其他的你再问你姑娘，愿不愿回去。"我们妈妈可真拿得住这家伙。

"钱？我哪来的钱，我还要她给我钱呢。"王大明咕咕嚷嚷地。

"哎呀，不好啦，紫菊又犯病了，你这个老爸，快给钱去看啊！"我在一旁埋汰起来。

这个老东西，一看，原来还是老病伢子啊，算了，走。

见势不妙，脚底抹油。

"你个老东西，死不要脸，我呸呸呸……"春花可急了，扔起一块砖头就砸，砸起一尘的灰土溅在狼狈的背影上。

"菊儿啊……别吓妈啊！"回头一把抱着紫菊，春花哭得泪花直溅。

"妈……妈，别怕，没事，息会就好，我已经给紫菊吃药了。"约翰在一旁笨拙地说着，"紫菊只是激动地晕了，心脏没问题的，健康的很！"

妈妈宛容淡定多了，从小就没给紫菊少惊吓过，所以惯得很，什么都迁就她，基本上不怎么让她帮忙做家务，安安静静地看书就行了。紫菊打小就养成了喜静怕动的习惯，读书厉害得很，愣是精通英法德日意五国语言，专攻比较文学，在加拿大获得文学博士，喜欢那里的安谧，便留了下来，与约翰居家过日子。约翰是医学博士，特地为紫菊攻读的心脏学科。我们还真是羡慕他们俩。

二姐若兰喜欢四妹紫菊的安静脾性，也最见不得人哭。

"甭闹了，安静点，让紫菊休息一下。"若兰二姐拉着我，"就是你会瞎折腾，少添乱了。"

雪梅大姐扶起二妈春花，劝慰着："二妈，别伤心。现在你们娘俩也算相认了，今天喜上加喜，高兴才是，不开心的事不要想了。歇一下，等紫菊缓过来，你们娘俩好好说说话。"

二妈春花抹干泪花，抱着紫菊进里屋睡下，看着陪着，喃喃自语着："孩子，别怪你妈啊……也别怪你爸，命呐。"

"就你会瞎胡闹，这么大了，咋咋呼呼地，得改。"宛容妈妈数落着我，"快去帮忙，别添乱了。"

"好咧！"我是出了名的没头脑，呵呵。

一转身，我又忘记妈妈的话了，继续乍乍乎乎地："哎呀，高叔叔来啦！"

"妈——，高叔叔来啦！"自从高大个子救了二姐若兰，他来乔家大院我们几个也不好拦，真是脸皮够厚的。

"别喊啦，我自个进去，今天这里这么热闹，可不能少了我啊。"高大个子仗着个子高，经常顺势摸下我的头，刮下我的鼻子，哼。

"早点不来，刚刚闹腾过，你呀，总是马后炮。"我吞了吞舌头。高大个子在乔家大院算是跟我最没规矩，能轻松地多说几句，遇到宛容妈妈和二姐若兰，就大气不敢喘一下，真没用，不胎嗨。不过，在我的心目中，形象还是蛮高大的，男子汉大豆腐就是要拿起放得下，知错就改善莫大焉。

"来啦。"宛容妈妈微微点下头，虽说不松口，也没多反对他来。常客了，也就随他。

"嗳。"高大个子笑呵呵地，"今天真热闹，我来凑个数，沾个喜气。"

说完，高叔叔就像跟屁股虫子一样，围着宛容妈妈转，转着转着就盯上了二姐若兰。到底是亲生的，天然亲近，二姐若兰再大的脾气、再多的委屈，见到高大个子就没了。还是血脉相连好啊！

"叔，来啦！"若兰看到高叔叔就开心，每次高叔叔都能变出花样来逗乐，"今天啥名堂？！"

若兰手一伸。

高大个子还真有备而来。

故作神秘状:"猜猜看……"

"好吃的!"

"再猜。"

"好玩的!"

"再猜。"

"好看的!"

"再猜。"

"不好吃、不好玩、不好看的……"

"哈哈哈……"高大个子开心得不得了。

俩人老是这样玩把戏,乐此不疲,有意思么?!

梅兰竹菊,四块玉牌。

高大个子亲手做的。这手艺还真是没话说!

"来、来、来,一人一块。"

"哇、哇、哇、哇。"我们一个个好开心,"高叔叔好,高叔叔棒,高叔叔杠杠的!"

宛容妈妈一旁看着,心里乐,嘴上不饶人:"哼,就知道骗人。"

看到紫菊也开心起来,二妈春花也高兴,一旁衬着宛容妈妈说:"还别说,老高特喜欢孩子们。好人呐。"

"高——叔——叔,您好!"洋姑爷约翰也上来见礼,"我也有吗?"

"有。"高大个子神了,变出一支毛笔,"送给你,这可是我多年的宝贝。"

我最想要,一直没捞到,唉,便宜约翰了,崇洋媚外。

高大个子书法也不得了,典型的高邮才子。要不是一时不得已,走了岔道,恐怕早就成大文豪了。真是好好一段郎才女貌美满姻缘,给那个年代折腾变了样。大家心里也都揣着明白装糊涂,就是不说破他们仨的关系,不明不白也算是开开心心。其情期期,其智昏昏,其乐融融。

"也有你们母亲的。"高大个子不好意思给,塞给若兰。

一坠带着体温的玉佛。通灵碧翠。神态可掬。活灵活现。

"妈啊……你这个最好!"若兰嗔笑着说,"高叔最偏心啦,来,我给你戴上。"

"别、别、别,别跟他个老头子闹腾。"宛容妈妈有点手足失措,"真是的,又不是小孩子了,哄谁嘛。"

我们可是真起哄,七手八脚给妈妈戴上,还真是好看。

妈妈身上有佛光。

妈妈,我爱你。

"咣当!"这一声,又吓着我们了。

门外又出现一个奇人:

拎着黑皮箱,推开大门,进来就跪,磕头不止。

这又是咋了啦?!

"喂、喂、喂……"我可不饶人来捣乱,上去就咋呼起来,"有事说事,别演戏!"

"闺女啊,原谅爸妈吧!"后面跟进一个老婆娘,上来就拉我着一把泪一把涕。

什么情况?!

今天乔家大院状况多,接二连三上演认亲大戏啊!

"你谁啊?谁是你闺女!"我可不含糊,骗人蒙人老远去,想跟我认亲，没门！

"宛容妈妈，谢谢你，谢谢你，就是她，俺闺女！"这个大汉还来真的了，呼啦一下打开黑皮箱，哗一下全是钱，"这些年日子终于好上了，这闺女当年多亏您收留，俺们也是没办法啊。"

说着说着，老两口齐声号啕大哭。那个伤心啊，看上去不是假的。还真是我爸妈。

可是，我没半点感觉啊！

孩子不是你说扔就扔，说认就认的嘛。

"对不起，我没有爸妈！"我犯起犟来，十牛百虎拉不回头，"妈啊，让他们走，我不认识他们！"

宛容妈妈也犯难了。

高大个子到底当过大干部，见过大场面，上前说道："来者都是客，今天我们乔家大院办喜事，进来喝杯喜酒可以，其他事明天再说。"

好一阵尴尬。

老两口怯生生地进屋坐下。

我扶着我妈，生怕妈不要我啦，丢给个什么也不认得的路人甲乙。

忙活半天的雪梅大姐，见状便拉开我，几个小的到一旁说说话，也让几个老的慢慢说说话。

"什么人嘛，不认，肯定不认，我就我爱我妈妈。"

姐妹们再怎么劝，我高低高坚决不同意。

"再说，谁说谁认去！"我可上火了，"就你没爸妈，你去认！"

我的话不知轻重，大姐雪梅愣是给我说地哭了起来。

这么多年，没见大姐哭过，我顿时慌了！

那年，妈妈下岗，大姐也辍学回来帮妈妈摆地摊。

擦皮鞋。捡破烂。贩服装。赶集市。

什么活，大姐都干，起早摸黑，就是为了不让妈妈多受累，不让我们几个多受苦。

妈妈不同意，她也要去学理发美容。

妈妈不同意，她也要去大城市打工。

妈妈不同意，她也要一五一十上缴。

妈妈不同意，她也要扛起养家责任。

"大姐……我错了，不要哭了嘛！"我真是没心没肺，好好的，认什么爸妈啊，我们一家子过的蛮好！

"不认就不认，今后，谁也别说，你们都是我闺女！"宛容妈妈听到大姐哭声连忙过来，边说边揪我耳朵边，"就你最调皮！看我不收拾你！"

我愿意！

妈妈，我愿意你收拾我！

妈妈，我爱你！

三轮车夫二憨子

谁说二憨子真憨，你就错了。

谁说二憨子假憨，你还错了。

——题记

通常说可怜之人必有可恨之处。可是二憨子不一样。他一点也不可恨只有可怜至极。他一出生智力就有些不正常。刚刚上小学，妈妈爸爸就出了车祸。爸爸当场完了。妈妈硬撑着一口气，跟二憨子见上最后一面，说："二啊，娘知道你知道。我说的你都得记住。我再说最后一句，遇事别吭声，吃饱肚子就好。"二憨子还不知道怎么回事，以为大人睡觉玩的，过些天就会醒来。不过这次睡觉很好玩，先是盖的白床单，后来穿了新衣服，还吹吹打打的，要自己磕头，捧画像，结果还送到火里玩，一溜烟，捧着两个盒子回家。爸妈睡在盒子里了，还要埋到土里去。这次可能要睡得时间长些。总是会醒来的。就像自己常常睡得迷迷糊糊的想醒却醒不来，可能爸妈现在就这样，还是让他们多睡睡吧，太累了太苦了。二憨子天生无忧无虑，不言不语，开心地过着每一天。

二憨子还有个哥哥。比他大20岁。二憨子是老来子，是大哥参军牺牲后，政府照顾养的二胎，尽管智商有问题，但是老两口子特别惯。大哥的抚恤金一分钱没动，全留着给二憨子娶媳妇。当时可是一大笔钱。可惜放在家里十年二十年，不值钱了。等到二憨子结婚时，还不够摆酒席。二憨子还不肯拿出来用。说："这是我哥的钱，他要回来的路费，不能用了，用了哥就回不来了。"原来，这是二憨子妈告诉他的，生怕他乱花，就说这是哥的盘缠钱，哥总有天用这钱坐火车回来的。大哥是消防兵。火里来，火里走。在一次大爆炸中，拎着灭火器就向前冲，一下子就炸没了，连影子都找不到。所以，部队只送回一笔抚恤金，放在盒子里。二憨子自从爸妈也在盒子里后，天天望着盒子，心想，他们仨在盒子里会是什么样，在一起是不是天天傻笑着呢。妈说，一定要满脸笑，伸手不打笑脸人，做事做得再差些，只要满脸笑，老板总不会生多大气的。老师也不会生气的。二憨子上学，除了笑，啥也不会。考试，就在试卷上画个大的笑脸。老师们哭笑不得，还得给他画个大红花，再画个五角星。二憨子一个军礼敬得有板有眼，说："首长同志！保证完成任务。"这话也是二憨子听爸妈常说大哥的一句话。认真地说完，二憨子就跟老师傻笑半天。老师无可奈何，也爱莫能助，只能动员同学们多多照顾他一点。

二憨子没了爸妈，吃饭成了大问题。还小，不会自己烧。家也是三间旧屋，民国时期就是这样子，一直没翻建过。其实，民国的时候，二憨子家是个大大的几进几出的深宅大院。中华人民共和国成立后，二憨子爸妈家搬出大院子，住在三间柴房里，也还算结实，能遮风挡雨。后来，老大刚刚初中毕业，就送去参军，差点入不了伍，还是找的当年捐款的部队老首长，才破格当个消防兵。

没饭吃，是个大问题。妈妈说的，遇事别吭声，吃饱肚子就好。二憨子不知道是不是要说自己没饭吃，他不知道要不要说，可是吃饭的问题总得解决。居委会大爷大妈们热心肠，在帮助二憨子处理好爸妈后事后，一琢磨，还真是大问题。四处找找，找到了一个来到高邮踩三轮车的梁大爷，正好没地方住，也吃得苦，索性与二憨子一起住，也好有个伴。梁大爷无子无孙，在高邮讨生活，一来就不走了。他逢人就说高邮好哇，鱼米之乡，吃喝不愁，车子踩出去转一转，早饭、中饭、晚饭钱都有了。他踩的趟数也不多，够一天吃喝就不踩了。所以，老梁到高邮能扎下根。不像有的二愣子，一天踩满了，没三天就给老车夫们赶走了。有饭大家分着吃，是高邮三轮车夫们不成文的规矩。老梁听到居委会跟他讲这事，开心得不得了，有车踩、有饭吃，现在还能混到一个大头孙子，好事！美事！最想的事！老了，一天到晚，没个人说话，寂寞啊。苦那么多钱干啥。今朝有酒今朝醉，高邮生活真心美。现在还有一个大孙子，将来还会子孙满堂，等到那一天，有人烧香磕头，够了，人生圆满了。

"二啊！梁大爷，是你爸的爸爸的亲戚，从今往后他和你一起住，一起饭。"

"哎！好、好、好！"

二憨子高兴地笑着合不拢嘴。谁也没看出与平时笑的不一样。二憨子坐过老梁的车。知道他是外乡人。可是，老梁从不坑他，一元钱就是一元钱，有次两元钱还退了给他，不像有的车夫故意拿他开涮，拿了两元钱还说是五角，再给一张。二憨子常常，只要兜里有，笑呵呵地再给一张。你说他傻不傻。明明知道是骗他，不吭声，还再给。妈妈说，人家肯定有难处，不好意思，骗你个傻宝宝，不会被发现。二子啊，对，就要这样，别吭声，钱、妈这有，二子啊妈就有你一个。

所以，二憨子上学、上街，再走多远，实在记不着路了，也有人送他回家。好几次，他累了，就躺在地上，才躺下就有三轮车夫来带他，还不要钱。高邮城里的三轮车夫最喜欢带二憨子。因为，二憨子坐在车上高兴啊，笑个不停，有时还能唱首歌。就是一句"郎的郎的个郎……"还能唱出不同的腔调、节奏，还会拍拍手。三轮车夫们看看二憨子这么开心，一天的烦恼也就烟消云散了，送完他回家，几个哥们喝酒去。一两花生米，两块猪头肉，三两小浊酒，四五个老朋友。就街而聚，席地而坐。说，今天是二憨子请的客，少点，意思一下，喝完回去烧饭。几分钟胡吃海喝，鸟兽状散了，赶紧回家烧饭。

"爷！爷！爷！好！好！好！"二憨子一声叫，老梁那个心头热火啊。好孙子。虽然傻了点，但是实诚。今后，咱爷俩就相依为命吧。来，今天烧饭，想吃什么？

"鶸！"

"什么？"

"鶸！"

"好吧！"老梁也逗乐了，这家伙还知道鶸。只好答应，安排好家里的事，赶紧到湖上去找，运气好不花钱，逮着三五只更好。

老梁请二憨子吃过一次鶸！俩人连骨头都吃了。那个美味，一辈子难忘。今天是个好日子，吃鶸不过分，应该吃鶸。正是桃花鶸上市的时候，一年中最好吃的鶸。

"妈，俺有个爷了！"二憨子睡觉前，总是先跟妈说两句。二憨子最怕爸。爸经常打他，说他不如哥，打着打着就哭了，说不如哥的好！二憨子就给爸打闷了打蒙了，到底是说我好还是不好嘛，叫人咋子做哟。只好傻傻地笑。妈说的，伸手不打笑脸人。打着打着，果然，爸就哭了，他不好意思打我了。耶！嘿嘿嘿……爸，今天再给你打一顿好吧，你们的房间给老梁头睡了，今后我们要一起住、一起饭了，你们不会生气吧。老梁头勤快呢，家里一点灰尘、一点泥巴都没有。等你们醒来，家里还是干干净净的。你们就跟我睡吧。爸妈，哥在那里还在火里来火里去吗？你们在一起说什么呢。今天吃的啥啊？我吃的是鸡。吃饱了。睡。明天，上学。"郎的郎的个郎……""郎的郎的个郎……""郎的郎的个郎……"就这样，睡着了。

上学，是二憨子最开心的事。学校好啊，成百上千的人陪你玩，各式各样的人逗你乐。二憨子喜欢上学。一个班上四十多人，各有各的玩意头，就连女娃娃的辫子都不一样，花花衣花花辫子。中午在学校睡午觉，二憨子睡醒了第一件事，就是把同桌女同学的脸上画个大花脸。好玩。继续睡。大家都睡醒了。没人承认是谁画的。也没人看到是谁画的。看到同桌女同学哭个不停。二憨子傻傻地笑。忘记了妈说的别吭声，居然大胆地说："俺！"老师一听就笑了，说："你会画吗？这个大花脸，像只小花猫，栩栩如生呢，肯定不是你。那个会画画的站出来，我就知道是你！"二憨子只好悻悻然坐下，冲着那个会画画经常欺负他的同学傻傻地笑。

二憨子上学最轻松。上课不好玩还可以睡觉。下课也不用写作业。后来，连练习试卷也懒得发给他，怕浪费。也不用上什么竞赛班、补差班、兴趣班，随便他，想到哪个班就哪个班，也不收钱，只要不捣乱。二憨子心里乐啊，傻有傻的好处，哪里课好玩他就去哪里玩。二憨子也是少先队员。天天一大早，就站在校门口，敬礼，"老师好！"校长看到二憨子值日，一开始还不习惯，想让老师别让二憨子值日。可是没用，二憨子不请自到，天天来得早，一来就站校门口，让三道杠两道杠的无处可站。有时，二憨子自己还不知道从哪找来的杠杠，也不管几道杠，戴着威风八面！校长进门从来不下车，总是匆匆忙忙的。

但是，只要是二憨子站在门口，就得下车，不然，他会上前拦住校长自行车，敬礼的！一个劲儿地傻笑。真丢人。没办法。进出校门得下车，是学校大会小会都讲的规矩。这二憨子就记着了。也只有这二憨子记着了。学校进出门秩序那个好啊！二憨子功劳大。学期结束，还得给发个大奖状给他。

上学不交钱，是二憨子的待遇。也是大哥给二憨子挣到的待遇。可是，二憨子总是想交钱。妈说，不能占便宜。学校不收，二憨子只好交给班上，作班费。所以班上搞活动，都带着二憨子玩。六一儿童节，全市会演，还给二憨子安排个旗手的角色。举着旗子，一动不动。二憨子练得真认真。全场就二憨子的动作最标准。在二憨子的带领下，同学们个个玩命似地练习，分练、合练、彩排。没一个叫苦叫累的。没人好意思跟二憨子比。"你总不能不如他吧！"这是老师最好的动员。全班同学恨死二憨子了，可是伸手不打笑脸人，上帝啊原谅他吧。班费常常不够用，别的班都是再收，二憨子班上不用。因为，二憨子会拾废品拾垃圾去卖，差不多够班上用了。全班同学爱死二憨子了，个个跟家里要的钱都变成了自己的零花钱。后来，班上民主投票选班长，二憨子居然第一名，把老师、校长气得不轻，把那个学习成绩好的喊出去一顿批，"不准瞎胡闹，你作为班上最优秀的学生，要承担起重要的任务！"好玩吧。二憨子不吭声，就是傻笑，没意见，谁当班长一样子，反正不关我事。这个新班长憋屈啊，说啥没人听，干啥没人信，还得给二憨子写评语：该同学老实厚道，勤学好问，乐于助人……

上了初中，告别童年，告别纯真，同学们一个个复杂起来，特别是男女同学关系微妙得紧。二憨子才不管呢，该扯的辫子照样扯，该画的大花脸照样画。有同学不好意思传纸条，二憨子上去拿过来，装着自己的样子，三步两步送到女同学桌上。吓死一班人。"就他，也敢跟班花表白？！"老师不客气了。站后面去！二憨子乖乖地站在墙角，一站就半天。老师不说他回去，他就不回去。有次一直从上午站到下午，老师都忘了，差点把二憨子饿晕倒。吓得老师再也不敢批评二憨子，一个月的安全奖给扣光了。初中的学习跟小学不一样，考试更多，作业更多，同学们个个唉声叹气，天天愁眉苦脸，课课全力以赴。二憨子还是那个样子，老师也没办法。要不是九年义务教育法，早把他开回去了。你说，你学不下去，怎么还天天来上学啊！？虽然有辍学指标，也不能劝学生辍学吧。给你坑死了。老师们都没办法说二憨子，只能祈祷他别惹出大麻烦出来。

　　麻烦还是有的。而且小麻烦不断，大麻烦不得了。初二的时候，二憨子干了件惊天动地的大麻烦事。遇事别吭声，可是也别动手啊？！"妈没说过不动手。"二憨子说，"妈说，人不犯我，我不犯人；人若犯我，我必犯人！"人家碍你什么事了？"他们扯小芳的辫子！"二憨子振振有辞。原来，有几个男生追求班花小芳，变着法子骚扰她，二憨子看不下去了，这辫子是他的一样，从小到大，只有他扯得，别人扯不得，傻子干的事，你们这些聪明人可别抢。上去就是两下，打得东倒西歪。天天护送班花小芳上学放学。一送送到初中毕业。自然，班花小芳考上重点高中，二憨子回家休息。

　　高邮中学是省级重点高中。二憨子想上，上不了。要交好多钱，还要真会考试。初中回家能干啥？踩三轮车呗。二憨子从小没饿过，吃得饱，长得壮，身腰大个，力气足得很。正好老梁头也踩不大动了，也该享享清福。二憨子二话没说，踩三轮车就踩三轮车吖，干自己的力气活，靠自己挣钱吃饭又不丢人。从此，高邮大街小巷多了个快乐的三轮车夫二憨子。收钱不多，客人你随意。话也不多，就是傻笑。拖错路了，就不收钱。反正，二憨子觉得人们真的太忙，一上车就是快点快点，下车了有时还丢东西。害得他有时一天拉一次车，原地不动等一天到晚，实在不行还得到警察叔叔那。最多的一次，两大扎钞票，警察叔叔说有二十万呢。二憨子从来不要表扬，更不要奖金。"妈说，是自己的就是自己的，不是自己的一分不能碰。"二憨子真不知道妈妈说了多少话，他又记住了多少话，反正到了危急关头妈妈就出现了。有妈的孩子，就是宝。

二憨子踩三轮车还有个秘密。他要天天送小芳上学，晚晚接小芳放学。小芳家爸爸妈妈都下岗了，成天带夜摆地摊，没时间照看小芳上学。小芳长得好看啊，那个水灵，从小就是二憨子眼里的妈妈样。二憨子常常跟梁大爷聊天说，小芳长得像妈妈一样，一双美丽的大眼睛，辫子长又长。所以，二憨子就是喜欢扯小芳的辫子。扯归扯，绝不瞎来。谁跟小芳瞎来，他就急！打了去！上了高中，更得天天接送。小芳也愿意。二憨子没想法，只会傻笑，跟他在一起心里踏实，可以安安心心地读书写作业。班上花花肠子的家伙太多。不如二憨子放心。反正，谁也不会认为我们会有什么。于是，小芳爸妈也同意二憨子踩三轮车接送小芳，钱不付，饭管够，还能给梁大爷带伙食，改善改善。早上一个煎饼。中午一个盒饭。晚上还能吃个大排档。梁大爷有时还能凑两个菜，叫上一帮老弟兄照顾小芳家的摊子。

二憨子突然有两天没来接送小芳。一开始，没在意。第三天，人们也注意到，不仅没送小芳，也没上街。这么一个壮汉傻大个，应该不会是生病了吧。可是从来没听说，二憨子生过病，小毛小病从来都不会息着的，一两天一扛就过去了。所以，第三天，小芳坐不住了，去找二憨子。

"嘣……嘣嘣"

"谁呀？"老梁头的声音。二憨子怎么不说话，难道真的病倒了？

"小芳！梁大爷耶……"

"小芳啊，快，进来，门没关。屋里黑，慢点。"

"梁大爷，二子呢？"

"唉！这小子……"

一声唉，把小芳的心给拎起来了。

"小芳啊，这事没法说啊。"

"没事，你说嘛，到底咋回事？二子他病了吗？"

"跟你姑娘家，没法说的。叫你爸来一趟吧。"

"哦。那二子人呢？"

"躲在屋里呢。这两天就没出门。"

"身体没毛病呀？"

"没。他自己关自己不出门的，说自己犯错误了。"

"什么错啊？从来他可是没这样过子的。"

"叫你爸来说道说道他就好。你回吧，估计他也没脸见你。"

"哦。"小芳丢下水果，瞄了一眼二憨子的黑屋，心里有点七上八下，这叫什么事啊。赶紧回家叫爸，二憨子可不能出什么事。人虽然傻，但是心眼不坏。

小芳爸与老梁头咕噜了半天，才弄明白。

原来，二憨子梦遗了，而且做梦梦到了小芳。他觉得自己罪大恶极。在他眼里，小芳就是妈妈的化身，自己怎么会对妈妈喷脏东西，而且很快乐的感觉。他想不通了。妈也没说过，这是咋回事。所以，他把自己关在屋里不肯出来，没脸皮啊。

小芳爸一听，脸色有点重。这苗头不好啊。小芳可不能给你一个二憨子做媳妇的。小芳还要上大学。小芳那么聪明。小芳那么好看。将来一定会有一个好女婿，一定会有一个好婆家。这男男女女在一起时间长了，呆子也会出问题的。

可是，二憨子憨得很，认死理，这个结不解开，日子没法过的。

小芳爸也老梁头商量来商量去，想不出什么好主意。只是一个劲儿地叹气，这么一个好的娃，要是不憨多好。

小芳爸回家与小芳妈一说，小芳妈乐了。俺闺女，俊俏，连二子都想。这事，还得妈妈来说。二憨子只认妈妈的话。于是，小芳妈到二憨子家，隔着门说："二子，你妈要我带句话你。"

"真的？"二憨子不相信。

"是真的。还是你小时候，你妈怕你记不住，告诉我的，有些话要等你长大了才能告诉你。"

"是嘛！我说妈怎么好几天不来说话了，原来她到你那儿去了啊！"

"吱呀"一声，二憨子开了门，开了灯。他认真地看着小芳妈，一脸虔诚地等着妈的话。

"喜欢小芳不？"

"喜欢。"

"这就对了。你妈说，男孩子喜欢漂亮的姑娘是应该的。你不要瞎想。但是男孩子喜欢一个好姑娘，就得让她幸福。"

"嗯。"二憨子听得更认真了，生怕漏了一个字，拼命地在记。

"小芳是好姑娘，你也是好男孩，你们从小就一起来去，没有人看不出来你们感情像亲姐弟一样。"

"嗯。小芳对我最好，像妈妈一样。"

"你那个事，不羞。你有那个事，你妈就放心了。她说，再过些年就可以给你重新找个妈了。"

"不。我就一个妈。还有小芳。"

真是认死理。再不说好了，可把闺女坑进去了。

"小芳是你姐。你妈说，你有责任保护你姐，你要支持她上好学考大学。你两三天都没来接送小芳，你妈生气了。"

"呀！我马上就去。"

"等会儿。"这话还没迨圆呢。

"你现在是大孩子了，也可以说是男子汉了，你妈说，以后有这事别害怕，不要多想。以后看到好看的姑娘跟婶说一声，婶给你想想办法说道说道。可不能乱来哟。要知书达礼，做个好孩子。"

"嗯！婶，我知道。我听妈的话。知书达礼，做个好孩子。"

打那以后，街上又出现了活蹦乱跳的三轮车夫二憨子。

不过，这次有点不同。一般人也没注意。二憨子拉车很讲礼貌，对手上拿书的、背书包的毕恭毕敬，钱从来不主动要，有人忘记给了也不问。漂亮姑娘上车的，他先要掸一下座位，用新毛巾，没用过的，哪怕满头大汗也不用。一路上也不说话，不回头，埋头拉车。到了点，轻轻地停下，车上姑娘一点也不觉得颠簸，车停了也不知道。"到了。"二憨子轻轻一声，就站在一旁，目不斜视。大爷大婶上车的，二憨子才放松下来，有时还边拉车边唱小调，也不知道他从哪学来的。

"我是一个兵，来自老百姓……"

"穿林海跨雪原气冲霄汉，抒豪情寄壮志面对群山……迎来春色换人间……"

"再过二十年，我们再相见……"

东一首，西一曲，也不知道唱得不好听，反正就是自得其乐。大爷大婶除了付车钱，一高兴还说不用找了，手上带着好东西的，比如水果，还丢给二憨子一两个。

坐二憨子的三轮车，成了高邮人的一种享受。早六点、晚十点，这两个点,别人坐不到,是小芳的专点。也有这个点上学放学的小孩子,在后面,经常笑着说个新的歇后语:二憨子拖媳妇——一声不吭。听到后面有人说笑,二憨子脸臊,拖得更快,一溜烟就到小芳家了。下车,跟小芳说:"别介,你是我姐,好好读上大学。"

小芳后来知道了二憨子咋回事病的。心里像装进了梅花鹿,总是蹿来蹿去。给二憨子一声"姐"叫的,心也软了下来,不跟他作气,就当是有了一个呆弟。将来一定考上好大学,找份好工作,照顾爸妈,和一个呆弟。

高考那三天,气温特别高,热火朝天。不少同学都是坐小汽车去考场。小芳爸妈也想租个小汽车。小芳不肯。二憨子也眼巴巴地守在门外,车上凉棚都换了新的,还写了字"马到成功、金榜题名。"二憨子属马。三天,准时准点。送到考场后,二憨子就守在考场外。一个生意也不接。一下考场,二憨子就递给小芳一条不凉不热的新毛巾擦擦,再给一壶白开水加了蜜的,埋头拉车,顶着酷日,一声不吭。

考完试,是二憨子最开心的一段时光。小芳不用再看书写作业,可以陪他四处转悠转悠了。二憨子拖着小芳走遍高邮的大街小巷。一人巷、斗鸡巷、运粮巷……复兴街、承志桥、月塘湾……许多连小芳也不知道的地方,俩小钻了个遍,就像小时候放假一样。最多去的地方,还是高邮湖畔。银杏林、纤绳石、唐津堤、万家塘、镇国寺塔……也去孟城驿、文游台,也去远的清水潭、芦苇荡。小芳也不知道二憨子怎么就记住了这么多好玩的地方。

小芳考上了上海复旦大学中文系。家里亲朋好友高兴。小芳爸妈更高兴。摆酒席庆祝。但是,也不知道是什么原因,是无意还是故意,没人提及要请二憨子和梁大爷参加。

二憨子开心。

二憨子不开心。

二憨子开心。

二憨子拉车远远地望着小芳家。

二憨子不开心。

二憨子拉车不带去小芳家的人。

客人都散了。

锅碗都揭了。

垃圾都倒了。

小芳妈看到灯下杵着一个人影。

是二憨子。

"二子啊！干啥的？吃过了吗？吃饱了吗？"

小芳妈脸上有点搁不住，都是死老头子不肯通知二憨子和梁大爷，生怕闹出笑话。

二憨子摸摸索索老半天，递过来一个布包包。

小芳妈一打开，愣住了。

小芳也刚好出来，也愣住了。

小芳爸出来，愣了一下，说："二子，干啥，啥意思，这钱我们不能要。"

布包包里一张张小票子，叠得崭崭齐，平角四方。

大体上一估，没一万，也有八千。

1997年那个夏天，那个夜晚。

小芳走到哪都记得二憨子灯杆下的影子。和那一个布包包。

"给姐的。上大学，要花大钱。我不多，婶、叔，你们就收下吧。"

二憨子看来，他的亲人不多，梁大爷算一个，小芳算一个，小芳爸妈算一个。

妈说，对亲人，就是要无私，就是要实诚。

平常，有一分钱，要掰成两分用。

现在，小芳要远走上大学，需要钱用。

对亲人，有多少钱就得给多少钱，不能藏着掖着。

第二天，小芳一家来到二憨子家，要把钱退给梁大爷。

"二子的心意领了。这钱还是您给二子管着吧。"

"二子的钱，他做主。"梁大爷闷声说着。

"这不合适。您看，二子的钱来得不容易，今后要花的地方也多。"

"二子的钱，他做主。"梁大爷还是那句话。

说话说得僵起来了。

梁大爷为小芳爸妈办酒席不来请，气得不轻。金榜题名，也不该忘。二憨子攀不上高亲算了，也不带瞧不起人。

正不上不下的时候，二憨子踩着三轮车回来了。

"爷，今天加餐，瞧，有人给了我四五只鹅呢！"

"啊，婶、叔都在啊，一起吃饭？！"

小芳爸妈好一阵尴尬。

"没事。钱，我能挣。看，今天的，二十元呢。"

"爷啊，他有，我也给他的，这钱就是给姐挣的攒的。"

谦了老半天，小芳爸妈只好收下。顺便，请爷俩不用家里烧了，到小铺子吃顿丰盛的。

二憨子会喝酒了。

喝的老多。

醉了。

要唱歌。

唱"小芳"：村里有个姑娘叫小芳……

小芳一去上海读书，基本上就没再回家，四处奔，一直奔到大西洋，留学回来在上海工作。二憨子结婚的时候，小芳也带着先生回来了。

这十年，小芳爸妈最疼二憨子。姑娘不在身边，有个呆儿子也不错。而且，二憨子好像也不呆，总记着帮忙干活，店里的苦活累活脏活都抢着干。小芳菜馆开大了。雇的人再多，也没二憨子好使唤。

小芳上大学走后，二憨子有一段时间有点恍惚。有点发憨。一会儿敬礼。一会儿傻笑。一会儿不作声。一会儿翻跟头。逢人便说"我姐上大学了！""我哥快回来了！""我爸妈快醒了！"

街上，三轮车人人都改成电动的，就是二憨子不改。

有客他就踩踩。客人嫌慢，他就喊边上电动的带。

没客他就喝喝。别人龙头上挂的是水壶，他的龙头上挂的是酒壶。没事，喝两口。有次，有位老兄渴了，拿起二憨子的葫芦就喝，一口呛出眼泪水来。再也没人抢二憨子的葫芦喝了。

喝酒，是二憨子的强项。三轮车夫们没有哪个喝得过他。但是，人人也愿意和他喝。二憨子的酒好。大麦烧。味冲。但真酒。喝到尾处，甘甜清冽。再说，二憨子大方，半斤猪头肉、半边老鹅、一包花生米，基本上都是他付钱。实在难蛮，有人抢着付，他才不付钱。

没了小芳坐车，三轮车还得继续踩下去。二憨子要奉养梁大爷。家里什么也不缺。每天给爷至少三十元。一年两趟，带爷体检。感冒发热，陪着爷挂水。

七十四、八十三，小鬼不搀、阎王请。

老梁头活到了八十四。

2014年的一个冬天夜里。

老梁头撑不住了，叫来二憨子说说话。

"二啊，我不是你爷。"

"二啊，我就是你爷。"

"二啊，你有什么要给爸妈说的。"

"二啊，你有什么要跟你哥说的。"

"二啊，遇事别吭声，吃饱肚子就好。"

…………

二憨子给梁大爷风风光光地大葬。他记得，小时候爸妈就是这样子睡着的，然后就是这样子披麻戴孝、烧纸磕头，一套套转下来，睡到盒子里，睡到地底下。

二憨子已经会烧饭了。不再担心一个人过日子的。梁大爷走得很安详。说："我跟你爸妈、你哥好交代了。"……

人总有一个独处的时候。小时候，二憨子最怕一个人待着，待着待着脑子里就乱蹦东西，蹊跷古怪的念头，甚至于二憨子以为身体里还住着别的人。这样一想，他就经常哭爹叫娘，把那个人赶走。其实，他真不知道没这回事。但是，他说多了喊多了，大家就认为可能确实鬼上身。二憨子妈经常烧香拜佛，也请和尚道士来做法事，效果不佳。有个邋遢道士，有点真本事，什么也没做，就是在二憨子耳朵旁大喝一声"滚"。果真，二憨子不犯糊涂了，他以为高人赶走了那个鬼。邋遢道士赚了一百元钱，一家人三个多月的工钱。

小芳上学去了。爷也走了。二憨子又要常常面对一个人的时光。他就四处跑。反正没人问他。跑多了，二憨子发现运河二桥有许多像他一样的人。在桥边上，一个人独自面对河水湖水发呆。跟二憨子一样。有的发完呆，就拍拍屁股走了。有的发呆发不完，还纵身一跃，到大运河里去洗澡。一开始，二憨子以为是有人喜欢到大运河里洗澡。后来，才发现，这些跳下去的人，都睡着了。家里人来了，怎么叫也不醒。他就留了个心眼。但凡他遇上发呆发好久的人，他都要上去问一问：

"你跳吗？"问得人家好寒碜。有些人掉头就说："你有病！"说完扭头就走，还不停地说晦气。还有些人说："你跳哉！"说你跳哉的人，肯定会后悔。二憨子一听对方要他跳，他二话不说，就跳下大桥，到河里洗澡了。好快活的样子。吓死对方了。大呼小叫地喊救命，有人跳河了。半晌，二憨子从远处上岸，跑回来问："谁跳河了啊？谁喊救命的？在哪呢？"人家再一掉头，一下子就晕过去了，"鬼啊"……

二憨子是出了名的二桥鬼。一天夜里，他从二桥下捞上一个女鬼。是他上去想拉，没拉着的，跳下河的女鬼。捞上来，明明有气，就是不说话。二憨子想，这么晚了，不能给政府添麻烦，也不能打扰别人家休息，拖回家去再说。

湿漉漉的女鬼，真是麻烦。又重又不听话。还不说话。好不容易拖进小黑屋。二憨子不敢做什么，就开了电风扇吹，把女鬼身上吹干再说。夜星里，三更半夜，漆黑的屋子，女鬼身上吹得凉飕飕的，不得不睁眼看看是什么地方。

"妈呀！"一声，好吓人。

二憨子看看左右，没人啊。

"你叫谁呢？你妈不在。"

"这就是阎王殿啊？"

"嗯。"

"你是谁？"

"小鬼。"

"真的、假的？"

"假的。"

"不要骗人。"

"骗人我是鬼。"

"妈呀！"又一声，晕过去了。

天快亮的时候，女鬼又醒过来。这回恐怕是想明白了，没死成，给人拖回来了。可是，对方好像是个男的，而且挺寒碜人的。

"你是谁？"

"二子。"

"这是哪？"

"我家。"

"家里人呢？"

二憨子一听有人问他家里人，一下子抱来几个盒子，说："都在这。"差点把人又吓晕过去。

好在死都没死成，没什么好可怕的。

敢情就他一人，还有点傻。

这倒是个好地方。

"你得对我负责！"

"什么叫负责？"

"管我吃、管我住，听我话、听我说。"

"好。"

正好没人陪呢。二憨子没多想。

"我叫你老公。你叫我老婆。"

"好。"好像人家男女也是这样叫的。二憨子想。

第二天，百岁巷里出了稀奇事。二憨子家住了个俏姑娘，还老公老婆地叫得热乎劲儿。

什么情况？

不科学、没道理。

二憨子不会骗了人家花姑娘吧？

二憨子不会给人家花姑娘骗吧？

各种声音都有。就是没人去问问看。

不敢。不愿。不能。

总之，二憨子癞蛤蟆吃上了天鹅肉。

吃一顿是一顿。

吃饱了再说呐。

小芳爸妈听说了，赶紧过来问个明白。

还真有这么回事。

"姑娘，你叫啥？"

"小芳。"

"啥？"

"小芳。"

这说的，不对路嘛。

呵呵，谁叫这傻子睡着了还喊"小芳、小芳"的。

"咋打算？"

"没打算。"

"住多久？"

"不知道。"

"二子傻，你知道，不要拿傻子开心！"

"没有啊，他不傻！"

"那你咋打算？"

"过日子。就跟他。"

"真的、假的？"

"比黄金真。"

"那可是要办结婚手续、办喜酒的哟！"

"可以有。"

"户口本呢？"

"这。"

还真带着户口本呢。贵州妹子。24岁。比二子小3岁。名字还真带个"芳"字。元桂芳。

"真结？！"

"真结。"

"好！"小芳爸妈松了口气，"我们是二子的婶婶、叔叔，二子可怜，有点傻，你们的事我们来办，今后二子就交给你了。"

真结婚啊！二憨子蒙了。二桥鬼享福大了去。拖个女鬼回家，变成了媳妇。而且也叫"小芳"。

呵呵呵呵……

全城三轮车夫都知道这般奇闻趣事，个个要凑份子钱，也不一定要吃酒，平时没少喝过二憨子的酒，反正就是要帮二憨子把婚结好。

三间旧屋子，推倒了重建。

忙活了三个多月，二憨子新房新娘新姑爷。小芳爸妈代表双方长辈受拜。上海的小芳和先生也回来道贺。

在外人看来，二憨子捡了个大便宜，傻人有傻福。其实，这三个多月，也不平静，也不简单，差点这天上掉下来的林妹妹就又不见了。

元桂芳深居简出，但还是给城管队员照了面。一开始，大家没在意，也根本没想到。回单位后再一说，还真的有问题。二中队的孙队长刚刚跳了河，就好像是跟这个元桂芳一起跳的。第二天，队员们又找理由去上门查户口，元桂芳高低高不出面。队员们没法子，只好报警。

孙队长跳河可是城管二十多年来的特大新闻。一直传闻他与老婆不睦，找了个小三，还有了肚子，但老婆就是不肯离，闹到单位上，组织上正准备开除处分，当晚双双跳河。男的捞上来，死了。女的，没捞着，却成了二憨子的天鹅肉。

不管也得管。人命关天。当晚到底发生了什么事？

民警上门。二憨子正好在家。堵着民警不让进。好说歹说，二憨子护着小芳到派出所走一趟，说是看看户口本，防止二憨子上当受骗。

元桂芳很淡定，很平静。

进去，单独谈了半天。

出来，像没事的一样。

原来，还真是一起跳的河。

元桂芳是给孙队长 QQ 聊天诈来的，以为是个好男人，生米熟饭结不成婚。孙队长一时想不开，拖着她去二桥谈人生未来，说跳就跳。二憨子只看到了女的跳，捞了女的就回家，哪想到还有个男的啊。

"咋办？"二憨子隐约觉得有点问题，半夜问自己，问妈妈，问爸爸，问哥哥。折腾了一夜。自言自语。

第二天，一早，二憨子敲开元桂芳住的屋。

递过去一布包钱。

"回家吧。"

"不。"

"俺不能。"

"可以。"

"俺不能。"

"可以。"

元桂芳从家里出来，就是到高邮结婚的。大山穷沟沟，不想回去。死了一回就算了，这二憨子人实在，能放心。

活过来，元桂芳就认定，这条命是二憨子的。

她并不想富贵。只想过日子。

她没想到孙队长那么复杂。稀里糊涂地给了身子，赔了命。也算前世的孽债。还了，就没了。活过来，就得过日子。

她也没想到二憨子会让她走，回家去，还给了路费，一大笔钱。世上没有这么好的男人。世上有这么好的男人。傻点怕啥。过日子，傻有傻福。

"真结婚。我们去领证。"

元桂芳领着二憨子晕乎晕乎地去领证。

一布包钱，还是给了元桂芳。当家婆嘛。

领完证，元桂芳一人去医院打肚子。疼得要命。只好让医生叫二憨子来。

"你这是干啥子？！"

"我要给你生孩子。"

"那也不能这样。"

"不行。我不能。"

正好，家里拆房子重建，住院休息吧。

小芳爸妈也来看。

"傻孩子。有事先说呀，这多危险。"

"婶、叔，我不能对不起二子。"

"唉。命啊。"

有了小芳妈照料，元桂芳好得快多了。

出院也先住小芳家。直到结婚那天。

人们一边羡慕二憨子艳福不浅，一边感叹人生世事无常。这福分不是一般人能受的。也只有二憨子能娶。有人想来闹事，想一想二憨子也就算了。

新房。简单的新三大间平房。敞亮。红红火火的。

新床。崭新的席梦思绷绷绷。舒服。暖暖和和的。

新被。柔软的绸缎被子厚实。鲜艳。滑滑溜溜的。

二憨子除了笑,不知道如何洞房。

好一番舍不得脱下新衣服,光溜溜的进被窝。

好在,元桂芳不是第一次。婶也说了,得教着点二憨子。

二憨子钻进被窝就闭眼。

想。

不敢看。

眯了眼缝。

真好看。

跟妈妈一样白。

跟小芳一样美。

软绵绵的。抱着。

滑溜溜的。抱着。

热乎乎的。抱着。

一夜无眠。

彻夜难眠。

谁说二憨子真憨,你就错了。

谁说二憨子假憨,你还错了。

二憨子过上了幸福的日子。

三轮车夫们常常打趣他"咋样""啥滋味"。

二憨子从来都不说,就是嘿嘿嘿地傻笑。

酒也不喝了。小芳说不能喝。要生个胖小子呢。

每天中午,二憨子在中市口待客。小芳来送饭。

晚上，二憨子再也不加班了，早早回家陪小芳。

乐不思蜀。

乐此不疲。

没多久，小芳肚子就有了反应。

婶子说："当初一看就知道，好生养。"

车夫们说："这么好的一块地，是种子都能发芽。"

婶子赶紧告诉二憨子，孩子生出来之前，不能再胡来了。

"你得让孩子吃饱了长壮了生出来，不能跟孩子抢吃。"

二憨子一听说孩子要吃饱了长壮了生出来，连连点头。

每天晚上，他乖乖地。乖乖地。伺候小芳睡。看着小芳睡。摸摸孩子睡。忍着憋着睡。

高邮水产多。孕妇吃得好。元桂芳害牙子，最喜欢吃清水草虾。想吃，就跟二憨子说，牙疼，要吃虾。

二憨子也不问为什么牙总是疼。反正是害牙子了。每天一大早，就到高邮湖里，摸鱼摸虾。

高邮湖的清水草虾确实好吃。只要加些生姜葱，清水一煮，透鲜。小一点的，可以连虾壳一起吃。虾皮炒韭菜，不吃巨能钙。大一点的，二憨子也想吃，可是，可是，还是给孩子吃吧。宁愿自己少吃一点，也要让小芳和孩子吃饱了。每次都是让小芳先吃。不吃了，二憨子才吃。连虾壳一起吃了。连鱼卡一起嚼了。猪骨头，二憨子常常敲出骨髓来，喂给小芳吃。不吃也得吃。只要是二憨子认为好吃的，只要是婶子关照不反对的，都给小芳先吃饱。

2015年，是二憨子最开心的一年。

小芳经常从上海回来看小芳。她俩一谈就是老半天。

二憨子看着两个小芳直发呆。怎么会有两个小芳呢？

一个是有文化的。二憨子心里叫文芳。

一个是有香气的。二憨子心里叫桂芳。

也确实,一个叫周文芳,一个叫元桂芳。

反正都是二憨子的小芳。

一个,经常在梦里出现,像妈妈一样亲切。

一个,经常在身边晃悠,像妈妈一样温暖。

在小芳快要生养的时候,高邮城的三轮车夫面临一场革命:电动三轮车必须拆除。脚踩三轮车,政府统一登记,统一发放。二憨子幸好没花钱改装电动的,旧车还能换新车。统一登记后,高邮城里的三轮车夫从一千多剩下了三百多,许多长期不踩的已经踩不动了,二憨子没事。

二憨子生意好得不得了。人壮力气大。家有娇妻待产,踩起三轮车来倍有劲儿。多踩一趟,娘俩多吃一顿好的。预产期快要到时,二憨子想在家待着。小芳说,没事,日里还是去上街,现在生意正好做,晚上在家陪就行了。二憨子想想也对,到医院订了最好的产房,多花的钱上街去多踩几趟就回来了。

这天,下大雪。二憨子一早就出门。三轮车比出租车生意好。出租车还打滑,撞车。三轮车慢一点,安全。刚刚踩了五趟,家里就来电话,要生要生了。"快点快点下,我的车不拉客了。"二憨子急了,"我老婆要生了!"客人一听,赶紧下车,让他快点回家。还塞个红包。庆生。

送到医院,立即进产房。

不一会儿,医生出来,要家属签字。

"可能会难产,要孩子,还是要大人?"

"什么?!"

"怎么会这样？！"

婶子、叔叔也来了。二憨子愣住了。

"我都要！"

"我都要！"

"不行。我们会尽力。但是你得先选一个。"

二憨子遇到了人生最大的难题。如果有得选择，他会选择爸妈不上街苦钱，横遇车祸；如果有得选择，他会选择哥哥不当兵，他也不用到世上来；如果有得选择，他也不会去救小芳，给他生孩子……

二憨子傻了。

脑子直接死机。

"我能问问孩他妈吗？"

二憨子有事就问妈。孩子的事，必须问妈。

"可以。时间不能长。我们正在尽力。"

二憨子第一次进入人出生的地方。他想，这里，肯定会的许多人想来到世上。

"小芳、小芳，你好一点吗？"

二憨子不会说话。一说就哭了。

医生要拉他出去。影响手术。

"我都要！""我都要！"

医生一边拖，二憨子一边哭着喊。

"要大人！要大人！"

最后一刻，快要拉出产房的最后一刻。

二憨子突然明白，大人比小孩更重要。小孩子，对不起，我不认识你，我只认识小芳。

元桂芳在最后一刻，要医生给她签字。

"他是个傻子。别听他的。我签。要孩子。"

元桂芳很淡定，很平静。

好久。好久。好久。

二憨子像是过了几辈子一样。

他看到妈妈了。

他看到爸爸了。

他看到哥哥了。

"敬礼！"

"首长同志，保证完成任务！"

二憨子又犯病了。

一会儿哭。一会儿笑。

一会儿立正。一会儿稍息。

好久。好久。好久。

小芳爸妈感觉也是过了好久好久。看着不停犯傻的二憨子，心疼生疼。望着没有动静的产房，焦急焦虑。

突然。突然。突然。

"哇哇哇……"一阵清脆洪亮的啼哭声。

"孩子爸呢！出来抱孩子！"

小芳爸妈赶紧上前。二憨子还没缓过神来。

"千金！"

"母女平安！"

二憨子听明白了。他添了个闺女。他当爸爸了。

二憨子更听清楚了："母女平安！"

"啪"一声。

二憨子给医生护士跪下，磕头、磕头、磕头。

没有比磕头，更能尊重人，更能感谢人。

二憨子头皮都磕出血了。

"谢谢！谢谢！谢谢！"

过了一会，元桂芳出来，看见二憨子头上打了绷带，"扑哧"一声笑了。"傻子！为什么要我！"

元桂芳最后选择不打麻醉，忍着剧痛，咬碎了牙，憋足了劲，配合医生指示，终于顺利生产。

医生护士都说从来没看到过现在还有这么伟大的妈妈、这么勇敢的妈妈。

不打麻醉，妈妈可能会疼死。

打了麻醉，小孩可能会胎死。

小芳不知道从哪来的勇气力气，硬是挺了过来。

"我要和你们过上好日子！"

小芳后来告诉二憨子说。

谁说二憨子真憨，你就错了。

谁说二憨子假憨，你还错了。

2016年春节，是个热闹的春节。

百岁巷里不时地传来阵阵嘿嘿的笑声、清脆绷亮的童声和咯咯的银铃般的笑声……

家装人物轶事

家装是项技术活,既传统也现代。这些年技术进步越来越快,只需三五年装修的理念、材料、方式就改变了,一些老手艺逐渐消失,一些老工匠逐渐消失……也有新人出现。正好我家忙装修,遇到这么一些人,辑录三五个人物趣事,多少有点意思。

一、瘸腿张

瘸腿张是个搬运工。

一开始我并不知道他是个瘸子。

那天下午,打了近一个多小时的电话,催了十多次,才看到他。

送货的小三轮车"突、突、突"地出现了,还没停稳,就见他一个身影窜下来。

"赵老板!我说准时五点一定送到吧!"

一车子实木地板到货,明天等着铺呢。家装工序一个挨着一个,一环套着一环。只要有一个环节误工,拖下来就不是一天两天的事,还得跟家装公司扯皮。这两年家装市场异常火爆，家装工人吃香得很，日工资两三百元正常，还忙不过来。

我看上的实木地板是品牌地板的特价款，样式老土，但是结实得紧。就这么最后一批货，迟了要么是没有要么就不是这个价。所以我着急，必须把这批老陈货要到。终于催到了，松了口气。再迟几天，说又要涨价呢。轮到我装修，建材一天一个价，跟房价一样涨，好像全世界的人家都在买房忙装修。

"赵老板！全部上二楼么？"

"是是是，这些上二楼，这点放一楼。"

老宅说是要拆迁，我家赶紧买了个二手房，假三层的老式小区单门独院。一楼是平面结构，没有上下错层设计，方便老人进出，还可以隔个房间让老的住。

"好咧！"

张师傅四盒地板一背，"蹭、蹭、蹭"上下楼。动作十分麻利，就是有点摇摆，仿佛跳舞。我看看有点担心，想上去搭把手，不料太重，手打软。他直摇头，示意我别插手。

"没事。赵老板，你歇着吧，一会就好了。"

真的三下五除二，二十分钟搬完。

我连忙递瓶水给他喝。

"我说，怎么看怎么觉得你一上一下的有点斜嘛。"

"那是那是。一条腿有点瘸。"他蛮不在乎地说。

"哦，怎么瘸了还干这活？"

"不干吃啥！"

"怎么瘸的？"

"在厂里上班钢筋砸的。"

"工伤啊。"

"工伤个球，两千元打发回家了。"

"怎么会这样？"

"还能咋样？"

"后来怎么治的？"

"治个啥，止了血，跑跑就跑起来了！"

"没上钢板？"

"没。那个钢板贵，一小块要上万。不上也能长骨头不是，长歪了能跑就行！"

"赵老板你这房子好值钱哟！"他这才打量一下我的新居，"我家原来也是这样大的房子，去年刚拆了，住到18层的高楼上去了。"

"哇，你也是拆迁户啊，有钱好享受啦！"

"哪有什么钱，拆迁买房落下的两个钱还得给孩子留着，到了外面大城市买房只能算个零头。还是赵老板你有钱啊！"

"有个什么钱啊，银行贷款就是一百多万，就指望着拆迁回本呢。"

"哦哦！什么时候搬家，叫我来吧！我自个儿开了个搬运公司，送货搬家的活都干，生意靠大家帮忙。这年头能吃苦，总有日子过。力气活，咱行！叫我早点安排时间哈……"

"好的。"

说着，俩人互加微信，成为好友啦。

瘸腿张"蹭"地一下上车，"突、突、突"赶下一趟货去了。

我望着小三轮远去，给微信好友"瘸腿张"备注改一下：张老板搬运公司。

二、瓦匠老王

瓦匠老王看上去六十岁左右，瘦小精干，做事不紧不慢。

前几发瓦匠毛手毛脚的，给我退了一批又一批，唯有老王留下来。我跟包工头说，瓦匠的活，我只认老王。

老王做事不耍滑。用水泥一包就是一包。用砂石一车就是一车。每天早出晚归，上工时间最长。不像那些小年轻，嘴上说得漂漂亮亮，活干得糊涂一塌，砌个墙横不平竖不直，气得我砸了重来。而且还有个把瓦匠工头，趁我不在就溜之大吉，要么就是上午照个面到了下晚也没什么进度，当我回来打电话问，说是买材料去了，其实麻将声大得很。

老王手艺顶呱呱。虽然慢，但是慢工出细活。一天下来不比几个小年轻干的少。而且不用返工。与他闲聊，原来一直是在上海做的，多少高楼大厦，多少豪华别墅，经他手的主家个个夸。要不是年前得了场病，不能再出去接活，他还是想去上海，活多活苦但挣得多钱还不拖。"唉，这一得病，好了也没人敢带我出去了。"老王无奈地说，"在家里做，活就那么多，抢不过小年轻，钱又难拿。"我安慰他说："不要紧，我这里就认你，不会少你钱。"

今年夏天特别热。早上八九点钟就不能上屋。老王一大早四五点钟就来干活，先做屋顶，热了就做一楼。中午啃个馒头喝点矿泉水，睡会儿再接着干。虽然是包工不包饭，下午三四点钟我还是买些包子蛋糕面包什么的当晚茶，买多了就让老王带回去。大拆大建的基础工序基本结束，我就叫包工头把小年轻都退了，让老王一个人慢慢弄。他一个人反而做得更板扎，一边听着梅兰芳评话，一边不慌不忙地做活。水平仪吊线滴准。一个人抄水泥黄沙，用多少抄多少。有时候我事情忙，几天不来看进度也很放心。

"小赵啊，想跟你开个口。"一天老王看到我来，不好意思地跟我说。我们已经很熟悉，经常在一起听评话，我说老王啊这评话可是珍藏版，我有好些年没听了，真过瘾。

"没事，你说。"

"看能不能给我一点钱，三五千就行。"

"怎么了？"工钱一般是跟包工头结的，我不放心地问。

"家里有点事，小伙闯了个小车祸，要赔些钱。"

哦，原来是这么回事。老王的小伙不咋地，开个拖拉机挣钱有一搭没一搭，就是好个赌。赌的婆娘刚刚跟人跑了，丢下个小姑娘，他自己继续混自己的日子。

"这样啊，也行，不过我要说清楚，这在你工钱里扣。"我略思量了一下，打个电话给包工头，立马给老王五千元，"赶快回去处理，叫你小伙记着教训啊，日子要好好过。"老王就这么一个儿子，以前他在外面苦的钱都给小伙挥霍一空，真是给惯坏了。

第二天，老王带来一只鸡表示感谢。过两天又带一篮子鸡蛋。不收还不行。算了算了，我就回他一条烟一盒茶叶。一来一去，算是两清。打此后，我们就不怎么聊家常，他做他的活，我提我的要求。老王有时想跟我说说话，张张嘴又闭上。其实我看着有些不忍心，但想想还是不能太亲近了，麻烦啊。

一晃天凉好个秋。

一晃放假过大年。

家装工程早就结束了。腊月二十八，老王突然来找我。我心里咯噔一下。

"小赵啊，这个你工钱都结给包工头了么？"

"差不多了。"

老王一听有点急，连声说："还有多少没结？"

"不多，两三万吧，这两天就结。"

"能不能暂时不要给他，到现在我一分钱没结到呢。"

"怎么会？"

"他今年生意投得大，钱用在其他上面了，好多工钱没跟工人结呢，到时做工的都跑来找你要就不好了。"

"是嘛，这个我真不知道，应该不会吧。"

"那你也不要全结清了，我这就找他要去，要不到不要怪我找你啊。"

果真不假，接下来几天，做工的都来找我要工钱……幸好老王让我留了一手。

瓦匠老王过年七十三。

三、装配工小姚

现在装修比过去省事。家具基本上不用打，都是整体订制，上门安装。所以在许多工序里，木匠的活最少，工资也不高，不少木匠改行当装配工，活计简单，多劳多得。

小姚不是木匠。但装配手艺不比木匠差。初次见到他，我还有点纳闷呢。

"吱"地轻轻一声，一辆奥迪Q5停在我的标致308旁边，下来一个穿着干净整洁的工装小伙子。

"赵总早！"小伙子迎上我说，"不好意思，太忙了，这就给你装，包你今天就好。"

厨房整体厨柜材料早就运来了，装配工一直没排上时间。不急也有点急。"姚师傅呢？"我有点怵，"他没空啊。"

"我就是、我就是。"小伙子连声说，"放心，你去上班，这就交给我吧。"

"哦。"我还是有点不放心，决定留下来看一会。

小姚从车上搬下两个工具箱，也很干净整洁。这给我印象不错，不像其他安装工糊里邋遢。进了客厅，一堆材料包装得好好的，小姚逐一对表，铺开设计图纸，略微一比画，准备开工。

一包一包的材料拆开，很整齐地拆开，没洒半点纸屑。板材、五金、挡板、横杆……一一展现在我面前。小姚不像个工人，倒像个艺术家，慢条斯理地一个个组装着，每个动作都十分干净利落。电手钻上螺丝，一次轻轻一声就到位，还很有节奏感，看上去还真是老师傅的水平。我有点好奇呢，这么个年轻人真没见过。

"姚师傅呀，今年多大了，干这个多长时间哦？"

"过年三十，也就两三年吧。"

"这手艺不一般嘛。"

"我老爸是木匠。"

"哦哦，祖传手艺啊！怪不得，不简单，现在好手艺难得传下来。"

"哪有什么啊，混口饭吃。"

"怎么才干两三年呢？早先做啥的？"

"大学毕业，在工厂里干了段时间，收入低，养不了家。"

"工厂干什么？是不是苦脏累的工种干不来吧。"我笑笑说，这么爱干净的人肯定在工厂待不下去。

"办公室做文书，大学学的文秘专业。"他略有得意地说，"厂里追我的小姑娘多得是，老板还要招我做女婿呢。"

"那不是蛮好嘛！"我更奇怪了，小年轻吹起牛皮不打草稿啊，"做老板女婿发大财，几辈子不用愁哟。"

"哈哈，那个老板千金，咱伺候不了。"小姚蛮有个性呢，"我在厂里谈了个对象，一起辞职回家过日子去了。"

还真有故事。引得我八卦不已。

"那你老子就让你这样瞎折腾？"我问道，"好好班不上，有大好的发财机会不要，傻了啊。"

"自在。"小姚抬下头说，"你看我现在多自在，钱也没少挣，日子也蛮好。"

"正好老爸身体不太好，手艺不能做了，我就接着做，都是老客户，一点不烦神。"他接着说，"刚刚生了个小儿子，有儿有女了，老婆现在就安心在家带小的照顾老的，一一当当。"

厨柜组合好，姚师傅开始在墙上定位，按图施工简单得很。中午也没回去，就吃袋面包，喝瓶牛奶，打个电话回去说："中午赶一下工，就不回去吃啦，晚上准时接你们。"

"晚上有活动？"我听到他打电话，不禁问。

我们俩聊天聊得挺开心的，他也不介意我问。

"今天是我们结婚纪念日，晚上要庆祝一下。"他开心地说，"答应给老婆一个惊喜呢！"

"哦耶！祝贺祝贺。"我也很高兴，"今天装不完，明天再来也行，早点回家吧。"

"没事，来得及。"小姚认真地说，"误不了你的。赵哥，你家衣橱书柜什么的，是怎么打算的啊。"

"也是定做的整体设计，估计这两天到货，不知道什么时候才来安装呢。"我告诉他是"好家全配"品牌店定做的。

"哦耶，行，我给你优先安装吧，这也是我的客户。"小姚呵呵一笑说。

原来，不少品牌店没有自己的安装工，小姚建了个群专门给这些店接单，还真忙。

下晚，果真全部安装到位，还没一点灰尘。

小姚从车上拿出一套西服一双皮鞋换上，工装工鞋整齐地放入后备厢储物盒里。

"再见了，哥！"

再见，我的好兄弟！

四、全宅配小宋

小宋加盟全宅配三年了。

在朋友的介绍下，我抽空去看小宋的加盟店。其实家里还有许多老家具老人们舍不得丢，新装修添不了几件家具。但是经不住朋友宣传，还是决定去看一下。

全宅配是家居广场众多品牌店之一。一进门，眼睛顿时刹亮，空调真给力，够冷，而且有一股新鲜的现代气息扑面而来，各式各样的家具模式怎么看怎么舒服。

"这是欧式，这是美式，这是新中式，这是日式……"小宋如数家珍地介绍着，"赵哥，你看中哪个款式？我们可以上门设计，包你满意。"

"赵哥，这是总店活动价，满一万送三千，最后一天了啦！"小宋一边说一边比画着，拿出一叠签约的单子给我看。

生意确实好。来店里看样的人络绎不绝，要不是朋友介绍来的，小宋都没时间接待我。

看了半天，我还是下不了决心。毕竟全宅配下来，要大几万呢。"我再看看其他家，回头再来好吧。"我有点心虚地说。

"行！赵哥，随时欢迎你来！"小宋满面笑容地说着，陪我走下三楼，路过门口他忽然想起什么，"赵哥，差点忘了，我们今天还有个砸金蛋活动，再过十分钟就开始了，您再等一会吧。"

"那就不要了吧。"我推辞说，"我的手气向来差，没拿过一次大奖。"

"嗨，赵哥，您别担心，今天肯定有大奖，最后一天了，特等奖还没出现，机会难得啊！"小宋热情地爆料。

周边的人也听到了，一下子从外面又涌进不少进来。

"那就等一等？"我有点不好意思。

"没事，来，赵哥，先喝杯茶，就一小会儿。"

"好吧。"我缩回迈出店的一只脚，"那就砸一个试试。"

小宋把我迎回展厅，拿了一张表给我："赵哥，你填一下，公司砸蛋活动的手续。"

我看了看，无非是些个人信息，本想不填的，看在小宋这么热心的情分上填填也无所谓。就是不填，我家装修的信息几乎个个家装店都知道，一天要接上七八个电话，一通已很熟悉的口气："赵哥啊，到我们家看看吧。""赵哥啊，家里门定做了没，我们店刚刚有个优惠活动呢，快来看看吧。"还有的干脆直接上门，逮着我在装修现场就在眼前转悠个不停。不是靓妹就是帅哥，个个小嘴甜得很，你跟他发火也还是笑眯眯的。

砸蛋活动开始啦。全宅配门面里挤满了人。

我的号排在中间，前面几个砸的奖都不大，轮到我真有点紧张，手心直冒汗。

"各位亲们！下面，让我们以热烈的掌声邀请我最亲爱的赵哥上台！"小宋可劲儿地吆喝着，"我的赵哥可是个大老板啊，今天难得现场参与助兴，让我们共同期待特等奖是否出现！"

给他这一吆喝，我差点不想上去了，多砢碜人，俺就是个打工的，工作稍微稳定些，收入不高不低。

看看没什么熟人，我还是给小宋忽悠上台了。

举起金槌，我眼睛一闭，"砰"地下没砸得动。

台下哄堂大笑。

"赵哥！加油，大奖就是你的了，一万减五千呐！"小宋再次鼓动起来。

豁出去了，连个蛋都砸不碎，太丢人了。

"砰、砰、砰"我连敲三下，三连击在一个点上，"哗"碎了。一张金纸飘出来。

"中了！中了！中了！"全场的人大呼小叫起来，比我还兴奋。

接下来，很简单，我十分痛快地签单，订下四万多的合约，交了一万订金。没带钱，没事，手机支付，信用卡也行。晕乎乎地完事。等回到家，还有点懵。

过了一个月，这尺寸都量过了，款式也设计好，又打 80% 预付款过去。小宋说，这都是公司程序，很正规的，放心了哥！

我还真没担心。因为其他家装店付款方式也大同小异。再说，小宋是朋友介绍的，青年创业协会的理事呢，可靠的很。

这一等就是三个月。

我也没在意。家具不着急。

眼看快中秋节了，家里人催我去店里望望，什么时候送货上门安装。

到了全宅配的店里，装修风格全变了，再一打听，不是小宋老板开的店。

"小宋呢？！"我急着问店员。

"谁啊？不认识。"店员不耐烦地说，"我们是新开的，原先的那个跑了吧。"

"跑了？"

"可不是。"店员有点得意地说，"全宅配总厂倒了。你还是看看我们公司的设计吧！"

"倒了？跑了？"我丢了魂似地走出店门。半天，才想到打电话给朋友问情况。

"这个……老赵啊，不是不告诉你，小宋他也没说有你单子啊。"朋友宽慰我说，"这样吧，我联系看看，看小宋还能找着么。"

一万八扔水里了。我真恨不起来。

年三十晚，一家人正看着春晚，唱着我们都是追梦人。

手机响了。今年烟花禁放。手机一响就能听到。

"赵哥，您出来一下，我在门口。"小宋的声音。

我激动。三步两步开门。

"赵哥，过年好！没法子，对不住您，我先给您一万，剩下的再等等。"

我拿着厚厚的一万，久久说不出话来。

五、木工周五

木工现在十分尴尬。

记得小时候，砌房造屋，木匠都是大师傅级别，各个工序一般都得听大师傅安排。而且，木匠大师傅手艺最好，工艺也最讲究，雕花镂空什么的样样精通。现在不行了，没落的很。

包工头在跟我排工期、定工量时说："木工基本上没什么事，最多三天，就是吊个顶打个边框。"

我也说："那倒是。现在基本上都是整体订制。木工活能省则省。这个上面我就不跟你卡工钱了。"

在木工这道工序上，我没跟包工头斤斤计较，反正包工不包料，不会花冤枉钱。

木工周五星期五来的。我在电话里差点弄错了。包工头说："周五周五来。"

周五在家里是老五。前面四个姐姐。老周的木匠手艺自然传给了周五。周五初中毕业就跟老周学徒，可苦了。在淮北一带，老周家木匠活远近有名，就冲着不能砸了自家牌子，周五学的也下功夫。

星期五一大早，周五的三轮卡就稳当当地停在院子门口，安静地在车上吸着烟。

我看见他这样子，不由地心生一种寂寞的况味。

我不会抽烟，但对抽烟的人多少有点心疼，明明知道吸烟有害身体健康，还那么一支一支地抽，那肯定是有一种无法排解的寂寞让人欲罢不能。

"早啊！"我上前打声招呼，开门进屋。带着周五从一楼到三楼转了一圈，在墙上勾勾画画。家里装修很简单，木工活就是吊个平顶，一点花样也不做；打个隔断边框，也没什么技术含量，交代一下长宽高就没了。

一圈下来，周五再把材料一点，木工板、石膏板、木线条、木方、铆钉……哪样够哪样少，少多少，一五一十告诉我，叫我什么时间补到位。

"放心，至多三天搞定。"说话间，又来了两个小徒弟，卸下空气压缩机，抬出多功能电锯，搭好脚手架开工。

定尺寸开料，电锯"吱呀呀"的声音实在吵人，木屑子四处飞，我看一看就走了。

才走一会儿，周五电话打过来："小区物业来说，噪音太大，先停会儿。"

我连忙打电话给物业，一问才明白，最近小区文明创建抓得紧，噪音限时，必须在规定时间装修施工。早不能干，晚不能干，中也不能干，满打满算一天只能上午三小时、下午两小时。还好周五脾气耐和，没跟物业发生纠纷。

我担心他们在家里歇着抽烟，掉头回去瞅瞅。呵呵，师徒仨猫在树荫下对抽着呢。

"周师傅，刚刚忘了给烟呢。"我一人发一包，"抽的时候小心着点啊，别在家里抽，烟头也别乱扔。"

"嗯嗯，老板你放心，没事儿。"周五漫不经心地说。

"这活干的真没劲儿。"两个小徒弟嘀咕着，"上海那边叫我们去呢，去不？"

"去上海你们能干啥？"周五笑着说，"还是在家里舒服，工钱也不算少，活也不累。到了上海可别说我没告诉你们累死了没人问哟。"

"不会吧。"我插嘴有点疑惑，"人家不是都说出去打工挣大钱嘛。"

"哪有那么好的事。"周五说，"外边打工是没日没夜，一天至少干上十五六小时，工期不结束连澡都没得洗。"

"这么厉害！"俩小徒弟直咋舌头，"算了算了，还是跟周哥混吧。"

"别看在家里上工,钱是少一点,但算一算比一比,也不少啊,而且人轻松。有钱挣没命花,有个屁用。"周五有点恨恨地说。细一打听,原来周五老爸前些年在外打工活活累出肺癌晚期,自那以后周五做生活就不怎么上心了,有就做,没有就歇歇。

时间到了八点半,可以开工了。大家伙唏嘘半天,没精打采,该干还得干啊。

第二天,少了一个徒弟。

第三天,又少了个徒弟。

我也不催周五,只是叫他活做细一点,别返工。

接下来,周五一个人又做了三天。三天里,没人搭手,我也将就着帮忙做个小工。

我开玩笑地说:"周师傅啊,你可得开我工钱,小工一天也得一百吧。"

……

好久不见周五,我的三百元工钱至今还没拿到,真是有点想念。

据说,他回老家去了,种种几亩田,雕雕老木头,成了个艺术家。